SAGESSE

W0286122

Paru dans Le Livre de Poche :

FÊTES GALANTES – LA BONNE CHANSON *précédé de* LES AMIES

POÈMES SATURNIENS

ROMANCES SANS PAROLES *suivi de* CELLULAIREMENT

Collection dirigée par Michel Zink et Michel Jarrety

PAUL VERLAINE

Sagesse

ÉDITION CRITIQUE ÉTABLIE, ANNOTÉE ET PRÉSENTÉE
PAR OLIVIER BIVORT

LE LIVRE DE POCHE
Classiques

Olivier Bivort est l'auteur d'un volume consacré à *Verlaine* dans la collection « Mémoire de la critique » (Presses de l'université de Paris-Sorbonne). Il a édité *Les Amies, Fêtes galantes, La Bonne Chanson, Romances sans paroles* et *Cellulairement* au Livre de Poche. Il enseigne à l'université de Trieste.

© Librairie Générale Française, 2006, pour la présente édition.

ISBN : 978-2-253-16112-7 – 1re publication - LGF

INTRODUCTION

PAUL VERLAINE

SAGESSE

PARIS

SOCIÉTÉ GÉNÉRALE DE LIBRAIRIE CATHOLIQUE

PARIS	BRUXELLES
Ancienne Maison VICTOR PALMÉ	Ancienne Maison HENRI GOEMAERE
76, rue des Saints-Pères, 76	*29, rue des Paroissiens, 29*

M DCCC LXXXI

Page de titre de la première édition de *Sagesse*.

Sagesse est publié en décembre 1880 par l'éditeur Victor Palmé, directeur de la Société générale de librairie catholique, rue des Saints-Pères, à Paris. La maison Palmé est connue pour ses ouvrages de piété et parce qu'elle édite, entre autres, les livres de Louis Veuillot, journaliste et polémiste ultramontain férocement opposé à la jeune République. Au premier abord, on pourrait penser que l'auteur, Verlaine, est un nouveau venu : il n'est fait aucune mention de ses œuvres antérieures au dos de la page de titre de son ouvrage, où sont annoncés seulement deux volumes à paraître : *Amour* et un *Voyage en France*, « par un Français ». La rupture avec le passé semble nette et voulue : l'éditeur, le public visé, le contenu du volume, tout concourt à marquer une distance avec le monde ancien, celui de l'éditeur Lemerre, de la jeunesse poétique parisienne de la fin des années 1860, des « vers sceptiques et tristement légers [1] » des *Poèmes saturniens* et des *Fêtes galantes*.

Pourtant, l'auteur prend soin de rappeler dans sa préface, dans un prière d'insérer ou encore dans un article publicitaire, qu'il n'est pas un débutant, que ses volumes précédents ont connu « un vif succès auprès des amateurs de la vraie poésie [2] » et qu'ils lui ont valu « parmi les Parnassiens et à la tête

---

1. Préface à la première édition de *Sagesse*, voir p. 65. **2.** Prière d'insérer annonçant la publication de *Sagesse*, voir p. 283.

de l'école qui s'en est suivie, un rang considérable [1] ». La continuité est assurée au nom de l'expérience, du métier et du savoir-faire : « La nouvelle tentative poétique de M. P. Verlaine confirme toutes les qualités déjà connues de l'auteur : science consommée du vers, langue d'une haute correction, parfois d'une curieuse érudition, énergies superbes et grâces exquises [2]. » En revanche, le point de vue idéologique est nouveau. L'auteur fait amende honorable, renie ses positions politiques et philosophiques de jadis et affirme haut et fort ses convictions ultramontaines et légitimistes ; quant à son livre, il a tout l'aspect d'un panégyrique dû à un prosélyte de fraîche date qui, prosterné au pied de la croix, implore le pardon divin pour ses fautes et ses erreurs. Ses anciens amis, déconcertés par ce revirement, sont incrédules : ils parlent de « fumisterie [3] », voient en Verlaine une « effroyable victime du paradoxe [4] » et déplorent un tel « désastre, [un tel] naufrage d'une intelligence d'élite en plein mysticisme catholique [5] ».

Ceux qui avaient connu Verlaine dans les années 1860 et au début des années 1870 avaient quelques raisons, en effet, de s'étonner. En 1863, il publie son premier poème dans *La Revue du Progrès*, dirigée par Louis-Xavier de Ricard : opposée à l'Empire et anticléricale, la revue est vilipendée par Mgr Dupanloup et condamnée par les tribunaux. À l'époque des *Poèmes saturniens,* il fréquente assidûment le groupe des Parnassiens et, contrairement à la plupart de ses camarades, « s'inquiète de politique » au point de les intimider. Émile Bergerat raconte qu'« il parlait de trancher des têtes, et [...] qu'entraînant sur le bras Anatole France dans la travée du

---

1. Article sur *Sagesse* destiné au journal catholique *Le Triboulet*, voir p. 284. **2.** *Ibid.* **3.** Edmond Lepelletier, compte rendu non retrouvé, cité par Verlaine dans « Ma candidature » (1893), *OPr*, p. 428. [Pour les sigles utilisés, voir la liste des abréviations donnée p. 55.] **4.** Jules Claretie, *Le Temps*, 14 décembre 1880, voir p. 286. **5.** Émile Blémont, *Le Rappel*, 16 décembre 1880, voir p. 290.

passage Choiseul, il terrifiait ce philosophe de ses hébertismes gesticulaires [1] ».

Épris des seules côtes où la révolte naisse [2]*,*

Verlaine ne cache pas ses sympathies pour les acteurs les plus déterminés de Quatre-vingt-neuf, depuis Hébert, le pamphlétaire incendiaire du *Père Duchêne* et chef du Club des cordeliers, jusqu'à Marat, le fondateur de *L'Ami du peuple* et instigateur des massacres de septembre. Comme il l'écrira lui-même plus tard, il était « en ces jours-là républicain, [...] et du rouge le plus noir [3] », son intransigeance le portant, entre autres, à refuser une collaboration au *Gaulois* au nom de ses convictions [4], à participer à un banquet en l'honneur de Gambetta ou à voter pour Garibaldi aux élections législatives du 8 février 1871 [5]. Il manifeste « de toutes ses forces » et « de tout son cœur » son attachement à la République pendant l'été 1870 et il exulte le 4 septembre à la nouvelle de la chute de l'Empire ; lorsque vient la Commune, en mars 1871, il sympathise pour les insurgés et reste à son poste à l'Hôtel de Ville [6]. Il compte d'ailleurs parmi ses amis des personnalités importantes dans le mouvement insurrectionnel : Raoul Rigault, procureur, Jules Andrieux, chef des service administratifs, et Eugène Vermersch, fondateur du principal journal communard, *Le Père Duchêne*. Verlaine n'est pas poursuivi après la Semaine sanglante mais son engagement aux côtés des « vaincus » lui vaut des inimitiés et probablement la désaffection de son

---

1. Émile Bergerat, *Souvenirs d'un enfant de Paris. Les Années de bohème*, Fasquelle, 1911, p. 227. **2.** *Sagesse*, I, XIII, voir p. 113. **3.** *Les Mémoires d'un veuf*, *OPr*, p. 114. **4.** Lettre à Armand Gouzien, s.d. [1869], *Corr.*, p. 180. **5.** Lettre à Delahaye du 24 mars 1876, *Corr.*, p. 497. **6.** « Surtout parce que le mouvement me plaisait, qu'il me semblait une revanche sur la veulerie des gens du Quatre-Septembre [et que] m'avait séduit comme m'avait convaincu la si claire et bien manifeste expansion du 18 mars [1871 : le début de la Commune] » (*Confessions*, *OPr*, p. 542, 543).

éditeur, Alphonse Lemerre [1]. Il ne renie pas pour autant ses idées et ses sympathies : en 1872, à Londres, avec Rimbaud, il retrouve les communards exilés et participe aux activités du Cercle des études sociales fondé par Lissagaray ; la police le surveille et ne manque pas de signaler ses fréquentations suspectes [2].

On ne peut pas dire qu'il soit croyant : le scepticisme et l'irréligiosité vont de pair, chez Verlaine, avec ses positions politiques. S'il fut « élevé par des parents point dévots, mais d'une religion plus que ce qu'on appelle *raisonnable* dans les milieux bourgeois [3] » et fit, à ses dires, une « bonne » communion, son incrédulité alla croissant à partir de sa quatorzième année, à cet âge « si critique » où la poésie commençait à l'attirer et où la puberté éveillait en lui une sensualité frustrée, parfois comblée par de « jeunes garçonneries partagées [4] ». Edmond Lepelletier, le principal témoin de sa jeunesse, qui se le rappelle mélangeant « selon son habitude le nom du Seigneur à l'exclamation de Cambronne », est catégorique :

> J'affirme que, dans sa jeunesse, il ne croyait pas. Il n'était pas seulement éloigné du culte par les ennuis de la pratique, mais il s'écartait de la religion par dédain et négation [...]. Verlaine était donc, à vingt ans, absolument incroyant, par raisonnement, conviction, études, et non simplement par grossièreté négative, par *a priori* matérialiste, comme la plupart des hommes qui ne savent pas, qui ne réfléchissent pas. Il avait l'athéisme rationnel et intelligent [5].

---

1. Lettre à Lemerre de l'été 1871 et réponse de l'éditeur, *Corr.*, p. 211-212. **2.** Lettre à Lepelletier du 23 mai 1873, *Corr.*, p. 322-323. Voir Y. Reboul, « Verlaine militant ? », *Revue Verlaine*, n° 1, janvier 1993, p. 88-90, et « Verlaine communeux ? », *Dix-neuf/vingt*, n° 4, octobre 1997, p. 9-28. **3.** *Confessions*, *OPr*, p. 473. **4.** *Ibid.*, p. 484. **5.** E. Lepelletier, *Paul Verlaine. Sa vie, son œuvre*, Mercure de France, nouv. éd., 1923, p. 386, 388.

Des critiques catholiques ont mis en doute les affirmations de celui qu'ils nomment le « perfide Lepelletier [1] ». Or Verlaine a lui-même évoqué cette période où, voltairien et athée, il fréquentait des milieux libres penseurs [2] ; en outre, dans les années 1860, sa poésie reflète bien son matérialisme :

Je ris de l'Art, je ris de l'Homme aussi, des chants,
Des vers, des temples grecs et des tours en spirales
Qu'étirent dans le ciel vide les cathédrales,
Et je vois d'un même œil les bons et les méchants.

Je ne crois pas en Dieu, j'abjure et je renie
Toute pensée, et quant à la vieille ironie,
L'Amour, je voudrais bien qu'on ne m'en parlât plus [3].

En abordant la question de son incroyance dans les *Confessions* [4], Verlaine met son désintérêt pour la religion à l'époque sur le compte de l'indifférence générale. Il est vrai que les pratiques religieuses des Français s'étaient relâchées à la fin de l'Empire mais il faut aussi compter avec le temps : dans ces « notes autobiographiques » publiées en 1895, le poète a parfois tendance à se disculper. C'est que, quelle que soit la nature de son incrédulité, abandon ou refus, elle dut encore être renforcée après sa rencontre avec Rimbaud : c'est sur la foi de poèmes comme « L'orgie parisienne ou Paris se repeuple » et « Les premières communions », reçus par lettre de Charleville, qu'il fait venir Rimbaud à Paris en septembre 1871 (et l'emprise de Rimbaud est telle que, encore en 1875, après la conversion

---

1. Ainsi Raymond Clauzel, *« Sagesse » et Paul Verlaine,* Malfère, 1929, p. 28-29, 91 et Louis Morice, *Verlaine. Le Drame religieux*, Beauchesne, 1946, p. 239. **2.** Lettre à Delahaye du 24 mars 1876, *Corr.*, p. 497 ; lettre à Jules Claretie du 8 janvier 1881, *Corr.*, p. 683 (voir p. 287). **3.** « L'angoisse » (1866), *Poèmes saturniens.* **4.** *Confessions*, *OPr*, p. 538.

de son ancien ami, celui-ci se vantera de l'avoir remis un moment sur le chemin du doute : « Verlaine est arrivé ici l'autre jour, un chapelet aux pinces... Trois heures après on avait renié son dieu et fait saigner les 98 plaies de N. S. [1] »). Ainsi, à son entrée en prison où il est conduit en juillet 1873 pour avoir tiré deux coups de revolver sur Rimbaud, rien ne prédispose Verlaine au culte dont on l'oblige à suivre les pratiques : à Bruxelles, aux Petits-Carmes, il ne répond pas au *Benedicite* du repas car il avait « depuis longtemps oublié cette liturgie comme toutes les autres [2] ».

Verlaine est donc, au seuil de *Sagesse*, un laïque et un républicain convaincu. Rien, dans son œuvre ni dans sa conduite, ne laisse présager une volte-face.

*

Or les événements de juillet 1873 ont bouleversé la vie de Verlaine. Il avait choisi de quitter sa femme pour suivre Rimbaud, tout à l'illusion de conquérir avec lui la « liberté libre », mais « le roman de vivre à deux hommes [3] » devait se terminer de la manière la plus vile : coups de revolver, arrestation, condamnation à deux ans de prison ferme pour tentative d'assassinat. Il perdait d'un coup sa femme, son ami et sa liberté. Et la prison allait être le cadre d'une profonde métamorphose dans sa manière d'être et de penser. Fin avril ou début mai 1874, le directeur de la prison de Mons lui apprend que le tribunal de la Seine a statué sur la séparation de corps et de biens avec sa femme. La nouvelle l'affecte à ce point qu'il fait appeler l'aumônier et demande un catéchisme. Il est « subjugué » à la lecture des pages sur

---

1. Lettre de Rimbaud à Delahaye du 5 mars 1875, *Corr.*, p. 387. **2.** *Mes prisons* (1893), *OPr*, p. 333. **3.** « Laeti et errabundi » (*Parallèlement*).

l'eucharistie du *Catéchisme de persévérance* de Mgr Gaume, qui déterminent en lui « une extraordinaire révolution » et, un matin de juin, après avoir passé une nuit à méditer sur le mystère de la transsubstantiation, soulevé par la foi, il se prosterne en larmes devant un crucifix et une image du Sacré-Cœur accrochés au mur de sa cellule. Il fait venir aussitôt l'aumônier et lui annonce sa conversion : « Je croyais, je voyais, il me semblait que je savais, j'étais illuminé », écrira-t-il plus tard. Après une longue confession suivie d'une période de réflexion et d'étude, il reçoit le sacrement de l'eucharistie le jour de l'Assomption de 1874 [1].

Les causes de ce bouleversement sont multiples. La séparation, le regret, l'ennui, la honte d'être en prison, la privation de liberté ont dû le favoriser. Sur le coup, la consolation et le réconfort de la foi ont permis au prisonnier de supporter son incarcération ; l'innocence recouvrée lui a donné l'illusion d'être blanchi et, probablement, la certitude d'être sauvé. Mais on ne peut ignorer l'ardeur de son élan, la chaleur de ses transports, la force et l'emprise de sa conviction, « de rudes expériences et de grandes grâces [ayant] opéré cette espèce de miracle [2] », et il n'y a pas à ergoter sur la sincérité de cette conversion, quand bien même elle serait le fruit de la faiblesse et de l'irrésolution, ou parce que l'image d'un Verlaine catholique ne s'accorde pas au tableau que l'on se fait de l'homme et de sa vie. On aurait beau jeu de lui dénier la grâce (comme on le fait parfois) ou de ne la lui concéder qu'au bénéfice du doute à cause de ses actes, passés ou futurs. Ses propos sont assez nets et assez intimes pour qu'on ne les dédaigne pas, qu'ils soient exprimés en août 1874 ou en janvier 1881 :

---

1. Voir le récit de cette conversion dans *Mes prisons, OPr*, p. 346-353 et lettre à Cazals du 26 juin 1889, *OC* II, p. 1573-1574. **2.** Lettre à Adolphe Racot du 1er juin 1877, *Corr.*, p. 567.

> Si l'on te demande de mes nouvelles, dis que *tu sais* que je me porte mieux et que je me suis absolument converti à la religion catholique, après mûres réflexions, en pleine possession de ma liberté morale et de mon bon sens : ça tu peux le dire hautement, la suite ne te démentira pas [1].

> De ma conversion je n'ai rien à dire à personne, c'est mon affaire à moi, mon bonheur privé, la fleur tardive de mon âme, qu'il m'appartient exclusivement de surveiller, de cultiver avec amour et prudence si je la veux voir se former en fruit de l'arrière-saison [2].

Revenu à la foi, Verlaine ne pouvait plus défendre les positions d'extrême gauche qui avaient été les siennes. Or, quoique sa conversion ait entraîné un « changement radical de ses idées et de ses vues [3] », ses opinions politiques n'ont pas basculé machinalement d'un extrême à l'autre. Comme beaucoup de républicains convaincus, il avait espéré un nouveau 1848 à la chute de l'Empire. La « République conservatrice » promue par Thiers après la défaite contre la Prusse et après la Commune ne pouvait le satisfaire, même quand le président s'allia avec le centre gauche et, attaqué par les conservateurs, dut démissionner le 24 mai 1873 :

> Lisez-vous les journaux anglais sur la crise actuelle en France : quel dégoût ! Quelle haine ! Du coup, ils ne sont plus badingouins [4] ! Mais aussi cette gauche, ce Thiers, cette résignation de punaise ! Pouah ! caca ! tout ça : κακα [5].

Ce qui exaspère Verlaine, à droite comme à gauche, ce sont les revirements et les compromissions de toutes sortes. Témoin ce dizain envoyé à Lepelletier dans une lettre du

---

1. Lettre à Lepelletier du 22 août 1874, *Corr.*, p. 372. **2.** Lettre à Jules Claretie du 8 janvier 1881, *Corr.*, p. 682. **3.** Lettre à Adolphe Racot du 1er juin 1877, *Corr.*, p. 567. **4.** Par allusion à Badinguet, sobriquet de Napoléon III. **5.** Lettre à Blémont du 25 juin 1873, *Corr.*, p. 329. Verlaine joue sur la sonorité du mot grec qui se lit *caca* et signifie : choses mauvaises.

22 août 1874, après sa conversion, mais écrit sans doute dans la foulée du 16 mai 1874, quand le gouvernement conservateur et orléaniste du ministère de Broglie fut mis en échec par une coalition réunissant légitimistes, républicains et bonapartistes :

« Assez des Gambettards ! Ôtez-moi cet objet,
Dit le Père Duchêne, un jour qu'il enrageait.
Tout plutôt qu'eux ! Ce sont les bougres de naissance.
Bourgeois vessards ! Ça dut tenir des lieux d'aisances
Dans ces mondes antérieurs dont je me fous !
Jean-foutres, qui, tandis qu'on LA confessait sous
Les balles, cherchaient des alibis dans la foire !
Ah ! tous ! Badingue Quatre, Orléans et sa poire
(Pour la soif), la béquille à Chambord, Attila !
Mais, mais, mais... ! plus de ces Laréveillère-là [1]. »

Tous se retrouvent dans le panier aux crabes de la politicaillerie, depuis les alliés de Gambetta, chef charismatique de la gauche, jusqu'aux nostalgiques de l'Empire et aux partisans de la Restauration, qu'ils soutiennent le duc de Bordeaux ou le comte de Paris, peu importe. C'est le Verlaine le plus radical qui s'exprime ici par la voix du *Père Duchêne*, mais c'est aussi le même Verlaine qui est en train d'écrire « Mon Dieu m'a dit » et la grande suite eucharistique de *Sagesse* (II, IV). Sorti de prison, Verlaine va embrasser la cause légitimiste, pourtant définitivement perdue après l'échec des pourparlers avec le comte de Chambord pour la restauration de la monarchie et après l'adoption de la constitution républicaine en février 1875 :

---

1. Louis de Larevellière-Lépeaux (1753-1824) fut membre du Directoire et l'un des artisans du coup d'État du 18 Fructidor.

> Ces bons communards commencent à comprendre qu'ils sont impossibles. Ils apprennent l'anglais et vendent des denrées coloniales. Quant à Gambetta ils chient dessus (pardon). – Moi, je serais plutôt pour ce qui est maintenant... avec de la monarchie autour... Pourtant, pas Badingue, ô non [1] !

« Ce qui est maintenant », c'est la politique de l'« ordre moral » du président Mac-Mahon, « pour la défense de la hiérarchie sociale, des classes dirigeantes et de l'Église [2] ». Néophyte particulièrement zélé, Verlaine se range aux côtés des ultramontains, ces catholiques qui, comme Louis Veuillot, défendent les principes du *Syllabus* de 1864 par la voie duquel Pie IX avait dénoncé « les principales erreurs de notre temps » : « le progrès, le libéralisme et la civilisation moderne ». Il s'ouvre même à Rimbaud et tente de le persuader du bien-fondé de ses opinions :

> Le même toujours. Religieux strictement, parce que c'est la seule chose intelligente et bonne. Tout le reste est duperie, méchanceté et sottise. L'Église a fait la civilisation moderne, la science, la littérature ; elle a fait la France, particulièrement, et la France meurt d'avoir rompu avec elle. C'est assez clair. Et l'Église aussi fait les hommes, elle les crée : je m'étonne que tu ne voies pas ça ; c'est frappant. J'ai eu le temps en 18 mois d'y penser et d'y repenser, et je t'assure que j'y tiens comme à la seule planche. Et 7 mois passés chez des Protestants m'ont confirmé dans mon catholicisme, dans mon légitimisme, dans mon courage résigné [3].

Avec le temps, les positions de Verlaine se radicalisent toujours plus. En 1877, parallèlement à *Sagesse*, il entreprend la rédaction d'un pamphlet contre la France contemporaine : *Voyage en France par un Français*. Ce livre, qui ne trouvera pas d'éditeur et ne sera pas terminé, devait illustrer les diverses

---

1. Lettre à Delahaye du 1er juillard 1875, *Corr.*, p. 410. 2. Jean-Marie Mayeur, *Les Débuts de la IIIe République,* Éd. du Seuil, « Points », 1973, p. 27. 3. Lettre à Rimbaud du 12 décembre 1875, *Corr.*, p. 466-467.

facettes de la décadence dans laquelle versait le pays du point de vue historique, moral, religieux, patriotique et littéraire. C'est que la montée républicaine et anticléricale se fait de plus en plus forte dans la seconde moitié des années 1870 et que les tensions entre les partis favorisent les extrémismes. Ainsi, la victoire républicaine aux élections législatives du 5 mars 1876 et la constitution d'un cabinet de centre gauche inspirent-elles à Verlaine ces « brèves réflexions » : « La France va "à la merde". C'est clair. Mais que penses-tu des orateurs de la gauche ? Jamais je crois pareilles nullités n'eurent lieu. Quelle crasse, quelle crasse [1] ! » Mais la gauche remporte systématiquement les élections et, en janvier 1879, Mac-Mahon est forcé de démissionner pour laisser la place à un président et à un gouvernement républicains.

Parce que Verlaine prend part active aux débats politiques de son temps, tant le *Voyage en France* que *Sagesse* et toute sa correspondance entre 1875 et 1880 témoignent de cette période agitée de l'histoire de la IIIe République qui voit la société française se démocratiser et se laïciser progressivement : les conflits entre catholiques ultramontains et catholiques libéraux (I, X : « Non. Il fut gallican... » et *Voyage*) ; le discours de Gambetta du 24 mai 1877 sur l'anticléricalisme (I, XI : « Petits amis qui sûtes... ») ; l'élection de Jules Grévy le 30 janvier 1879 (I, XII : « Or, vous voici promus... ») ; la mort du Prince impérial le 21 juin 1879 (I, XIII : « Prince mort en soldat... ») ; les décrets du 29 mars 1879 contre les congrégations (I, XIV : « Vous reviendrez bientôt... ») ; la loi du 12 juillet 1879 supprimant le repos dominical obligatoire (*Voyage*), etc. Mais le conformisme de Verlaine n'est pas uniquement idéologique. Il s'explique aussi par son désir de rentrer dans le rang et de recouvrer sa respectabilité aux yeux de ses anciens amis, de la famille de sa femme, de ses employeurs et, nécessairement, de ses futurs lecteurs. On ne saurait donc séparer *Sagesse* du contexte politique et social

1. Lettre à Delahaye du 23 mai 1876, *Corr.*, p. 511.

dans lequel le recueil a été composé, ni ignorer les circonstances qui ont poussé Verlaine à se réfugier dans les bras de l'Église et à défendre la cause du trône et de l'autel à partir de 1875. Les enjeux de sa rentrée littéraire en 1881, sept ans après la publication des *Romances sans paroles*, étaient aussi à ce prix.

*

Il est un fait que la politique et le cléricalisme ne sont pas, traditionnellement, les meilleurs alliés de l'art. Pourquoi un poète qui avait trouvé sa manière et une certaine reconnaissance abandonnait-il d'un coup la poésie allusive et fugitive dans laquelle il était passé maître et se consacrait-il aux méditations religieuses et à l'invective politique, genres pratiqués par quantité de rimailleurs de tout bord ? La poésie n'y perdait-elle pas au change ? Mallarmé, avec le tact qu'on lui connaît, s'étonnait de ce gauchissement et rappelait Verlaine à ses anciens vers :

> Voilà un livre qu'il est beau que vous ayez fait, comme on aime les blancs rideaux d'un dortoir où circulent des songes neufs, simples et parfaits. Mais n'était votre préface que je trouve monstrueusement exquise, il ne faut point oublier, vous pas plus qu'un autre, le Verlaine d'autrefois que nous chérissons ; mon cher, les *Fêtes galantes* sont un éternel bijou. Revenez-y quelquefois ; et revenez quelquefois à nous les amis qui vous savent par cœur. Vous savez-vous bien par cœur ? Je veux dire, non les livres anciens, mais le poète futur que vous continuerez à porter, hein ? J'en doute, je crois que vous rognez un peu à plaisir les plumes à votre imagination, à qui il suffit, après tout, d'avoir des plumes pour être un ange, sous quelques cieux que ce soit [1].

---

1. Lettre de Mallarmé à Verlaine du 17 janvier 1881, *Corr.*, p. 688 ; voir p. 292.

Or, contrairement à ce que pensait Mallarmé et à l'image qu'un lecteur de ses poésies pouvait se faire de Verlaine en 1880, la satire, l'invective et la politique n'étaient pas étrangères à son œuvre avant *Sagesse.* Bien sûr, elles ne se manifestaient pas – ou peu – dans ses recueils, Verlaine réservant aux revues ou gardant par-devers soi ses textes ironiques ou polémiques. À ce titre, *Sagesse* est, indépendamment des idées qui y sont exprimées, le premier recueil « politique » que Verlaine ait réussi à publier après dix ans de tentatives infructueuses. Il importe donc de revenir en arrière pour montrer combien cette veine lui est propre et combien son livre en procède.

En 1869, juste après la publication des *Fêtes galantes,* Verlaine a l'intention d'écrire un recueil « engagé » : *Les Vaincus*. Il en fait part à ses correspondants et le ton de ses lettres donne à penser que le projet leur est connu et qu'il est en voie de se concrétiser [1]. Cependant les poèmes d'amour de *La Bonne Chanson* et une année de cour assidue à sa future femme l'en éloignent : « Les *Vaincus* [...] sont pour le moment en retard, par préoccupations étrangères à tout Socialisme ; leur tour viendra plus tard [2]. » Après le Siège et la tourmente de mai, il s'adresse à son éditeur, Alphonse Lemerre, pour lui proposer ce recueil : « Je repense à cette bonne vieille littérature : j'ai un volume tout prêt : les *Vaincus* [...]. Mais j'ai modifié mon plan et mon volume actuellement est plus humain que politique, – sans que pour cela j'entende faire aucune concession. Seulement la politique n'y occupe plus qu'une place *aérienne* pour ainsi parler et la tristesse y a détrôné la colère [3]. » Malgré cette nouvelle version édulcorée et quoique *Les Vaincus* aient été annoncés en quatrième de couverture des *Fêtes galantes* et de *La Bonne Chanson*, Lemerre refuse et donne un conseil cinglant à son correspon-

1. Lettre de Victor Hugo à Verlaine du 16 avril 1869, *Corr.*, p. 157. **2.** Lettre à François Coppée du 17 août 1869, *Corr.*, p. 173. **3.** Lettre à Alphonse Lemerre de [juillet] 1871, *Corr.*, p. 211.

dant : « Supprimez deux choses dans votre existence : la Politique et la Jalousie et vous serez un homme parfait [1]. » Verlaine ne se le tient pas pour dit. Alors qu'il écrit les *Romances sans paroles*, et pour régler ses comptes avec les anciens amis qui lui ont tourné le dos après la Commune et à cause de sa fuite avec Rimbaud, il revient aux *Vaincus* : « Je prépare un recueil de tous les vers que j'ai inédits (sonnets, vieux poèmes saturniens, vers politiques, et quelques obscénités) et que je vais faire imprimer à Bruxelles avec une énorme préface où je tape sur beaucoup de choses et de gens [2]. » Le recueil, qui « n'[a] jamais existé qu'à l'état de projet [3] », aurait dû comporter une préface importante sur la réforme poétique à laquelle Verlaine songeait à cette époque, une partie intitulée « Sous l'Empire » faite de pièces « point *compromettantes* » et des « choses sur la Commune [...] dédiées à quelque proscrit ami [4] ». « Des morts », poème publié à Londres en 1872 dans *L'Avenir*, journal dirigé par Vermersh, et « Les vaincus », poème de 1867 remanié et augmenté de moitié après la Commune, en auraient aussi fait partie [5].

Mais le temps ne fait rien à l'affaire. Deux mois avant le « drame de Bruxelles » et alors qu'il songe à nouveau aux *Vaincus*, Verlaine cherche un éditeur pour les *Romances sans paroles*. Il a confié cette tâche ingrate à Lepelletier qui, dans ses contacts, se sent obligé de rassurer ses corres-

---

1. Lettre à Verlaine, s.d. [juillet 1871], *Corr.*, p. 212. **2.** Lettre à Émile Blémont du 22 avril 1873, *Corr.*, p. 306-307. Dans les *Romances sans paroles,* la liste des livres « du même auteur » mentionne *Les Vaincus* comme étant déjà publiés à Bruxelles ! **3.** Lettre à Georges Chevrier, s.d. [1884], *Corr.*, p. 875. **4.** Lettre à Lepelletier du 23 mai 1873, *Corr.*, p. 322. **5.** Comme l'a montré Yves-Gérard Le Dantec, un reliquat des *Vaincus* passera dans *Jadis et naguère* en 1884 (son éd., p. 961-962). Voir Steve Murphy, *Marges du premier Verlaine*, Paris, Champion, 2003 et un plan du recueil dans André Vial, *Verlaine et les siens. Heures retrouvées*, Nizet, 1975.

pondants sur la teneur du volume en leur signalant qu'il n'est « point politique, point égrillard [1] ». Verlaine a beaucoup écrit en prison et il n'a pas négligé la polémique. *Les Vaincus* n'ont jamais paru et *Cellulairement,* où auraient dû figurer quelques poèmes de ce cru, n'a pas trouvé d'éditeur. Ainsi, c'est *Sagesse* qui a recueilli en partie cet héritage, dévoilant tout à coup un côté ignoré de la personnalité de Verlaine, aussi sensible et passionné que celui qui l'avait poussé à écrire les *Fêtes galantes*. Verlaine se « savait bien par cœur » : la bonde du lyrisme enfin libérée dans *Sagesse,* la sincérité recherchée à tout prix et, sans doute, la liberté d'expression gagnée à la faveur d'un éditeur dévoué à sa cause et payé d'avance lui avaient permis de laisser libre cours à cette impulsion.

S'il y a bien une permanence du politique dans l'œuvre de Verlaine, il est plus étonnant de constater que le sentiment religieux y a aussi sa part avant la conversion. Passons sur les quelques mentions qui, dans les *Poèmes saturniens* ou dans *La Bonne Chanson*, ressortissent plus à la culture de l'honnête homme qu'à l'inspiration. En novembre 1873, en mal d'occupation, Verlaine « pioche » l'anglais « sans dictionnaire » dans *Fabiola, ou l'Église des catacombes*, le roman pieux du cardinal Wiseman, archevêque de Westminster, trouvé dans les rayons de la bibliothèque de la prison. À la fin du mois, il envoie à Lepelletier une « prière de la primitive Église », à savoir un poème de douze vers « qui n'a de drôle que le titre, lequel est un monogramme des *Catacombes* » : Ἰησοῦς Χριστὸς Θεοῦ Υἱὸς Σωτήρ [2], et il

1. Lettre de Lepelletier à Blémont du 29 mai 1873, *Corr.*, p. 324. **2.** « Jésus-Christ, fils de Dieu, Sauveur ». Voir Sergio Cigada, « Paul Verlaine : Ἰησοῦς Χριστὸς Θεοῦ Υἱὸς Σωτήρ », *Studi di letteratura francese*, t. XXVIII, 2003, p. 9-16.

informe son ami qu'il fait des *Cantiques à Marie*, suivant un « système » poétique nouveau, mis au point en mai 1873 [1]. On n'a malheureusement pas gardé de traces de ces *Cantiques* si ce n'est, peut-être, un poème de *Sagesse* écrit en août 1875 (II, II : « Je ne veux plus aimer que ma mère Marie »), quand le projet sollicite à nouveau Verlaine, à un moment où son inspiration semble s'être tarie :

> En attendant, je pense à ces « Cantiques » qui t'alarment. Pourtant ça sera très bien, si je puis. Des espèces de psaumes de David, avec mon triste *moi* dedans, et tout ce que j'y pourrai mettre d'orthographe et de prosodie. Très complet, – depuis « *libera me de sanguinibus* » jusqu'à « *usque quo ?* » – Ai-je besoin d'ajouter que rien d'artistique ? Ô je hais jusqu'à cette ombre d'*insincérité*, maintenant, et aujourd'hui surtout. – Littérairement même, rien de choquant je pense, n'est-ce pas, dans ce dessein ? Ce sera toujours aussi intéressant que des apologies de petites vilenies ou que des paganismes à la GEUTE comme on nous bassine avec depuis si longtemps [2].

Écrit après la conversion, ce commentaire illustre des contenus, une poétique et un état d'esprit qui ne sont évidemment pas ceux de novembre 1873. Or les « prières de la primitive Église » et les « cantiques » ne sont pas les seuls témoins de cette veine religieuse d'avant la foi et ce n'est pas uniquement la prose du cardinal Wiseman qui a porté Verlaine à l'exploiter. Les « récits diaboliques » écrits pendant les premiers mois d'emprisonnement (« L'impénitence finale », « La grâce », « Don Juan pipé », « Crimen amoris », destinés d'abord à *Cellulairement* puis recueillis dans *Jadis et naguère*), tout en étant fortement marqués par un satanisme romantique et baudelairien, agitent des questions de morale et de théologie où le diable n'a pas le beau rôle, et sont déjà, à leur manière, des poèmes

---

1. Lettre à Lepelletier du 24-28 novembre 1873, *Corr.*, p. 360. **2.** Lettre à Delahaye du 29 avril 1875, *Corr.*, p. 393.

« chrétiens ». À cette époque, Verlaine pensait peut-être aussi à écrire des poèmes dans le ton de ces vers de Rimbaud où se rencontrent des bribes de « chansons spirituelles » : « Chanson de la plus haute tour » ou « L'éternité », poèmes dont l'écho se propage dans les plus anciens textes de *Sagesse* (III, XV : « La mer est plus belle » et la première version de III, II : « Du fond du grabat »). Il n'est pas impossible que le goût de l'auteur d'*Une saison en enfer* pour « le latin d'église » et pour les formes naïves de la poésie populaire, religieuse ou profane, ait pu l'influencer. D'autre part, le « combat spirituel » mené dans la *Saison* [1] – le baptême, la damnation, la liberté – est déjà au centre du « Bon disciple », un sonnet inverti et blasphème écrit par Verlaine en mai 1872 [2] :

Je suis élu, je suis damné !
Un grand souffle inconnu m'entoure,
Ô terreur ! – Parce Domine !

Quel Ange dur ainsi me bourre
Entre les épaules tandis
Que je m'envole au Paradis ?

Fièvre adorablement maligne,
Bon délire, benoît effroi !
Je suis martyr et je suis roi,
Faucon je plane et je meurs cygne !

Toi, le Jaloux qui m'a fait signe,
[...] me voici, voici tout moi !
Vers toi je rampe, encore indigne !
– Monte sur mes reins, et trépigne !

---

1. Voir Yoshikazu Nakaji, *Combat spirituel ou immense dérision ? Essai d'analyse textuelle d'« Une saison en enfer »*, Corti, 1987. **2.** Voir Michael Pakenham, « "Je suis élu, je suis damné !" », dans *Spiritualité verlainienne*, éd. J. Duffetel, Klincksieck, 1997, p. 79-88.

La « prière primitive » mise à part, ces textes sont très différents des poèmes chrétiens de *Sagesse*, tant par les situations conflictuelles qu'ils exposent que par leur liberté de ton et, pour ce qui concerne « Le bon disciple », par son contenu ouvertement homosexuel. Il est douteux qu'ils témoignent d'une foi latente avant 1874, mais, sur le versant de l'art, il est possible qu'ils aient favorisé l'éclosion de la poésie spirituelle de Verlaine.

*

Si le propos de *Sagesse* se concentre autour de la conversion de Verlaine, la gestation et l'élaboration du recueil ont été lentes et difficiles. Il a fallu cinq ans au poète pour terminer son ouvrage, bien qu'il ait déclaré qu'« à peu près tout *Sagesse* » datait de l'époque de son « illumination » (juin-septembre 1874 [1]). À Cazals qui lui demandait des renseignements pour un article qui ne fut pas écrit, il avait été plus précis et plus près de la réalité :

> – *Sagesse* fut commencé (à Bruxelles puis à Mons 1873-1874), concurremment à certaines choses de *Parallèlement* (*Révérence parler*) par les sonnets – dialogues entre moi et, si j'ose dire, Dieu, – là où tu sais, je veux dire dans quelles ombres et quel silence, puis achevé à Rethel dans l'absolue paix du cœur et presque des sens. Une nuit de juin 1873 [*sic* pour 1874], à Mons, après avoir réfléchi depuis des semaines et des semaines et combattu, et lutté, ah oui ! je me prosternai devant une assez vulgaire, mais qu'importe ! image du Sacré-Cœur et y restai en larmes jusqu'à l'heure de la cloche pour le réveil et la mise en ordre, *le ménage* des cellules. *Sagesse* était alors conçu. J'y ajoutai depuis quelques pièces déjà chrétiennes au fond inspirées par le malheur affreux d'être coupable de tentative de

1. *Mes prisons*, *OPr*, p. 350.

meurtre. « Ah, qu'as-tu fait de ta jeunesse », « Un grand sommeil noir », Bruxelles, fin 72 [*sic* pour 73]. Les choses d'Angleterre sont dans *Amour* : « Écrit en 1875 », et dans *Sagesse* : « Malheureux, tous les dons », « Ô mon Dieu, votre grâce m'a frappé ». Les choses de France, postérieures, sont les plus ternes : « Prince mort en soldat », « Vous reviendrez ». Pourtant, parmi elles : « Je ne veux plus aimer que ma mère Marie [1]. »

Verlaine n'avait pas à rendre compte à son public du long cheminement de son œuvre ni de la publication manquée de *Cellulairement*, préparé en prison et terminé en 1875, et qui réunissait des poèmes « profanes » et des poèmes « religieux » dûment classés et datés [2]. Mais seize pièces de *Cellulairement* passèrent dans *Sagesse,* perdant tout lien avec leur situation d'origine. Or, dans *Sagesse,* la division en trois parties, la numérotation continue des poèmes et l'absence de titres donnent une illusion de progression et de cohésion, alors que l'unité du recueil est factice : la première partie alterne problèmes de conscience, réflexions théologiques, événements politiques et épisodes familiaux dans des textes écrits pour la plupart entre 1875 et 1880 ; le noyau de la deuxième partie est constitué par une suite de dix sonnets écrits au moment de la communion, en août 1874 ; dans la troisième partie enfin, un groupe de poèmes anciens datant pour la plupart de 1873, sans aucun lien avec la religion, est inséré entre une longue « Via dolorosa » de l'été 1874 et une suite de récriminations contre la corruption des villes et d'apologies de la vie saine à la campagne, datées de 1877. Entre la partie centrale, clé de voûte de l'édifice, et les chapelles latérales, l'architecture n'est donc pas aussi uniforme qu'elle paraît ; mais à l'image des vieilles églises bâties avec les marbres des anciens

---

1. Lettre à Cazals du 26 juin 1889, *OC* II, p. 1573-1574. **2.** Voir *Romances sans paroles* suivi de *Cellulairement,* Le Livre de Poche, « Classiques », 2002.

temples, *Sagesse* présente l'intérêt de ces constructions que le temps et les interventions successives ont contribué à embellir.

Il peut sembler singulier que Verlaine ait cherché à donner un sens chrétien à des textes qui n'en avaient pas (d'autant que certains avaient été écrits avant son arrestation) ou qu'il ait « christianisé » des pièces anciennes en y ajoutant une finale *ad hoc* (III, XI : « La bise se rue ») ou en modifiant une version précédente (III, XVII : « Tournez, tournez... »). C'est que *Sagesse* répond à deux impératifs : l'un, personnel, qui est de tracer un chemin de Damas « rationnel », quitte à légitimer des étapes par des pièces hors contexte ou artificieuses, parfois destinées à lier entre elles les parties du recueil (III, I : « Désormais le Sage... ») ; l'autre, public, qui vise à donner du volume et de son auteur une image rigoriste et orthodoxe où « nulle dissonance n'ira choquer la délicatesse d'une oreille catholique [1] ». Ce souci de puritanisme moral et religieux a offusqué tout un côté de la nature de Verlaine. Il s'exprimait déjà en 1879 : s'ouvrant à Mallarmé d'un projet de publication de ses propres *Œuvres poétiques*, Verlaine précisait : « Choix sévère, goût minutieux dans les extraits d'ancienne jeunesse, *and so on*. La note catholique commandera le tout, "introduite", aussi bien, par préface concise, et toute simple [2]. » C'est déjà le plan de *Sagesse* et c'est ce qui explique pourquoi Verlaine a écarté de son recueil les pièces non conformistes qu'il avait prévues initialement : « Écrit en 1875 » (*Amour*) et « Vers pour être calomnié » (*Jadis et naguère*) [3], ou pourquoi il n'y a pas inclus, malgré leur thématique religieuse, les « récits diaboliques » et « Bouquet à Marie », ce dernier

---

1. Préface de *Sagesse*, voir p. 66. **2.** Lettre à Mallarmé du 22 mai 1879, *Corr.*, p. 649. **3.** Voir Appendice, p. 243 et 246.

considéré par lui, avec « Crimen amoris », comme « tout à fait mauvais et mal chrétien [1] ».

*

Sagesse étant un recueil hétérogène, le premier d'une longue série dans l'œuvre de Verlaine, il importe de tenir compte de la date de composition des poèmes et des événements auxquels ils sont liés, à la fois dans un souci historique, philologique et littéraire. Non qu'il faille se refuser le goût de la continuité ou que l'on doive récuser le sens de l'épreuve tel que l'a voulu Verlaine, mais il faut se garder d'infléchir la portée d'un poème ou d'associer des textes dont la contiguïté est parfois toute intellectuelle. Une approche « interne » de *Sagesse* se doit de distinguer ce semblant de cohésion et exige, de même, qu'on fasse la part des choses entre les contenus et les formes. En effet, s'il n'y a pas à proprement parler d'unité de contenu dans *Sagesse* – en dehors de la conversion et de ses conséquences, psychologiques et idéologiques –, il n'y a pas non plus d'unité de ton et de manière, non seulement parce que des sujets différents appellent des formes qui leur correspondent, mais aussi parce que la poétique de Verlaine a évolué pendant les sept années qui couvrent la préparation du recueil, et pas toujours de façon linéaire.

Verlaine met la dernière main aux *Romances sans paroles* au mois de mai 1873. Il pense aussi à une nouvelle manière dont il communique l'essentiel à Lepelletier : faire un livre de poèmes « d'où l'homme sera complètement banni : des paysages, des choses. Les vers seront d'après un système auquel je vais arriver. Ça sera très musical, sans

---

1. Lettre à Charles de Sivry du 28 janvier 1881, *Corr.*, p. 689.

puérilité à la Poe [...] et aussi pittoresque que possible [1] ». Il n'a pas encore fixé sa « théorie » : « L'art poétique », daté d'avril 1874 dans *Cellulairement*, suit de quelques jours la publication des *Romances*. Un groupe de sept poèmes de *Sagesse,* réunis dans la troisième partie (III, IV, V, VI, VII, IX et XI), appartiennent à cette époque de transition, partagés qu'ils sont entre l'esthétique des *Ariettes oubliées* et des *Paysages belges* et celle du « système », symboliste avant la lettre, où priment la transposition des sensations et la suggestion.

En octobre 1873, Verlaine envoie à Lepelletier quatre sonnets réunis sous le titre « Mon almanach pour 1874 » et qui illustrent, pour lui, le passage d'une manière à l'autre : le premier poème appartient au « vieux système » tandis que les trois derniers sont des *essais* faits d'après le nouveau. De ce cycle des quatre saisons, le premier et le second sonnets sont passés dans *Sagesse* (III, XI : « La bise se rue... » et III, III : « L'espoir luit... ») et, avec « Je suis venu, calme orphelin » (III, IV), « Un grand sommeil noir » (III, V) et « Le ciel est, par-dessus le toit » (III, VI), ils sont aujourd'hui parmi les poèmes les plus célèbres de Verlaine, alors que, paradoxalement, ils restent en marge de la thématique religieuse du volume. Pour tout lecteur – qu'il ignore ou non les vicissitudes éditoriales des textes de Verlaine, déplacés d'un recueil à l'autre, conservés parfois durant des années avant d'être publiés –, les pièces anciennes de la troisième partie sont autant de perles enfilées parmi les grains du rosaire. Elles forment l'*adagio* qui domine le troisième et dernier mouvement de la grande symphonie de *Sagesse* et, toutes de retenue, elles donnent à la fin du recueil le ton de paix et de sérénité qui convient après l'extase. Mais elles tranchent aussi sur l'ensemble.

Il est certain que l'expérience de la conversion a porté

---

1. Lettre à Lepelletier du 16 mai 1873, *Corr.*, p. 313-314.

Verlaine à s'interroger sur son art et sur les finalités de sa poésie. Si un poème comme « Du fond du grabat » (III, II), écrit en juin-juillet 1874, est encore lié à la poétique des années 1873-1874, tant du point de vue rythmique et métrique que du point de vue expressif, la suite des dix sonnets envoyés à Lepelletier en septembre (II, IV) présente des traits originaux dus à la fois au modèle discursif adopté par Verlaine, le dialogue, et au caractère exceptionnel de l'expérience qu'il a vécue [1]. Les registres se mêlent et les hésitations, la peur, les élans, les reculs, se traduisent dans la langue par autant de murmures, de sanglots, de balbutiements, de soupirs et de cris. Une structure accentuelle et rythmique déconcertante, reproduisant les accidents de la pensée et les effusions du cœur, donne à l'alexandrin l'allure d'un halètement de l'âme :

– Seigneur, c'est trop ! Vraiment je n'ose. Aimer qui ? Vous ?
Oh ! non ! je tremble et n'ose. Oh ! vous aimer, je n'ose,
Je ne veux pas !

....

Mais comment
Moi, ceci, me ferais-je, ô vous Dieu, votre amant ?

On a longtemps colporté la fable d'un Verlaine « naturellement » poète dont la plume serait le relais de la voix et on lui a reproché, surtout à partir des années 1880, d'avoir favorisé le relâchement du vers et de la langue, comme s'il avait cédé à la facilité ou qu'il ne fût plus en mesure de s'astreindre aux règles et aux normes. Or il y a un art savant de l'oralité chez Verlaine. La place réservée à la parole, bonne ou mauvaise, est très importante dans *Sagesse,* et pas seulement parce que l'avertissement qui ouvre le recueil est

---

1. « C'est absolument *senti*, je t'assure », écrit-il à Lepelletier le 8 septembre 1874 (*Corr.*, p. 377).

donné de vive voix par le « chevalier Malheur » (I, I), que l'allégorie de la prière s'adresse au pécheur pour l'admonester et le conseiller (I, II), que les péchés contre lesquels il lutte se manifestent par un somptueux chœur de voix (I, XIX) ou parce que le verbe du poète se confronte directement au Verbe du créateur (II, IV). Pas seulement non plus parce que les psaumes, les litanies et les cantiques sont des parties récitées et chantées dans la liturgie, et que Verlaine leur emprunte ici et là des tours, des formes et des rythmes. C'est une véritable poétique de la voix qui traverse la partie chrétienne de *Sagesse*, voix du cœur et voix du corps, voix de l'âme et voix du sang, qui donne aux vers une matérialité et un relief palpable, presque physique. Les dix sonnets dialogués de *Sagesse* inaugurent cette voie nouvelle et démontrent, si besoin est, combien Verlaine s'attache à aller au-devant des formes. Certes, l'argument qu'il traite exige qu'il se garde de faire « de l'art pour l'art » ou qu'il cède à l'artificialité : il sait que pour convaincre et pour être cru, il ne peut utiliser exclusivement les ressources de la « chanson grise » qui prévoit la méprise, cultive la nuance, cherche la légèreté ; il sait que sa crédibilité dépend de

> *... notre méfiance*
> *Ou notre confiance aux seuls Récits,*
> *C'est notre oreille ouverte toute grande*
> *Ou tristement fermée au Mot précis !* (I, XI)

et qu'il doit écarter « Sentences, mots en vain, métaphores mal faites, / Toute la rhétorique en fuite des péchés » (I, XIX). Il sait que le discours du poète doit être aussi celui du catholique.

On est frappé par la justesse théologique de nombreux poèmes de *Sagesse*. Nous savons que cette matière n'est ni familière, ni naturelle à Verlaine. En prison, il se remet à l'étude du latin pour lire la Bible et il aborde, autant que faire se peut, la théologie et la patristique. Il a des conversations fréquentes avec l'aumônier qui l'éclaire sur des points de doctrine, il observe l'ordinaire de la journée d'un fidèle. Il a lu une partie du *Catéchisme de persévérance* de Mgr Gaume et les *Confessions* de saint Augustin avec qui il partage, toutes proportions gardées, un semblant d'expérience. Il a probablement un bréviaire et une *Imitation de Jésus-Christ*. Mais il ne faut pas forcer sa compétence en matière de science religieuse. On se reporte parfois aux épigraphes des poèmes de *Cellulairement* pour détailler ses lectures en prison, notamment celles de saint Bonaventure et de sainte Catherine de Sienne, alors qu'elles sont postérieures à sa libération. En réalité, la partie centrale de *Sagesse* écrite à Mons (II, IV) se fonde sur les psaumes, sur l'Évangile (en particulier celui de saint Jean, et sur l'*Apocalypse*), sur les lettres de saint Paul et sur la liturgie quotidienne : le fonds spirituel, en somme, d'un dévot qui participe consciencieusement aux offices. Et Verlaine est attiré par la religiosité populaire autant que par l'Écriture [1] :

Je vois Jésus, sa croix de sang humide,
Ses mains, ses pieds percés d'énormes clous,
Son cœur ouvert, son visage livide,
Ses yeux éteints... Il est mort... C'est pour nous [2] *!*

Il a probablement emprunté l'idée d'un dialogue avec Dieu à l'*Imitation*, peut-être lue dans la traduction en vers de Corneille : à partir du troisième livre (« Des consolations intérieures ») s'engage en effet un dialogue croisé entre le fidèle et le Christ autour de la communion et de la grâce qui n'est pas sans rapport avec les propos de *Sagesse*, tant

---

1. Voir, entre autres, la lettre du 27 octobre 1878 à Charles de Sivry, *Corr.*, p. 633. **2.** « Cœur de Jésus », dans *150 cantiques*, Limoges, Barbou et Cie [1881], p. 62. À rapprocher de II, IV [I], v. 1-8.

du point de vue du cheminement intérieur que du point de vue des formes et des images :

> *Seigneur, t'oserai-je parler,*
> *Moi qui ne suis que cendre et que poussière,*
> *Qu'un vil extrait d'une impure matière,*
> *Qu'au seul néant on a droit d'égaler* [1] ?

Verlaine va enrichir ses connaissances en matière de littérature religieuse à partir de 1875. À la fin de l'année, il communique à Delahaye et à Blémont son enthousiasme pour les écrits de saint Thomas d'Aquin et de sainte Thérèse d'Avila, « altern[ant] l'anglais avec Théologie et Mystiques [2] ». Mystique, *Sagesse* l'est en partie dans son développement [3], qui voit le sujet se repentir et s'humilier dans la solitude et le silence, être illuminé et recevoir, comme une offrande et un acte d'amour, le corps et le sang du Christ. Mais Verlaine est un poète, et la sainteté n'est pas son lot. Il lit avec l'enthousiasme conjugué du catéchumène et du littérateur les *Relations spirituelles* de sainte Thérèse, dont un de ses grands poèmes porte la trace (II, I : « Ô mon Dieu, vous m'avez blessé... »), et la sainte est, pour lui, une « femme de génie », « la dialectique subtile et la psychologie pénétrante par excellence, mises en œuvre par le plus vif, le plus rapide, le plus clair et le plus sobrement, le plus nettement imagé de tous les styles [4] ! » ; mais l'analogie et les influences s'arrêtent là. Verlaine a consigné dans un carnet la liste des livres qu'il possédait vers 1885. Parmi les quelque cent trente volumes de sa bibliothèque, un quart

---

1. *Imit.*, p. 232. **2.** Lettres du 3 septembre et du 19 novembre 1875, *Corr.*, p. 427 et 456. **3.** Verlaine a parlé de *Sagesse* comme d'« un livre mystique » dans *Les Hommes d'aujourd'hui*, *OPr*, p. 767. Le mot « mystique » est dans *Sagesse* (II, IV [VII-3], v. 5 ; voir p. 175). **4.** *Voyage en France par un Français*, *OPr*, p 1034.

comprend des auteurs ou des sujets religieux [1] : plusieurs Bibles, un bréviaire, les écrits de sainte Thérèse, sainte Chantal et saint Thomas, des œuvres de Bossuet, de Joseph de Maistre, d'Auguste Nicolas, une histoire des Jésuites, une Apologie, un volume d'hymnes... Or, si « on découvre, en ce chrétien que l'on croirait tout instinctif, une constante préoccupation de justifier par la science et de confirmer sa foi [2] », il semble que Verlaine réserve la plupart de ses lectures à son enrichissement personnel : sa poésie religieuse n'est pas une poésie savante.

Verlaine est libéré en janvier 1875. La sortie de prison provoque en lui une crise d'inspiration à laquelle il tente de remédier par des sujets et une poétique proches des *Romances sans paroles* :

> Quant à des verses [*sic*]... hélas ! oui, je crois bien que j'en ferai toujours. En attendant, depuis Mons [3], – pas un, pas un petit ! J'ai voulu (histoire d'essayer) ces jours-ci faire quelque chose comme des chansons descriptives, paysages douloureux, etc. Impossible. Ça reviendra, du reste [4].

Il faut croire que « c'est revenu », puisque *Sagesse* porte témoignage de cette période où, arrivé à Stickney, en Angleterre, il s'enchante de paysages noyés de brume, suspendus entre mer et campagne. « L'échelonnement des haies » (III, XIII), écrit à l'époque, n'est pas seulement un exercice : c'est aussi le signe de la continuité avec le passé à travers une poétique désormais maîtrisée où « l'indécis au précis se

---

1. Vernon Ph. Underwood, « Le carnet personnel de Verlaine », *Revue des sciences humaines*, avril-juin 1955, p. 212. **2.** Antoine Adam, *Verlaine. L'homme et l'œuvre*, Hatier-Boivin, 1953, p. 116. **3.** Où il avait été transféré à la maison d'arrêt en octobre 1873. **4.** Lettre à Delahaye du 29 avril 1875, *Corr.*, p. 393.

joint [1] ». Il faut aussi compter avec le désir de Verlaine de revenir sur la scène littéraire, quoiqu'il cherche à s'isoler et qu'il se tienne à l'écart de Paris et de son ancien milieu. En juillet 1875, apprenant qu'une nouvelle série du *Parnasse contemporain* allait paraître, il s'adresse à Émile Blémont pour y contribuer et poursuivre ainsi une collaboration qui avait débuté en 1866, dans la première série du fameux « recueil de vers nouveaux ». On ignore quels étaient les poèmes joints à cette lettre ; on sait qu'ils furent refusés par le comité de rédaction de la revue sous de vagues prétextes de moralité [2] et que, malgré cette malheureuse décision, Verlaine ajouta à ce « petit paquet parnassien » l'admirable « Beauté des femmes, leur faiblesse, et ces mains pâles » (I, v). Ces poèmes étaient peut-être les « quelques pauvres strophes » qu'il voulait aussi envoyer à Delahaye à l'époque : « C'est encore des personnalités, mais sur une autre gamme, histoire de me refaire la main avant d'aborder du sérieux [3]. » Il reste que les sonnets de la période 1875-1876 méritent d'être mis en valeur pour leur profonde et troublante originalité. Le groupe formé par « Beauté des femmes... » (I, v), « Ô vous, comme un qui boite au loin... » (I, vi), « Les faux beaux jours... » (I, vii), « La tristesse, la langueur... » (III, x), auxquels on peut ajouter le plus ancien « Parfums, couleurs, systèmes... » (III, viii) traduit un état d'extrême incertitude où la conscience, affolée par les souvenirs et tourmentée par le désir et la tentation, est prise au piège et se débat : c'est une poésie allusive, à la fois majestueuse et titubante, qui reflète la tension entre deux *moi* opposés :

Les faux beaux jours ont lui tout le jour, ma pauvre âme,

---

1. « L'art poétique » (*Cellulairement*, puis *Jadis et naguère*). **2.** Voir I, v, note 1, p. 88. **3.** Lettre à Delahaye du 1er juillard 1875, *Corr.*, p. 409.

....

Ils ont lui tout le jour en longs grêlons de flamme,
Battant toute vendange aux collines,
....
Ô pâlis, et va-t'en, lente et joignant les mains.

Mais toute médaille a son revers, et le retour du poète à la vie civile a aussi causé une certaine dispersion dans les thèmes et dans les formes, sa candeur et sa spiritualité n'étant plus protégées avec la même rigueur qu'en prison. Le besoin impérieux éprouvé par Verlaine de se justifier aux yeux de ses proches et de mêler la poésie aux affaires privées, en particulier celles où il est mis en cause, a nui à la fois à son image et à son œuvre. *Sagesse* n'a pas échappé à cette manie. Verlaine a revu Rimbaud en février 1875 et la rencontre a mal tourné. Ils s'écrivent mais ne se comprennent plus. Aigri et blessé, Verlaine se laisse aller à la remontrance et à la semonce (I, IV : « Malheureux ! Tous les dons... ») et n'hésite pas à publier ce texte en 1880, comme il avait publié naguère « Birds in the night » et « Child wife » dans les *Romances sans paroles* pour se venger de Mathilde. Mais le défaut majeur des pièces tardives de *Sagesse* réside dans leur didactisme exaspéré. Le légitimisme et le cléricalisme de Verlaine s'accentuent à partir de 1877, l'année où il commence son ouvrage réactionnaire, le *Voyage en France par un Français*. Or, si le pamphlétaire patriote et moralisateur réussit, en prose, à se faire une petite place entre Barbey d'Aurevilly et Louis Veuillot, le poète, en revanche, perd au change. Sermonnaire, Verlaine s'insurge contre les athées et les républicains (I, XI : « Petits amis... » et I, XII : « Or, vous voici promus... »), se lance dans l'ode patriotique et bonapartiste à l'occasion de la mort accidentelle du Prince impérial (I, XIII : « Prince mort en soldat... ») et déplore l'expulsion des Jésuites (I, XIV : « Vous reviendrez bientôt... »). Il a reconnu plus tard que ces « choses de France » étaient « les plus ternes » du recueil mais son intransigeance – ou son aveuglement – lui fait aussi condamner à l'époque les vers fluides et délicats de « Écoutez la chanson bien douce » (I, XVI) au nom d'une poétique qu'il juge artificieuse tout en continuant de la pratiquer : « Je l'intitulerais volontiers Picotin-picota, prêchi-prêcha, et ça me semble, comme tout effort parisemard, d'un bête, d'un bête ! Enfin, voici cette musicaillerie sans talent aucun, je le crains [1]. » Pourtant, les poèmes qu'il consacre à sa femme et à son fils dans l'espoir de reconquérir leur affection (I, XVI : « Écoutez la chanson bien douce... », I, XVII : « Les chères mains... » et I, XVIII : « Et j'ai revu l'enfant... ») sont tendres et bien tournés : ils n'auraient pas dépareillé *La Bonne Chanson.* Mais Verlaine est convaincu d'avoir adopté une « nouvelle manière [2] » en accord avec sa sensibilité et avec ses idées et croit devoir s'y tenir. On peut, par goût, regretter qu'il n'ait pas continué à faire danser Pierrots et Colombines dans les allées des *Fêtes galantes* ou qu'il ait cessé d'enrichir à l'infini le cahier des *Ariettes oubliées* ; on appréciera en revanche le fait qu'il ait conservé dans *Sagesse* des pièces aux résonances diverses, assurant à son recueil une pluralité de voix.

Avec les années, Verlaine formera sciemment une œuvre bipartite selon un plan exposé dans le chapitre des *Poètes maudits* qu'il consacre à lui-même, Pauvre Lelian :

> Les vers catholiques de Pauvre Lelian couvrent-ils littérairement ses autres vers ? Cent fois oui. Le ton est le même dans les deux cas, grave et simple ici, là fiorituré, languide, énervé, rieur et tout ; mais le même ton partout, comme l'HOMME mystique et sensuel reste l'homme intellectuel toujours dans les manifestations d'une même pensée qui a ses hauts et ses bas.

---

1. Lettre à Charles de Sivry du 27 octobre 1878, *Corr.*, p. 632. Voir I, XVI, note 1, p. 120. **2.** Lettre à Adolphe Racot du 1er juin 1877, *Corr.*, p. 567.

> Et Pauvre Lelian se trouve très libre de faire nettement des volumes de seule oraison en même temps que des volumes de seule impression, de même que le contraire lui serait des plus permis [1].

Sagesse représente le point de départ de cette stratégie destinée en grande partie à justifier la volubilité et les égarements du Faune. Mêlant « impressions » et « oraisons », le recueil témoigne de l'évolution poétique de Verlaine depuis les *Romances sans paroles* dans le sens du lyrisme et de la subjectivité. Son caractère composite, commun à tous les volumes de Verlaine à partir des années 1880, lui garantit une unité qui transcende les époques, les déclarations, les programmes.

*

Sagesse ne rencontra aucun succès à sa parution, ni dans la presse, ni dans le public. N'étant pas à Paris, Verlaine ne put assurer la diffusion de son livre et son éditeur, une fois le volume payé et imprimé, s'en désintéressa complètement : il ne figurait pas au catalogue de la Librairie et les employés de la maison Palmé rechignaient, semble-t-il, à servir les rares clients qui le demandaient. Mais les raisons de cet échec ne sont pas seulement techniques et logistiques. Verlaine n'a plus publié de livres depuis 1874 (et encore : les *Romances sans paroles*, éditées à Sens sur les presses d'un journal, ne furent pas mises en vente), il ne fréquente plus les milieux littéraires et il est victime de l'ostracisme de ses anciens amis. D'autre part, le propos de son livre et la maison d'édition qu'il a choisie ne sont guère faits pour attirer les amateurs et ceux d'entre eux qui connaissent son

1. « Pauvre Lelian », *Les Poètes maudits* [1888], *OPr*, p. 689.

œuvre s'en détournent, méfiants ou embarrassés. Enfin, l'heure n'est pas encore à la réaction spirituelle de la fin du siècle. L'attitude d'un ami de Verlaine, Ernest Delahaye, est significative : il tente de rassurer le poète sur la valeur de son livre tout en lui conseillant de changer de voie et de se lancer... dans la satire, pour répondre aux attentes du public : « *Sagesse* et *Amour* seront tes œuvres les plus durables probablement mais leur succès ne pourra être produit que par le temps et viendra surtout d'une réputation acquise par d'autres moyens [1]. » En 1881, ni les critiques ni le public ne sont préparés à reconnaître l'intérêt et la nouveauté de ce recueil.

À la mort de Verlaine, en 1896, *La Plume* lança un questionnaire sur l'héritage du poète. À la question : « Quelles sont les meilleures parties de l'œuvre de Paul Verlaine ? », *Sagesse* venait en tête des réponses avec 93 suffrages, suivi par les *Fêtes galantes* (48 voix), les *Romances sans paroles* et *Amour* (31 voix), puis *La Bonne Chanson* (27 voix) [2]. Verlaine était célèbre et Vanier avait réédité *Sagesse* deux fois, en 1889 et en 1893. Les critiques voyaient en lui le premier poète religieux de la France depuis le Moyen Âge. La jeunesse catholique avait accepté qu'un poète moderne dévoyé et pornographe fût aussi porteur d'espérance ; elle avait reconnu en lui sa voix, son idéal, sa sensibilité propre. *Sagesse* a certainement répondu au besoin d'idéalisme et à la soif d'absolu que les conversions de nombreux écrivains et personnalités allaient étancher après 1885. Cependant la conversion de Verlaine, ancienne et intime, s'était accomplie sans bruit, à l'abri de la société, et non contre elle. Elle devait, avec le temps, produire d'autres résonances ; mais pour être dévot, Verlaine n'en était pas moins homme.

---

1. Lettre de Delahaye à Verlaine d'avril ou mai 1881, *Corr.*, p. 699. **2.** « Résultats du congrès des poètes », *La Plume*, 1er-8 février 1896.

Sagesse rendait compte d'une expérience de vie – de chutes et d'espoirs, de souillure et de purification, de charité et de rédemption – et, bien loin de l'impassibilité hautaine du Parnasse, Verlaine redonnait à la poésie française ce moi tourmenté dont elle s'était méfiée depuis trop longtemps. Néo-romantique dans ses thèmes et par son lyrisme, sa poésie déroutait par la richesse de son expressivité : les multiples accents de cette confession, libérés ou étouffés, rendus par des rythmes déroutants et une indépendance absolue en matière d'accents, de coupes et de mètres, ouvraient la voie aux innovations de la poésie moderne.

Olivier BIVORT.

NOTES SUR L'ÉTABLISSEMENT DU TEXTE

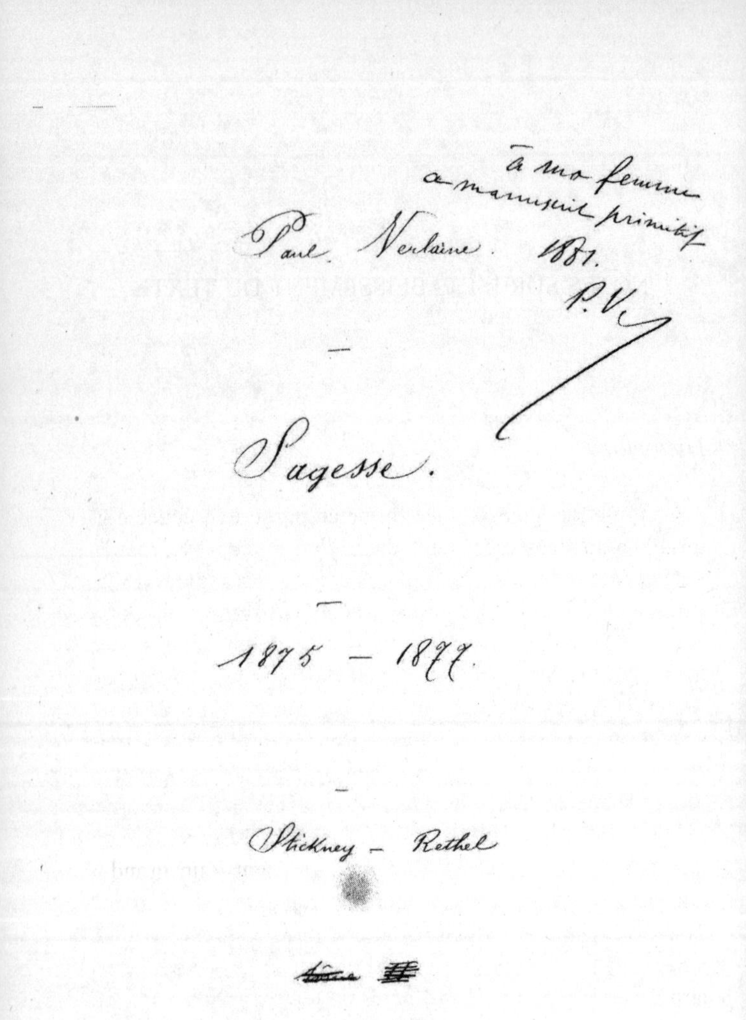
à ma femme
ce manuscrit primitif
1881.
P.V.

Paul Verlaine.

—

Sagesse.

—

1875 – 1877.

—

Stickney – Rethel

Page de titre du manuscrit « Sivry »,
dédicacé par Verlaine à sa femme.

Historique

Le projet de *Sagesse* s'est formé en partie de l'échec éditorial et du démembrement de *Cellulairement*, le recueil « de prison » jamais publié par Verlaine. En janvier 1875, il rassemble les poèmes écrits pendant les seize mois de sa captivité dans l'intention de faire un volume, mais la vie qu'il avait menée depuis l'arrivée de Rimbaud à Paris, en septembre 1871, lui a fermé bien des portes et les éditeurs se dérobent, sous de vagues prétextes. Malgré ses déboires, il termine la rédaction et la mise en ordre de *Cellulairement* et, le 26 octobre 1875, il annonce à Delahaye que son recueil est fini. Entre-temps, il fait part à Blémont de son intention de préparer « trois volumes », dont « un grand » qui est en cours d'élaboration [1] : *Sagesse*. De fait, le 27 octobre 1875, Blémont reçoit une pièce de vers intitulée « Sagesse » ; il s'agit du futur « Écrit en 1875 » publié plus tard dans *Amour*, un des volumes en « préparation » qui ne paraîtra qu'en 1888 [2]. À partir du mois de novembre 1875, le titre de l'œuvre est couramment mentionné dans la

---

1. Lettres à Blémont des 20 septembre et 27 octobre 1875, *Corr.*, p. 433 et 445. **2.** La destination des poèmes est fluctuante : « Écrit en 1875 » est en effet annoncé comme pièce d'ouverture de *Sagesse* le mois suivant (lettre à Blémont du 19 novembre 1875, *Corr.*, p. 455).

correspondance de Verlaine, y compris sous sa forme argotique : *Sago*.

Suivant son habitude, le poète envoie ses poèmes à des amis, mais aussi à son ex-belle-mère, Mme Mauté, et il annonce plusieurs fois l'état d'avancement du recueil : « un volume qui peut paraître l'an prochain sous le titre bien ambitieux de : *Sagesse* » (24 juillet 1876) ; « je travaille à mort à *Sagesse* que Je veux (et aurai) finie fin septembre » (18 juillet 1877) ; « je t'envoie deux fragments de mon livre *Sagesse* qui sera prêt vienne octobre » (2 août 1877) ; « volume va être achevé » (7 septembre 1877) [1]. Une première version est terminée courant 1878. Seize poèmes de *Cellulairement*, définitivement abandonné, ont trouvé place dans *Sagesse*. Verlaine fait parvenir un manuscrit à sa femme, sans doute dans l'espoir de l'amadouer, mais, en septembre et en octobre 1878, il cherche à le récupérer pour y apporter « quelques retouches » [2]. N'étant pas à Paris, il charge aussi ses amis et connaissances de chercher un éditeur. C'est peine perdue : les Dentu, Tresse et Lemerre refusent le volume. Verlaine paie à la fois le prix de sa marginalité et de l'originalité de ses vers, en dehors de la note habituelle. Il pense alors à une édition de son *Œuvre poétique*, où « la note catholique commanderait le tout » et demande à Mallarmé de lui « désigner un éditeur au moins gratuit, luxueux autant que possible, et respectable » [3]. Projet sans suite, il va sans dire. Le temps passe et le poète ajoute quelques pièces, corrige çà et là certains vers [4]. Finalement, grâce aux recommandations de « personnes pieuses », le directeur de

---

1. *Corr.*, p. 519 (à Mme Mauté), 571 (à Delahaye), 573 (à Lepelletier), 579 (à Lepelletier). **2.** Ce manuscrit porte la date « 1875-1877 ». Il a peut-être été remis à Mathilde lors d'une visite de Verlaine à Paris en août 1878. Voir lettres de Verlaine à Charles de Sivry des 14 septembre et 3 octobre 1878, *Corr.*, p. 620, 629. **3.** Lettres à Mallarmé des 22 mai et 1er septembre 1879, *Corr.*, p. 649, 651. **4.** Lettre à Mallarmé du 11 septembre 1879, *Corr.*, p. 653.

la Société générale de librairie catholique, Victor Palmé, accepte d'éditer le volume à compte d'auteur : 600 francs d'avance pour un tirage de 500 exemplaires. Verlaine peut enfin annoncer la parution prochaine de *Sagesse* [1]. Il corrige les deuxièmes épreuves en septembre 1880 et le recueil sort des presses de l'imprimerie Hérissey, à Évreux, en décembre (avec le millésime 1881). Très mal lancé, il n'est pas distribué et la totalité de l'édition passe en peu de temps des rayons de la librairie à la cave de l'éditeur [2]. Pourtant, Verlaine a pris soin d'assurer la publicité de son livre dans la presse catholique : il a écrit lui-même un article (non publié) et un prière d'insérer, diffusé en grande partie dans les journaux de province [3]. Son service de presse est réduit mais il n'oublie pas quelques personnalités : Delahaye signale un envoi au pape Léon XIII, à l'impératrice Eugénie et à Victor Hugo [4]. Enfin, les retombées critiques sont à la mesure de cet échec éditorial : on ne connaît à ce jour que cinq comptes rendus de la première édition de *Sagesse*, et ils ne sont pas élogieux [5].

Composition du recueil

Il importe de considérer en détail la composition du volume. *Stricto sensu,* elle s'étend sur plus de sept années qui ne sont pas les plus calmes de la vie de Verlaine. Si la conversion de 1874 est le thème principal du recueil, celui-ci rassemble aussi des poèmes écrits avant et après cet événement, dans des contextes et avec des objectifs différents. Verlaine a noté lui-même dans un exemplaire de *Sagesse*

---

1. Lettre à Léon Valade du 30 mai 1880, *Corr.*, p. 661. **2.** Selon Edmond Lepelletier, elle aurait été vendue au soldeur et mise au pilon (*Paul Verlaine. Sa vie, son œuvre*, Mercure de France, nouv. éd., 1923, p. 433). Voir aussi Charles Donos, *Verlaine intime*, Vanier, 1898, p. 110-111. **3.** Voir Dossier, p. 283-284. **4.** Ernest Delahaye, *Verlaine*, Messein, 1923, p. 304. **5.** Voir Dossier, p. 286 et p. 290, 291 et 293.

les dates et les circonstances de composition de ses textes [1] : suivant ses propres indications, le *terminus a quo* des poèmes de la première édition serait donné par la pièce III, XI datée « Jéhonville, mai 73, à travers champs » et le *terminus ad quem* par la pièce I, XVIII, datée « Paris, juin 1881 »... après la publication du recueil ! Ces renseignements tardifs sont aléatoires : il importe de les confronter avec d'autres documents, lettres et manuscrits, pour fixer des limites et circonscrire des périodes. Ainsi, la présence d'un poème dans le manuscrit offert à Mathilde Mauté implique que ce texte est antérieur à septembre 1878 en dépit des indications de Verlaine dans l'exemplaire Kessler. Récemment, la vente des papiers de la famille Mauté [2] a mis en lumière de nombreux éléments inconnus qui permettent de mieux dater les textes. L'ensemble de ces informations, que nous reportons en tête de chaque poème de *Sagesse*, nous invite à détailler la composition du recueil comme suit :

– poèmes écrits avant « le drame de Bruxelles » (10 juillet 1873) : III, IX ; III, XI.

– poèmes écrits en prison avant la « conversion » (Bruxelles-Mons, 11 juillet 1873-juin 1874) : III, VII ; III, IV ; III, V ; III, VI ; III, III.

– poèmes écrits en prison après la « conversion » (juin 1874-16 janvier 1875) : III, II ; II, IV (1-10) ; I, IX ; III, VIII.

– 1875 : III, XIII ; II, I ; II, II ; [III, X] ; [III, XII] ; I, XIX ; I, III ; I, IV ; I, V ; [I, VII] ; [I, XXIV] ; [III, I].

---

1. Voir F[ernand] V[andérem], « Un exemplaire de *Sagesse* annoté par Verlaine », *Bulletin du bibliophile et du bibliothécaire*, 20 juillet 1933, p. 306-310. L'exemplaire en question (3e éd., 1893) porte la dédicace suivante : « À Monsieur le Comte de Kessler hommage bien sympathique de cet exemplaire par moi annoté en entier P. Verlaine. » Nous suivons les indications plus précises de V. Ph. Underwood (*Sagesse*, Londres, Zwemmer, 1944). **2.** *Autographes et manuscrits*, Drouot, vente du 25 mai 2004, Tajan (expert : Alain Nicolas).

– 1876 : I, xx ; I, vi ; I, xviii ; I, xxi ; I, viii.
– 1877 : I, xxii ; I, i ; [I, x] ; I, xi ; I, ii ; [I, xvii] ; [III, xiv] ; III, xv ; III, xvi ; III, xviii ; III, xix.
– 1878 : [I, xv] ; I, xvi ; [I, xxiii] ; II, iii.
– 1879 : I, xii ; I, xiii.
– 1880 : [III, xvii] ; I, xiv.

Établissement du texte

1. Manuscrits

On distingue trois étapes dans la formation du *corpus* manuscrit de *Sagesse* : les avant-textes dans la correspondance, la constitution de *Cellulairement* et les manuscrits du recueil proprement dit.

A. On trouve dans les lettres à Lepelletier des poèmes initialement destinés à *Cellulairement* et qui, modifiés, seront insérés dans *Sagesse* : III, iii et III, xi dans la lettre d'octobre 1873 ; II, iv (en entier) dans la lettre du 8 septembre 1874 ; III, xiii et III, xv dans la lettre du 2 août 1877 (Bibliothèque littéraire Jacques-Doucet). La correspondance avec Blémont contient trois poèmes du futur recueil : I, v dans la lettre du 20 septembre 1875 ; II, i et II, ii dans la lettre du 19 novembre 1875 (Bibliothèque nationale de France). Enfin, les poèmes suivants ont été joints à la correspondance avec Mme Mauté : I, xviii dans la lettre du 24 juillet 1876 ; I, iv et 20 vers de I, xxi dans la lettre du 2 octobre 1876 ; la dernière strophe de I, xxi ; III, iii ; III, iv et III, vii dans la lettre du 28 octobre 1876 [1]. Les pièces suivantes, de provenance identique, ont été séparées des lettres auxquelles elles étaient jointes : I, viii ; I, ix ; I, xix ; I, xx ; I, xxii (ces cinq pièces ensemble) ; I, i et I, ii ensemble ;

1. *Ibid.* Lettres et poèmes, mal classés dans le catalogue, sont à répartir comme suit : les n°s 84 et 82 (1) forment un tout, de même que les n°s 82 (2) et 78.

I, XI et II, II séparément [1]. Nous devons à la disponibilité de l'expert, M. Alain Nicolas, de pouvoir publier ces états pour la première fois.

B. Seize poèmes de *Cellulairement* (1875) sont passés dans *Sagesse* après le démembrement du recueil : II, IV (1-10) ; III, II ; III, III ; III, IV ; III, V ; III, VII ; III, XI. On dénombre quatre versions manuscrites de *Cellulairement*. Le manuscrit principal contient l'ensemble de ces poèmes [2]. Les quatorze derniers vers de III, II apparaissent sur un fragment d'un second manuscrit et des feuillets appartenant à un troisième manuscrit reportent les dix sonnets de II, IV (Bibliothèque littéraire Jacques-Doucet) [3].

C. Il existe deux manuscrits de *Sagesse*. Le premier a été constitué en 1878 et fut offert par Verlaine à sa femme. Il le lui réclama en septembre 1878 pour y apporter des corrections et le confia par la suite à Charles de Sivry, qui en fut le dépositaire jusqu'à la mort du poète. Georges Verlaine, à qui le manuscrit fut remis, le vendit 500 francs en juin 1897 à l'éditeur Édouard Champion. Inaccessible depuis 1936, il est passé en vente publique en 2004 et a été acquis par la Bibliothèque nationale de France [4]. Le premier feuillet porte : « Paul Verlaine. / Sagesse. / 1875-1877. / Stickney-Rethel. / tome II [ces deux mots biffés] » et, en haut à droite, la dédicace : « À ma femme / ce manuscrit primitif / 1881. / P. V. » Ce manuscrit ne contient pas les pièces suivantes, écrites et/ou insérées après 1878 : préface ; I, XII ; I, XIV ; II, III ; III, XI ; III, XVII. Il comporte en revanche deux poèmes absents de l'édition originale : « J'ai

---

1. *Ibid.*, respectivement n°s 81, 86, 85, 81. **2.** Vendu 299 200 euros à un particulier le 15 décembre 2004 (*Books and manuscripts,* Paris, Sotheby's, 2004). **3.** Voir « Éditer *Cellulairement* », *Revue Verlaine*, n°s 7-8, mai 2002, p. 31-53 et *Romances sans paroles* suivi de *Cellulairement,* Le Livre de Poche « Classiques », 2002, p. 56-62. **4.** *Paul Verlaine*, Espace Tajan, vente du 11 février 2004, Tajan (experts : Pierre Berès et Thierry Bodin), n° 7.

naguère habité... » (publié dans *Amour* sous le titre « Écrit en 1875 » et placé après I, I) et « Ce soir, je m'étais penché... » (publié dans *Jadis et naguère* sous le titre « Vers pour être calomnié », positionné entre III, X et III, XII, et biffé). Nous devons à l'expert, M. Pierre Berès, d'avoir pu étudier en détail ce manuscrit.

Le second manuscrit a servi à l'impression du recueil. Il appartenait à Ernest Delahaye qui prit l'heureuse initiative de le faire reproduire en fac-similé [1]. Le premier feuillet porte : « À mon cher ami Ernest Delahaye, je donne ce manuscrit de *Sagesse.* / Paul Verlaine / Pâques. 1881. » Ce manuscrit fut vendu par l'ami de Verlaine à Louis Barthou, puis passa dans la collection de Léon Cotnareanu en 1935. On a perdu sa trace aujourd'hui. Au moment de la préparation du fac-similé, il manquait les pages 95, 96 et 98, soit les vers 23 à 54 de la pièce III, XVIII et les vers 19-20 de la pièce III, XIX : ils ont été typographiés.

Il existe quelques manuscrits isolés de poèmes de *Sagesse* dont on ignore la provenance et qui, à l'origine, étaient probablement insérés dans des lettres. À cet égard, il faut retenir un exemplaire de *Sagesse* truffé, passé en vente en 1935 puis en 1990 et contenant les pièces I, I ; I, XIV ; II, III ; III, XIII ; III, XV [2]. Quelques-uns de ces manuscrits ont été reproduits en fac-similé : ainsi I, XIV dans le catalogue de la vente Louis Barthou ; I, IX ; III, III ; III, IV et III, IX dans le *Verlaine* de Jean Richer [3]. Enfin, des variantes ont parfois

---

1. Paul Verlaine, *Sagesse*, fac-similé du manuscrit original remis en 1880 à la Société de librairie catholique, avertissement d'Ernest Delahaye, portrait d'après Eugène Carrière, Messein, coll. « Les Manuscrits des Maîtres », 1913, et Genève-Paris, Slatkine Reprints, 1983. **2.** *Bibliothèque de M. Louis Barthou,* seconde partie, Blaizot et fils, 1935, p. 204-205 ; *Bibliothèque du château de Prye*, Drouot-Montaigne, 27 juin 1990, n° 271. **3.** *Bibliothèque de M. Louis Barthou*, *op. cit.*, p. 206 ; Jean Richer, *Paul Verlaine,* Seghers, coll. « Poètes d'aujourd'hui », éd. revue, 1980, p. 138-139 (il s'agit d'un feuillet autographe encarté dans un exemplaire de *Sagesse* décrit dans *Écrivains des XIXe et XXe siècles,* Paris, Librairie Pierre Berès, catalogue 56 [1956], n° 627).

été signalées dans les catalogues de vente et par les éditeurs des œuvres de Verlaine [1]. Nous les avons reportées dans l'apparat critique.

2. Publications préoriginales

À part une version différente de III, XVII publiée dans *Romances sans paroles* (Sens, Maurice L'Hermitte, 1874) et dans *L'Artiste* (Bruxelles) du 19 août 1877 sous le titre « Chevaux de bois [2] », aucun poème de *Sagesse* n'a fait l'objet d'une publication préoriginale. Le texte que nous publions étant celui de la première édition, nous n'avons pas tenu compte de la prépublication de « Sonnet » dans *Le Décadent* du 1er-15 juillet 1888 (« Sainte Thérèse veut que la Pauvreté soit... »), recueilli dans la seconde édition de *Sagesse* en 1889.

3. Éditions et poèmes parus du vivant de Verlaine

– Paul Verlaine, *Sagesse*, Paris, Société générale de librairie catholique (Paris, ancienne maison Victor Palmé et Bruxelles, ancienne maison Henri Goemaere), MDCCCLXXXI. Édition originale tirée à 500 exemplaires. Pas d'achevé d'imprimer [décembre 1880], répertorié au *Catalogue général de la librairie française* seulement en 1887 (t. X, vol. 2 [1876-1885], p. 713).

– *Anthologie des poètes français du* XIXe *siècle*, t. III : *1842 à 1851*, Paris, Lemerre [1888]. Pas d'achevé d'imprimer, publié en fascicules hebdomadaires. Contient I, XXIV, p. 118-120.

– *Album de vers et de prose*, Bruxelles, Librairie nou-

---

1. Ainsi Y.-G. Le Dantec et J. Robichez, éd. citées. **2.** Voir Appendice, p. 247. Il semble que Verlaine n'ait eu aucune part dans la publication de « Chevaux de bois » dans *L'Artiste*.

velle, Anthologie des écrivains français et belges, vol. 58, série V, n° 10 [1888]. Contient I, IX et III, IV, p. 4-5.

– Paul Verlaine, *Sagesse*, nouvelle édition revue et corrigée, Paris, Léon Vanier, 1889. Deuxième édition en partie originale tirée à 1 100 exemplaires. Pas d'achevé d'imprimer [août 1889], annoncée dans la *Bibliographie de la France* du 19 octobre 1889. Elle contient deux poèmes supplémentaires par rapport à l'édition originale (« Tous les amours de la terre... » et « Sainte Thérèse veut... ») tandis que la pièce III, XVII a été supprimée [1].

– Paul Verlaine, *Choix de poésies*, avec un portrait de l'auteur par Eugène Carrière, Paris, Bibliothèque Charpentier, 1891. Tiré à 1 535 exemplaires. Pas d'achevé d'imprimer [mai 1891], annoncé dans la *Bibliographie de la France* du 20 juin 1891. Contient I, V ; I, VII ; I, IX ; I, X ; I, XVI ; I, XVII ; I, XVIII ; I, XIX ; I, XXIV ; II, I ; II, II ; II, IV (en entier) ; III, III ; III, IV ; III, V ; III, VI ; III, VII ; III, IX ; III, XII ; III, XIII ; III, XV ; III, XX.

– Paul Verlaine, *Sagesse*, troisième édition revue et corrigée, Paris, Léon Vanier, 1893. Pas d'achevé d'imprimer, annoncée dans la *Bibliographie de la France* du 21 janvier 1893.

4. Choix du texte

Conformément au plan de notre édition, nous avons privilégié l'édition originale, en dépit de la tradition philologique qui nous poussait à adopter la dernière édition revue par l'auteur. C'est que la formation et l'évolution des poétiques de Verlaine, les stratégies éditoriales visant à détourner les textes de leur référent ou à brouiller les dates de leur

1. Les épreuves de cette édition sont dans la collection de M. Henri Fischer (voir Christian Galantaris, *Verlaine, Rimbaud, Mallarmé,* catalogue raisonné d'une collection, Paris-Genève, Éd. des Cendres, 2000, p. 70-71). Elles n'ont pas été prises en compte dans l'apparat critique.

composition nous engagent à lire ses œuvres dans leur contexte d'origine. Ainsi, Verlaine a modifié le contenu de son livre : il a éliminé un poème et en a ajouté deux autres en 1889, et la préface originale fait alors figure de témoignage. Des coquilles, des fautes d'orthographe, une ponctuation parfois aberrante et même quelques vers faux apparaissent dans les trois éditions publiées du vivant de Verlaine. À ce titre, la première nous semble plus fiable que la seconde, généralement choisie par les éditeurs modernes qui écartent la troisième, moins soignée, quoiqu'elle ait été « revue et corrigée ».

Nous nous écartons de l'édition originale dans les cas suivants (les fautes d'orthographe ne sont pas prises en compte ; nous avons adopté systématiquement l'emploi du tiret introducteur dans les sonnets dialogués de II, IV, comme dans les 2e et 3e éditions) :

I, II, vers 37 : « Mon // *I, II, vers 75 :* condition // *I, X, vers 2 :* délicat, // *I, XII, vers 9 :* À l'œuvre, petits amis ! *(vers faux)* // *I, XIII, vers 3 :* espérance ; *vers 10 :* d'avance..... // *I, XVII, vers 19 :* ces mains vénérées, // *II, IV [VII-1], vers 12 :* vin // *III, I, vers 6 :* lumière *; vers 29 :* exclusif // *III, II, vers 157 :* martyr // *III, XVIII, vers 11 :* même.

Ces leçons ne sont pas reprises dans l'apparat critique. On trouvera l'ensemble des variantes p. 249 et suivantes.

ABRÉVIATIONS EMPLOYÉES DANS L'ANNOTATION DES TEXTES[1]

1. Le lieu d'édition n'est pas mentionné lorsqu'il s'agit de Paris.

Verlaine porte la bannière de l'institution Notre-Dame
de Rethel. Dessin d'Ernest Delahaye (1877).

Acad. : *Dictionnaire de l'Académie française*, 6e éd., Firmin-Didot, 2 t., 1835.

Besch. : BESCHERELLE (Louis-Nicolas), *Dictionnaire national, ou Dictionnaire universel de la langue française*, 2e éd., Simon-Garnier, 2 t., 1852.

Brunot : BRUNOT (Ferdinand), « La langue française de 1815 à nos jours », dans *Histoire de la langue et de la littérature française des origines à 1900*, sous la direction de L. Petit de Juleville, t. VIII : *Dix-neuvième siècle. Période contemporaine (1850-1900)*, A. Colin, 1899, p. 704-884.

Charbonneau : CHARBONNEAU-LASSAY (Louis), *Le Bestiaire du Christ*, Milan, Archè, 1940.

Corr. : VERLAINE, *Correspondance générale*, éd. Michael Pakenham, t. I : *1857-1885*, Fayard, 2005.

Dhlf : *Dictionnaire historique de la langue française* (1992), sous la dir. de Alain Rey, éd. enrichie, Le Robert, 3 t., 1998.

Gaume : *Abrégé du catéchisme de persévérance* par Mgr Gaume, Lyon-Paris, Librairie catholique Emmanuel Vitte, 67e éd., s.d.

Grev. : GREVISSE (Maurice) et GOOSSE (André), *Le Bon Usage : grammaire française avec des remarques sur la langue française d'aujourd'hui*, 13e éd. revue, Gembloux, Duculot, 1993.

Imit. : *L'Imitation de Jésus-Christ*, traduite et paraphrasée en vers par Pierre Corneille de l'Académie française [1651-1656], Albin Michel, « Spiritualités vivantes », 1998.

Kessler : exemplaire de *Sagesse* annoté par Verlaine. Mentions retranscrites par Vernon Ph. UNDERWOOD dans *Sagesse*, Londres, Zwemmer, 1944.

Lar. : LAROUSSE (Pierre), *Grand dictionnaire universel du XIXe siècle*, Larousse, 15 tomes (1866-1876) et 2 suppléments (1878 et 1890).

Larchey : LARCHEY (Lorédan), *Dictionnaire d'argot*, Dentu, 11e éd., 1888.

Littré : LITTRÉ (Émile), *Dictionnaire de la langue française*, Hachette, 4 tomes et un supplément, 1877.

Mém. : Ex-Mme Paul VERLAINE, *Mémoires de ma vie* (1935), éd. Michael Pakenham, Seyssel, Champ Vallon, « Dix-neuvième », 1992.

Missel : *Missel quotidien et vespéral* par Dom Gaspar Lefebvre et les bénédictins de l'abbaye de Saint-André, Bruges, s.d.

OC : VERLAINE, *Œuvres complètes*, introduction d'Octave Nadal, études et notes de Jacques Borel, texte établi par Henry de Bouillane de Lacoste et Jacques Borel, Club du meilleur livre, 2 vol., 1959 et 1960.

OP : VERLAINE, *Œuvres poétiques complètes*, texte établi et annoté par Yves-Gérard Le Dantec, éd. revue, complétée et présentée par Jacques Borel (1962), Gallimard, « Bibliothèque de la Pléiade », 1977.

OPr : VERLAINE, *Œuvres en prose complètes*, éd. Jacques Borel, Gallimard, « Bibliothèque de la Pléiade », 1972.

Rob. : ROBERT (Paul), *Dictionnaire alphabétique et analogique de la langue française*, Le Robert, 2e éd. dirigée par Alain Rey, 6 t., 2001.

Tlf : *Trésor de la langue française : dictionnaire de la langue du* XIXe *et du* XXe *siècle (1789-1960)*, sous la direction de Paul Imbs puis de Bernard Quemada, CNRS puis Gallimard, 16 t., 1971-1994.

Les citations bibliques sont données d'après *La Bible de Jérusalem : La Sainte Bible*, traduite en français sous la direction de l'école biblique de Jérusalem, Éd. du Cerf, nouv. édition revue et augmentée, 1974.

Les références complètes de tous les titres abrégés se trouvent dans la Bibliographie, p. 335 et suivantes.

Sagesse

À MA MÈRE

Préface

L'auteur de ce livre n'a pas toujours pensé comme aujourd'hui. Il a longtemps erré dans la corruption contemporaine, y prenant sa part de faute et d'ignorance. Des chagrins très mérités l'ont depuis averti, et Dieu lui a fait la grâce de comprendre l'avertissement. Il s'est prosterné devant l'Autel longtemps méconnu, il adore la Toute-Bonté et invoque la Toute-Puissance, fils soumis de l'Église, le dernier en mérites, mais plein de bonne volonté.

Le sentiment de sa faiblesse et le souvenir de ses chutes l'ont guidé dans l'élaboration de cet ouvrage qui est son premier acte de foi public depuis un long silence littéraire [1] : on n'y trouvera rien, il l'espère, de contraire à cette charité que l'auteur, désormais chrétien, doit aux pécheurs dont il a jadis et presque naguère [2] pratiqué les haïssables mœurs.

Deux ou trois pièces toutefois rompent le silence qu'il s'est en conscience imposé à cet égard, mais on observera qu'elles portent sur des actes publics, sur des événements dès lors trop généralement providen-

---

1. Le recueil précédent, *Romances sans paroles*, avait été publié en 1874. **2.** *Jadis et naguère*, qui réunira des poèmes écrits avant que Verlaine ne conçoive *Sagesse*, paraîtra en 1884.

tiels, pour qu'on ne puisse voir dans leur énergie qu'un témoignage nécessaire, qu'une *confession* sollicitée par l'idée du devoir religieux et d'une espérance française [1].

L'auteur a publié très jeune, c'est-à-dire il y a une dizaine et une douzaine d'années, des vers sceptiques et tristement légers [2]. Il ose compter qu'en ceux-ci nulle dissonance n'ira choquer la délicatesse d'une oreille catholique : ce serait sa plus chère gloire comme c'est son espoir le plus fier.

Paris, 30 juillet 1880.

---

1. Les pièces I, XI, XII, XIII, XIV portent effectivement sur des événements publics, mais la troisième partie de *Sagesse* contient de nombreux poèmes antérieurs à la conversion que n'ont inspirés ni le « devoir religieux », ni l'« espérance française ». **2.** *Poèmes saturniens* (1866) ; *Les Amies* (1867) ; *Fêtes galantes* (1869) ; *La Bonne Chanson* (1870) ; *Romances sans paroles* (1874). Dans l'édition originale de *Sagesse,* la liste des œuvres « du même auteur » ne fait pas mention de ces titres. Elle porte : « En préparation : *Amour / Voyage en France,* par un Français ».

Voir variantes, p. 252.

I

1. « Écrit à Stickney, Linconshire [*sic*], Angleterre, en été 1875, sur l'herbe d'une prairie où paissaient des vaches » (Kessler). Daté « Arras, 13 juillet 77 » dans un envoi à Mme Mauté (avec I, II) et « Juillet 1877 » dans l'exemplaire Barthou (date probable).
2. Cette allégorie rappelle les *chevaliers célestes* de la littérature médiévale (le poème est intitulé « Légende intime » sur un manuscrit inséré dans l'exemplaire Barthou).
3. Voir III, II, v. 99.
4. Le *vieux cœur* est opposé au *cœur jeune* (v. 14) comme le « vieil Adam » l'est au « nouvel Adam » dans II, V.
5. *Éteindre la clarté des yeux* signifie « rendre aveugle » (Littré, poétiquement). Voir I, III, v. 5 ; I, XXII, v. 10 et II, I, v. 32.
6. Le *doigt de Dieu* est le signe de sa puissance et de son intervention (Littré). Sur la *blessure*, voir II, I, note 2, p. 150 et I, XVIII, note 3, p. 126. Verlaine joue aussi sur l'expression *mettre le doigt dans la plaie*, « trouver la cause du mal ».
7. Dans le sens de « annoncer », « révéler ».
8. « Dieu crée pour moi un cœur pur, restaure en ma poitrine un esprit ferme » (Psaumes, 51, 12).
9. La *candeur* est « une qualité morale qui fait qu'une âme pure et innocente se montre telle qu'elle est, sans défiance » (Littré), voir I, VI, v. 11 ; I, XII, v. 32 et III, I, v. 8. – *Fervent de* pour « enthousiaste » s'emploie spécialement dans le domaine religieux (*Dhlf*).
10. « Le ciel s'ouvrit et je fus témoin de visions divines » (Ézéchiel, 1, 1).
11. En français de Belgique : « On vous pardonne pour cette fois, mais ne recommencez pas. » Verlaine affectionne ce tour régional : *cf.* « Vieux Coppées, III » avant son élargissement (*Cellulairement*) : « Mais, ô Belgique, assez de ce huis clos têtu ! / Ouvre enfin, car c'est bon pour une fois, sais-tu ! » Le vers est parodié dans une lettre à Jules Rais du 14 octobre 1892 (*OC*, II, p. 1680) : « Au moins, *Sagesse !* car c'est bon pour une fois. »

Voir variantes, p. 252-253.

I [1]

Bon chevalier masqué qui chevauche en silence [2],
Le Malheur [3] a percé mon vieux cœur de sa lance.

Le sang de mon vieux cœur n'a fait qu'un jet vermeil [4],
Puis s'est évaporé sur les fleurs, au soleil.

L'ombre éteignit mes yeux [5], un cri vint à ma bouche
Et mon vieux cœur est mort dans un frisson farouche.

Alors le chevalier Malheur s'est rapproché,
Il a mis pied à terre et sa main m'a touché.

Son doigt ganté de fer entra dans ma blessure [6]
Tandis qu'il attestait [7] sa loi d'une voix dure.

Et voici qu'au contact glacé du doigt de fer
Un cœur me renaissait, tout un cœur pur et fier [8],

Et voici que, fervent d'une candeur divine [9],
Tout un cœur jeune et bon battit dans ma poitrine !

Or je restais tremblant, ivre, incrédule un peu,
Comme un homme qui voit des visions de Dieu [10].

Mais le bon chevalier, remonté sur sa bête,
En s'éloignant me fit un signe de la tête

Et me cria (j'entends *encore* cette voix) :
« Au moins, prudence ! Car c'est bon pour une fois [11]. »

1. « Fait à Arras (Pas-de-Calais) une après-midi, chez ma mère, vers 7bre 1875 » (Kessler). Daté « Arras, 3 7bre 77 » dans un envoi à Mme Mauté (avec I, I ; date probable).
2. Roi de Corinthe, fils d'Éole, condamné pour l'éternité à pousser au sommet d'une montagne une pierre qui retombait toujours sans jamais atteindre son but.
3. Allusion aux douze travaux imposés à Hercule pour lui permettre d'atteindre à l'immortalité.
4. Le démon de la *chair* a beaucoup tenté Verlaine qui ne lui a pas souvent résisté. Voir I, XIX, note 7, p. 128. – *Se rebiffer,* « résister, regimber » est donné comme « très prisé parmi le peuple » par Bescherelle et comme « populaire » par Littré.
5. Comme le chevalier Bayard qui, d'un coup d'épée, séparait en deux une montagne. – *Bailler* est un archaïsme pour « donner ».
6. Héros grec, exemple de bravoure, mort au siège de Troie.
7. Allégorie de la chair, *âpre*, « qui cause une impression désagréable » mais aussi « sévère, dure, violente » (Littré).
8. Littéralement « qui va autour » (Littré), c'est-à-dire qui investit toute chose.
9. *Environner* appliqué aux *conseils* est douteux : le verbe signifie ici « limiter », « brider ». Voir *envelopper* au v. 23 et *assiéger* au v. 25.
10. Archaïsme pour « mauvaise ».
11. Monstre de la mythologie grecque qui pétrifiait quiconque la fixait dans les yeux. Les Gorgones étaient trois sœurs : Sthéno, Euryale et Méduse, filles de Phorcys et de Céto.

II [1]

J'avais peiné comme Sisyphe [2]
Et comme Hercule travaillé [3]
Contre la chair qui se rebiffe [4].

J'avais lutté, j'avais baillé
Des coups à trancher des montagnes [5],
Et comme Achille [6] ferraillé.

Farouche ami qui m'accompagnes,
Tu le sais, courage païen,
Si nous en fîmes des campagnes,

Si nous avons négligé rien
Dans cette guerre exténuante,
Si nous avons travaillé bien !

Le tout en vain : l'âpre géante [7]
À mon effort de tout côté
Opposait sa ruse ambiante [8],

Et toujours un lâche abrité
Dans mes conseils qu'il environne [9]
Livrait les clés de la cité.

Que ma chance fût male [10] ou bonne
Toujours un parti de mon cœur
Ouvrait sa porte à la Gorgone [11].

1. « Séducteur », qui détourne du droit chemin. Dans la parabole de l'ivraie, « l'ennemi, qui la sème, c'est le Diable » (Matthieu, 13, 39 ; voir I, XX, v. 1). Le Diable est « l'ennemi » et le « vieux logicien » dans I, XX, v. 1 et 13, le « pervers » dans I, XXIV, v. 44.
2. La volonté ne suffit pas à vaincre la chair. L'allégorie de la Prière (voir v. 36 et 73) qui vient au secours du pécheur évoque la figure de la Vierge dont elle est messagère, au « vêtement blanc comme neige » et qui « de son profil virginal a écrasé la tête du serpent » (*Missel,* antienne du *Commun de la Sainte Vierge* et repons de l'hymne *Ave maris stella*).

Toujours l'ennemi suborneur [1]
Savait envelopper d'un piège
Même la victoire et l'honneur !

J'étais le vaincu qu'on assiège,
Prêt à vendre son sang bien cher,
Quand, blanche en vêtements de neige,

Toute belle au front humble et fier,
Une Dame [2] vint sur la nue,
Qui d'un signe fit fuir la Chair.

Dans une tempête inconnue
De rage et de cris inhumains,
Et déchirant sa gorge nue,

Le Monstre reprit ses chemins
Par les bois pleins d'amours affreuses,
Et la Dame, joignant les mains :

– « Mon pauvre combattant qui creuses,
Dit-elle, ce dilemme en vain,
Trêve aux victoires malheureuses !

« Il t'arrive un secours divin
Dont je suis sûre messagère
Pour ton salut, possible enfin ! »

– « Ô ma Dame dont la voix chère
Encourage un blessé jaloux
De voir finir l'atroce guerre,

« Vous qui parlez d'un ton si doux
En m'annonçant de bonnes choses,
Ma Dame, qui donc êtes-vous ? »

1. « Yahvé m'a créée, prémices de son œuvre, avant ses œuvres les plus anciennes. Dès l'éternité je fus établie, dès le principe, avant l'origine de la terre » (Proverbes, 8, 22-31, prosopopée de la Sagesse).
2. La Vierge, « siège de la sagesse » (*sedes sapientiæ*), est appelée aussi « étoile de la mer » (*maris stella*), « étoile du matin » (*stella matutina*) et « rose mystique » (*rosa mistica*) dans les litanies (*Missel*).
3. Voir I, XXII, v. 1-2 et note 2, p. 138.
4. « Qui entraîne la flétrissure morale » (Littré).
5. *Quelqu'un* : le Christ (Robichez, son éd., p. 598). Syntaxe familière.
6. Anglicisme calqué sur *the soul of wisdom* selon V. Ph. Underwood (son éd., p. 57).
7. « La royauté du monde est acquise à notre Seigneur ainsi qu'à son Christ ; il régnera dans les siècles des siècles » (Apocalypse, 11, 15).

– « J'étais née avant toutes causes [1]
Et je verrai la fin de tous
Les effets, étoiles et roses [2].

« En même temps, bonne, sur vous,
Hommes faibles et pauvres femmes,
Je pleure, et je vous trouve fous !

« Je pleure sur vos tristes âmes [3],
J'ai l'amour d'elles, j'ai la peur
D'elles, et de leurs vœux infâmes [4] !

« Ô ceci n'est pas le bonheur.
Veillez, quelqu'un l'a dit que j'aime [5],
Veillez, crainte du suborneur,

« Veillez, crainte du jour suprême !
Qui je suis ? me demandais-tu.
Mon nom courbe les anges même,

« Je suis le cœur de la vertu,
Je suis l'âme de la sagesse [6],
Mon nom brûle l'Enfer têtu,

« Je suis la douceur qui redresse,
J'aime tous et n'accuse aucun,
Mon nom, seul, se nomme promesse,

« Je suis l'unique hôte opportun,
Je parle au Roi [7] le vrai langage
Du matin rose et du soir brun.

1. Cette *sagesse*-là, plus terre à terre, est une des acceptions du titre du recueil.

Voir variantes, p. 253.

« Je suis la Prière, et mon gage
C'est ton vice en déroute au loin.
Ma condition : « Toi, sois sage [1]. »

– « Oui, ma Dame, et soyez témoin ! »

1. « Fait à Arras, chez ma mère, 7bre ou 8bre 1875 » (Kessler).
2. À l'époque des *Romances sans paroles* (« Walcourt », « Malines »), le voyageur enthousiaste des *pays et des gares* écrivait à Lepelletier en juillet 1872 : « Je voillage vertigineusement... » (*Corr.*, p. 239). Voir aussi « Laeti et errabundi » (*Parallèlement*).
3. « L'ennui, fruit de la morne incuriosité » (« Spleen », *Les Fleurs du mal*).
4. *Cf.* III, VI, v. 13.
5. Jusqu'au XVIIIe siècle, *avoir les yeux morts* signifiait « être aveugle » (ici au sens figuré : ne pas voir les évidences). *Cf.* I, XXII, v. 10.
6. « Construction très hardie » selon Charles Bruneau (*Verlaine,* CDU, 1950, p. 37). Verlaine a écrit en marge de ce vers dans le manuscrit Delahaye : « césure à changer ». En métrique classique, une syllabe de mot antérieure à l'accent (désHOnoré) ne peut être en sixième position (à la césure).
7. *Traînasser*, « traîner désagréablement en longueur », est familier (Littré), comme l'interjection « en vérité » (v. 20).

III [1]

Qu'en dis-tu, voyageur, des pays et des gares [2] ?
Du moins as-tu cueilli l'ennui, puisqu'il est mûr [3],
Toi que voilà [4] fumant de maussades cigares,
Noir, projetant une ombre absurde sur le mur ?

Tes yeux sont aussi morts [5] depuis les aventures,
Ta grimace est la même et ton deuil est pareil :
Telle la lune vue à travers des mâtures,
Telle la vieille mer sous le jeune soleil,

Tel l'ancien cimetière aux tombes toujours neuves !
Mais voyons, et dis-nous les récits devinés,
Ces désillusions pleurant le long des fleuves,
Ces dégoûts comme autant de fades nouveau-nés,

Ces femmes ! Dis les gaz, et l'horreur identique
Du mal toujours, du laid partout sur tes chemins,
Et dis l'Amour et dis encor la Politique
Avec du sang déshonoré d'encre à leurs mains [6].

Et puis surtout ne va pas t'oublier toi-même
Traînassant [7] ta faiblesse et ta simplicité
Partout où l'on bataille et partout où l'on aime,
D'une façon si triste et folle, en vérité !

1. *Transi,* « qui est dans un état moral comparé à celui d'une personne transie de froid » (Littré). *Cf.* II, III, v. 4 et 23.
2. « Es-tu capable... »
3. Tour classique : « Dans des phrases exprimant l'alternative dans l'interrogation, quoique le premier membre présente une interrogation directe, le second membre prend parfois la forme d'une interrogation indirecte introduite par *ou si* » (Grev., § 984).
4. *Il ne faut pas juger de l'arbre par l'écorce* (proverbe) : il ne faut pas juger d'après les apparences.
5. *Matois* signifie « rusé, fin » (Littré) ; « rusé sous des dehors bonhommes » (*Dhlf*) ; *cf.* III, XVIII, v. 34. Le *dæmonius meridianus* cité dans le psaume 91 et habituellement traduit par « démon de midi » n'est pas à prendre au sens moderne de « tentation de nature affective et sexuelle qui s'empare des humains vers le milieu de leur vie » (Rob.), mais au sens large de « tentation ». Verlaine avait cité les versets 5 et 6 de ce psaume en épigraphe à « Via dolorosa » dans *Cellulairement* (ici III, II, sans cette épigraphe).
6. Solécisme pour « tellement ».
7. *Payer les violons pour faire danser les autres* (proverbe) : payer les frais sans en avoir le profit (Rob., qui cite ce vers).
8. *Darder*, au sens de « lancer des rayons ». Même association entre un verbe et un adjectif de couleur dans la VIIIe ariette des *Romances sans paroles* : « Comme des nuées / Flottent gris les chênes. »
9. Verlaine avait utilisé une image semblable dans « L'angélus du matin » [1871] (*Jadis et naguère*) : « Un oblique rayon venu / Du soleil surgissant allume / Le fleuve comme un sabre nu. »
10. *D'estoc et de taille* : avec la pointe et le tranchant de l'arme (ici le *sabre*).
11. Voir I, XIX, note 6, p. 128.

A-t-on assez puni cette lourde innocence ?
Qu'en dis-tu ? L'homme est dur, mais la femme ? Et tes
[pleurs,
Qui les a bus ? Et quelle âme qui les recense
Console ce qu'on peut appeler tes malheurs ?

Ah les autres, ah toi ! Crédule à qui te flatte,
Toi qui rêvais (c'était trop excessif, aussi)
Je ne sais quelle mort légère et délicate !
Ah toi, l'espèce d'ange avec ce vœu transi [1] !

Mais maintenant les plans, les buts ? Es-tu de force [2],
Ou si d'avoir pleuré t'a détrempé le cœur [3] ?
L'arbre est tendre s'il faut juger d'après l'écorce [4],
Et tes aspects ne sont pas ceux d'un grand vainqueur.

Si gauche encore ! avec l'aggravation d'être
Une sorte à présent d'idyllique engourdi
Qui surveille le ciel bête par la fenêtre
Ouverte aux yeux matois du démon de midi [5].

Si [6] le même dans cette extrême décadence !
Enfin ! – Mais à ta place un être avec du sens,
Payant les violons voudrait mener la danse [7],
Au risque d'alarmer quelque peu les passants.

N'as-tu pas, en fouillant les recoins de ton âme,
Un beau vice à tirer comme un sabre au soleil,
Quelque vice joyeux, effronté, qui s'enflamme
Et vibre, et darde rouge [8] au front du ciel vermeil [9] ?

Un ou plusieurs ? Si oui, tant mieux ! Et pars bien vite
En guerre, et bats d'estoc et de taille [10], sans choix
Surtout, et mets ce masque indolent où s'abrite
La haine inassouvie et repue à la fois [11]...

1. *Cf.* I, xx, v. 1-2 et I, xi, v. 20. La *duperie* est un sentiment fréquent chez Verlaine, déjà exprimé dans les *Fêtes galantes* (« Les ingénus », « En patinant » et « Colombine »).
2. Deuxième occurrence du terme *sagesse* (voir I, ii, v. 65).
3. Le 12 décembre 1875, Verlaine écrivait à Rimbaud : « Résigné par l'excellente raison que je me sens, que je me vois *puni*, humilié justement, et que plus sévère est la leçon, plus grande est la grâce et l'obligation d'y répondre » (*Corr.*, p. 466).
4. Ellipse pour « Il est bien de ».
5. La *bonté* est un thème central de *Sagesse* : *cf.* I, v, v. 13 ; I, xvi, v. 14 ; II, iv [v], v. 10 ; II, iv [vi], v. 4 ; II, iv [vii], v. 13 ; III, i, v. 26, sans compter les très nombreuses occurrences de l'adjectif *bon*.

Voir variantes, p. 254.

Il faut n'être pas dupe [1] en ce farceur de monde
Où le bonheur n'a rien d'exquis et d'alléchant
S'il n'y frétille un peu de pervers et d'immonde,
Et pour n'être pas dupe il faut être méchant.

– Sagesse humaine [2], ah, j'ai les yeux sur d'autres choses,
Et parmi ce passé dont ta voix décrivait
L'ennui, pour des conseils encore plus moroses,
Je ne me souviens plus que du mal que j'ai fait.

Dans tous les mouvements bizarres de ma vie,
De mes « malheurs », selon le moment et le lieu,
Des autres et de moi, de la route suivie,
Je n'ai rien retenu que la grâce de Dieu.

Si je me sens puni [3], c'est que je le dois être.
Ni l'homme ni la femme ici ne sont pour rien.
Mais j'ai le ferme espoir d'un jour pouvoir connaître
Le pardon et la paix promis à tout Chrétien.

Bien de [4] n'être pas dupe en ce monde d'une heure,
Mais pour ne l'être pas durant l'éternité,
Ce qu'il faut à tout prix qui règne et qui demeure,
Ce n'est pas la méchanceté, c'est la bonté [5].

1. « À propos d'Arthur Rimbaud, Arras, 7bre ou 8bre 1875. (Après coup, je me suis aperçu que cela pourrait s'appliquer à "poor myself" !) » (Kessler). Le poème a peut-être été envoyé à Delahaye (*Corr.*, p. 435) ou même à Rimbaud début octobre 1875. Cela expliquerait la réaction de Rimbaud à l'égard de Verlaine dans une lettre à Delahaye du 14 octobre 1875 : « Je ne commente pas les dernières grossièretés du Loyola », et son absence de réponse à l'envoi de Verlaine. Ce dernier s'en plaint dans sa lettre à Rimbaud du 12 décembre 1875 et essaie à nouveau de convaincre son ami de revenir dans la « bonne ornière » : « Je te voudrais tant éclairé, réfléchissant. Ce m'est un grand chagrin de te voir en des voies idiotes, toi si intelligent, si *prêt* (bien que ça puisse t'étonner !). J'en appelle à ton dégoût lui-même de tout et de tous, à ta perpétuelle colère contre chaque chose, juste au fond, cette colère, bien qu'inconsciente du *pourquoi* » (*Corr.*, p. 466).

2. Rimbaud avait écrit dans *Une saison en enfer* : « Je suis esclave de mon baptême. Parents, vous avez fait mon malheur et vous avez fait le vôtre » (« Nuit de l'enfer »). En juillet 1873, Verlaine, en plein désarroi, s'était adressé à Mme Rimbaud qui lui répondit par une lettre touchante (*Corr.*, p. 338-339).

3. Allusion à la dromomanie de Rimbaud, « l'homme aux semelles de vent » suivant Delahaye.

4. *Cf.* « le plus beau d'entre tous ces mauvais anges » (« Crimen amoris », *Cellulairement* puis *Jadis et naguère*, à propos de Rimbaud), et « Mortel, ange ET démon, autant dire Rimbaud » (« À Arthur Rimbaud », *Dédicaces*).

5. Voir I, II, v. 2 et note 3, p. 70.

6. « La laideur [des adverbes] a été transfigurée par l'usage harmonique qu'on en a fait. Verlaine a été là le grand maître » (Brunot, p. 806). Dans *À rebours* (1884), Huysmans avait souligné cette particularité du vers de Verlaine, « muni de rimes obtenues par [...] de longs adverbes précédés d'un monosyllabe d'où ils tombaient comme du rebord d'une pierre, en une cascade pesante d'eau ».

7. *Cf.* le cantique « Te ressembler, Jésus, c'est mon espoir suprême ».

IV [1]

Malheureux ! Tous les dons, la gloire du baptême,
Ton enfance chrétienne, une mère qui t'aime [2],
La force et la santé comme le pain et l'eau,
Cet avenir enfin, décrit dans le tableau
De ce passé plus clair que le jeu des marées,
Tu pilles tout, tu perds en viles simagrées
Jusqu'aux derniers pouvoirs de ton esprit, hélas !
La malédiction de n'être jamais las
Suit tes pas sur le monde où l'horizon t'attire [3],
L'enfant prodigue avec des gestes de satyre [4] !
Nul avertissement, douloureux ou moqueur,
Ne prévaut sur l'élan funeste de ton cœur.
Tu flânes à travers péril et ridicule,
Avec l'irresponsable audace d'un Hercule
Dont les travaux seraient fous [5], nécessairement [6].
L'amitié – dame ! – a tu son reproche clément,
Et chaste, et sans aucun espoir que le suprême [7],
Vient prier, comme au lit d'un mourant qui blasphème.
La patrie oubliée est dure au fils affreux,
Et le monde alentour dresse ses buissons creux
Où ton désir mauvais s'épuise en flèches mortes.
Maintenant il te faut passer devant les portes
Hâtant le pas de peur qu'on ne lâche le chien,
Et si tu n'entends pas rire, c'est encor bien.
Malheureux, toi Français, toi Chrétien, quel dommage !
Mais tu vas, la pensée obscure de l'image

1. Rimbaud parle de « possession immédiate » dans « Solde » (*Illuminations*).

2. Voir *Un cœur sous une soutane,* les « Proses évangéliques » et *Une saison en enfer* ; dans les *Poésies* : « Oraison du soir », « Accroupissement », « Les pauvres à l'église », « Les premières communions ».

3. « Désir d'un objet en vue de la satisfaction des sens » (Littré). Voir aussi I, XXIII, v. 4. Verlaine affectionne l'emploi de *parmi* avec les noms collectifs, abstraits et concrets (treize occurrences dans *Sagesse*).

4. Le reproche s'adresse peut-être plus à Verlaine lui-même qu'à Rimbaud : voir « Bouquet à Marie » (*Cellulairement*, puis *Amour*, sous le titre « Un conte ») où Verlaine dénonce la *fadaise* à laquelle il avait cédé avant sa conversion : « Tout cet appareil d'orgueil et de pauvres malices, / Ce qu'on nomme esprit et ce qu'on nomme *la* science ». Voir aussi I, XI, v. 22 et 28.

5. C'est le *sang* qui devrait *s'étioler*, c'est-à-dire s'appauvrir en fer.

6. On sait que Rimbaud a renoncé à la littérature en 1875 (dans sa lettre du 14 octobre 1875, il demande à Delahaye des informations sur le « "bachot" ès sciences »). Verlaine donne du « silence » de son ami une explication pour le moins tendancieuse mais il parle déjà de l'« improduction » de Rimbaud dans une lettre à Delahaye du 16 avril 1875 (*Corr.*, p. 391).

7. Rimbaud, un bonhomme « que son féroce égoïsme *seul* déguise en individu plus intelligent qu'à son tour » (lettre à Delahaye du 16 avril 1875, *Corr.*, p. 391).

8. Dans « Crimen amoris » (*Cellulairement*, puis *Jadis et naguère*), autre poème consacré à Rimbaud, le héros est décrit « les bras croisés d'une sorte fière » et il est puni pour sa malice et son artifice « en un orgueil qui se ment ». Sur l'*orgueil* dans *Sagesse,* voir I, XIX, note 2, p. 128.

9. « Humiliez-vous devant le Seigneur et il vous élèvera » (Jacques, 4, 10). Dieu « abaisse l'orgueil des superbes, mais il sauve l'homme aux yeux baissés » (Job, 22, 29).

Voir variantes, p. 254.

D'un bonheur qu'il te faut immédiat [1], étant
Athée [2] (avec la foule !) et jaloux de l'instant,
Tout appétit parmi ces appétits [3] féroces,
Épris de la fadaise actuelle, mots, noces
Et festins, la « Science », et « l'esprit de Paris » [4],
Tu vas magnifiant ce par quoi tu péris,
Imbécile ! et niant le soleil qui t'aveugle !
Tout ce que les temps ont de bête paît et beugle
Dans ta cervelle, ainsi qu'un troupeau dans un pré,
Et les vices de tout le monde ont émigré
Pour ton sang dont le fer lâchement s'étiole [5].
Tu n'es plus bon à rien de propre, ta parole
Est morte [6] de l'argot et du ricanement,
Et d'avoir rabâché les bourdes du moment.
Ta mémoire, de tant d'obscénités bondée,
Ne saurait accueillir la plus petite idée,
Et patauge parmi l'égoïsme ambiant [7],
En quête d'on ne peut dire quel vil néant !
Seul, entre les débris honnis de ton désastre,
L'Orgueil [8], qui met la flamme au front du poétastre
Et fait au criminel un prestige odieux,
Seul, l'Orgueil est vivant, il danse dans tes yeux,
Il regarde la Faute et rit de s'y complaire.

– Dieu des humbles [9], sauvez cet enfant de colère !

1. « Arras, 7bre ou 8bre (après quelle tentation !) » (Kessler). Sonnet envoyé à Émile Blémont de Stickney le 20 septembre 1875 (*Corr.*, p. 432-433) dans l'intention de le faire publier dans la troisième série du *Parnasse contemporain* (voir lettre à Blémont du 7 ou 8 juillet 1875, *Corr.*, p. 412). Le « Komité des Grâces » de la revue, composé de Banville, Coppée et Anatole France, refusa les vers. Banville et Coppée s'étant abstenus, France justifia comme suit son refus : « Non. L'auteur est indigne et les vers sont des plus mauvais qu'on ait vus. »
2. Dans un poème libellé contre sa femme, Verlaine reviendra sur cette image : « Tu m'as, ces pâles jours d'automne blanc, fait mal / À cause de tes yeux où fleurit l'animal » (« Madrigal », *Jadis et naguère*).
3. Verlaine fait-il allusion à Mathilde ? Il écrit à propos de sa femme (III, II, v. 51-52) : « Quelle est cette voix / Qui ment et qui flatte ? » (voir aussi I, XVI, v. 5).
4. Le soir, à la fin du jour. « Terme vieilli et qui ne se dit plus qu'en plaisantant » (Littré).
5. Par opposition à l'*ici-bas* du v. 9, à l'image de Jésus qui s'isole sur une montagne pour prier (Matthieu, 14, 23 ; Marc, 6, 46 ; Luc, 6, 12 ; Jean, 6, 15). Voir aussi I, XXI, v. 2, 16, 22 et note 2, p. 134.
6. Acception classique : « qui présente des finesses difficiles à saisir » (Ch. Bruneau, *Verlaine,* CDU, 1950, p. 141).
7. Voir I, III, v. 67-68 et note 5, p. 82.

Voir variantes, p. 255.

V [1]

Beauté des femmes, leur faiblesse, et ces mains pâles
Qui font souvent le bien et peuvent tout le mal.
Et ces yeux, où plus rien ne reste d'animal [2]
Que juste assez pour dire : « assez » aux fureurs mâles !

Et toujours, maternelle endormeuse des râles,
Même quand elle ment, cette voix [3] ! Matinal
Appel, ou chant bien doux à vêpre [4], ou frais signal,
Ou beau sanglot qui va mourir au pli des châles !...

Hommes durs ! Vie atroce et laide d'ici-bas !
Ah ! que du moins, loin des baisers et des combats,
Quelque chose demeure un peu sur la montagne [5],

Quelque chose du cœur enfantin et subtil [6],
Bonté [7], respect ! Car qu'est-ce qui nous accompagne,
Et vraiment, quand la mort viendra, que reste-t-il ?

1. « Stickney, Été 1875, en revenant d'avoir communié à l'église catholique de Boston » (Kessler). Daté « Boston, Mai 76 » dans une lettre à Delahaye du 23 mai 1876 et présenté comme « fragment de *Sago* » (*Corr.*, p. 511 ; date probable).

2. Pronom indéfini archaïque pour « quelqu'un ». On trouve « comme un qui s'applique et qui lit » dans « Vers pour être calomnié », poème à l'origine destiné à *Sagesse,* puis recueilli dans *Jadis et naguère*, ici p. 246).

3. « [Yahvé] a gardé mon âme de la mort, mes yeux des larmes et mes pieds du faux pas » (Psaumes, 116, 8).

4. Le *cœur qui flambe* est à l'image du Sacré cœur qui brûle d'amour pour l'humanité (voir v. 13).

5. Allusion au proverbe : *Lâcher la proie pour l'ombre*, abandonner un avantage réel pour une espérance vaine.

6. Verlaine mêle deux expressions, *broyer du noir* (se livrer à des réflexions tristes) et *noyer sa tristesse* [éventuellement dans l'alcool]. *Noyer à* n'est pas attesté : Brunot notait dès 1899 (p. 802-803) que les poètes symbolistes avaient « bouleversé l'usage des prépositions », notamment en étendant l'usage de *à. Cf.* I, XIX, v. 26.

7. Sur les adverbes en fin de vers, voir I, IV, note 6, p. 84.

8. Voir I, I, v. 13 et note 9, p. 68 ; I, XII, v. 32 et III, I, v. 8.

9. Voir I, XIX, note 2, p. 128.

10. « Elle est précieuse aux yeux de Yahvé, la mort de ses amis » (Psaumes, 116, 15). Expression fréquente dans la prose religieuse du XVIIe siècle. *Cf.* Fléchier, *Oraison funèbre de M. de Turenne* (1676) : « une mort précieuse devant Dieu et devant les hommes ».

Voir variantes, p. 255.

VI [1]

Ô vous, comme un [2] qui boite au loin [3], Chagrins et Joies,
Toi, cœur saignant d'hier qui flambes [4] aujourd'hui,
C'est vrai pourtant que c'est fini, que tout a fui
De nos sens, aussi bien les ombres que les proies [5].

Vieux bonheurs, vieux malheurs, comme une file d'oies
Sur la route en poussière où tous les pieds ont lui,
Bon voyage ! Et le Rire, et, plus vieille que lui,
Toi, Tristesse, noyée au vieux noir que tu broies [6] !

Et le reste ! – Un doux vide, un grand renoncement,
Quelqu'un en nous qui sent la paix immensément [7],
Une candeur [8] d'une fraîcheur délicieuse...

Et voyez ! notre cœur qui saignait sous l'orgueil [9],
Il flambe dans l'amour, et s'en va faire accueil
À la vie, en faveur d'une mort précieuse [10] !

1. « Paris, 8bre 1875 (sur le bord d'une rechute) » (Kessler). Date (ou lieu) sujets à caution : en octobre 1875, Verlaine se trouve à Stickney, en Angleterre.
2. *Cf.* II, IV [IX].
3. Sur ce tour, voir I, VI, note 6, p. 90, et ici même, v. 6.
4. Les *cuivres* évoquent à la fois la lumière (« le ciel est de cuivre », *Romances sans paroles,* VIIIe ariette) et le son d'instruments de musique (*le ciel chanteur,* v. 8). Dans ce sens, les *cuivres* renvoient aux trompettes du Jugement dernier, comme le suggèrent les images de la deuxième strophe : « Les sept Anges aux sept trompettes s'apprêtèrent à sonner. Et le premier sonna... Il y eut alors de la grêle et du feu mêlés de sang qui furent jetés sur la terre : et le tiers de la terre fut consumé, et toute herbe verte fut consumée » (Apocalypse, 8, 6-7).
5. « Ce qui est messéant, indigne » (se dit quelquefois par exagération, Littré).
6. Voir *supra*, note 4. La grêle et le feux mêlés sont un châtiment de Dieu (Exode, 9, 24-25 ; Psaumes, 105, 32-33). « La tempête est venue. Est-ce bien la tempête ? / En tout cas, il y eut de la grêle et du feu » (« Paysages », *Amour*) et Rimbaud, « Barbare », dans les *Illuminations*.
7. La *vendange* et la *moisson* préfigurent le vin et le pain, espèces de l'eucharistie, thème développé en particulier dans les dix sonnets de II, IV et dans III, XIX.
8. Le royaume de Dieu qui, dans l'Apocalypse, résonne des cantiques et de la musique des élus.
9. Les adverbes substantivés, que Verlaine n'hésite pas à mettre au pluriel, seront un trait de l'écriture symboliste. *Cf.* « Réversibilité » (*Cellulairement*, puis *Parallèlement*) : « Les Déjàs sont les Encors ! »
10. Voir I, VI, v. 5.
11. Dans le manuscrit Delahaye, Verlaine a écrit en marge : « césure à changer ». En métrique classique, une syllabe à base vocalique *e* post-tonique non élidée (conTRE) ne peut être en sixième position (à la césure).
Voir variantes, p. 256.

VII [1]

Les faux beaux jours ont lui tout le jour, ma pauvre âme [2],
Et les voici vibrer aux [3] cuivres du couchant [4].
Ferme les yeux, pauvre âme, et rentre sur-le-champ :
Une tentation des pires. Fuis l'infâme [5].

Ils ont lui tout le jour en longs grêlons de flamme [6],
Battant toute vendange aux collines, couchant
Toute moisson de la vallée [7], et ravageant
Le ciel tout bleu, le ciel chanteur qui te réclame [8].

Ô pâlis, et va-t'en, lente et joignant les mains.
Si ces hiers allaient manger nos beaux demains [9] ?
Si la vieille folie [10] était encore en route ?

Ces souvenirs, va-t-il falloir les retuer ?
Un assaut furieux, le suprême, sans doute !
Ô va prier contre l'orage, va prier [11].

1. « Paris, 8[bre] 1875 (après une sévère confession) » (Kessler). Daté « Bourn[emou]th, 9[bre] 1876 » dans un envoi à Mme Mauté conjointement avec les pièces I, IX ; I, XIX ; I, XX et I, XXII (date probable).
2. Dans le sens d'« action méritoire pour le salut ».
3. « De la plus basse condition » (archaïsme, *Dhlf*).
4. La *grande ville* symbolise, dans *Sagesse*, la corruption de la civilisation contemporaine. Voir I, XXIII, v. 1-2 ; III, IV, v. 1-4 et III, XVI, v. 1.
5. « Sans valeur. »
6. Interjection exprimant le dédain, le mépris.
7. Voir I, XIX, note 2, p. 128. Emploi intransitif de *marchander* dans le sens de « hésiter, balancer » (*Tlf*).

Voir variantes, p. 256.

VIII [1]

La vie humble aux travaux ennuyeux et faciles
Est une œuvre [2] de choix qui veut beaucoup d'amour.
Rester gai quand le jour, triste, succède au jour,
Être fort, et s'user en circonstances viles [3],

N'entendre, n'écouter aux bruits des grandes villes [4]
Que l'appel, ô mon Dieu, des cloches dans la tour,
Et faire un de ces bruits soi-même, cela pour
L'accomplissement vil [5] de tâches puériles,

Dormir chez les pécheurs étant un pénitent,
N'aimer que le silence et converser pourtant,
Le temps si grand dans la patience si grande,

Le scrupule naïf aux repentirs têtus,
Et tous ces soins autour de ces pauvres vertus !
– Fi [6], dit l'Ange Gardien, de l'orgueil qui marchande [7] !

1. « Lors d'un voyage à Versailles, 8bre 1875 » (Kessler). Daté « Mons 7bre 1874 » dans un envoi à Mme Mauté conjointement avec les pièces I, VIII ; I, XIX ; I, XX et I, XXII (date probable).
2. Louis Racine (1692-1763), fils du dramaturge, poète religieux, auteur entre autres de *La Grâce* (1720) et de *La Religion* (1742).
3. Charles Rollin (1661-1741), recteur de l'université de Paris (on lui doit de nombreux ouvrages pédagogiques, dont un *Traité des études*, 1726-1731), historien janséniste (*Histoire ancienne*, 1730-1738 ; *Histoire romaine*, 1738) et précepteur de Louis Racine.
4. Dans le manuscrit Delahaye, Verlaine a écrit en marge : « césure à changer ». En métrique classique, un article antéposé (proclitique), à base vocalique *e* (LE), ne peut se trouver en sixième position (à la césure).
5. Le Roi-Soleil est mort en 1715.
6. Françoise d'Aubigné (1635-1719), marquise de Maintenon, petite-fille d'Agrippa d'Aubigné, épouse de Scarron, fut chargée à la mort de son mari d'élever les enfants que Louis XIV avait eus avec Madame de Montespan. Elle épousa secrètement Louis XIV après la mort de la reine et, austère et dévote, exerça une forte influence sur le roi et la cour. Elle fonda la maison de Saint-Cyr, établissement pour l'éducation des jeunes filles nobles sans fortune.
7. Racine et Rollin.
8. Sur les adverbes en fin de vers, voir I, IV, note 6, p. 84.
9. Auteuil fut un lieu de villégiature très prisé au XVIIe siècle : Boileau y avait sa « maison des champs ». Évoquant l'Auteuil moderne dans *Les Mémoires d'un veuf*, Verlaine exprimait sa nostalgie pour la ville ancienne : « Ô l'Auteuil classique, comme il vous revient tout de même, quoi qu'on en ait ! [...] Ô Boileau, Racine, Molière, grandes ombres, est-il assez changé votre Auteuil, dites ? » (*OPr*, p. 76, 77).
10. Allusion aux vers de La Fontaine « En louant Dieu de toute chose / Garo retourne à la maison » (*Fables,* IX, 4, « Le gland et la citrouille »). Garo, paysan simpliste, s'étonne que Dieu fasse pousser les glands dans les arbres et les citrouilles au sol et non le contraire, jusqu'à ce que, endormi sous un chêne, il ne reçoive un gland sur le nez et prenne conscience de sa méprise.

Voir variantes, p. 256.

IX [1]

Sagesse d'un Louis Racine [2], je t'envie !
Ô n'avoir pas suivi les leçons de Rollin [3],
N'être pas né dans le grand siècle à son déclin [4],
Quand le soleil couchant, si beau, dorait la vie [5],

Quand Maintenon [6] jetait sur la France ravie,
L'ombre douce et la paix de ses coiffes de lin,
Et royale abritait la veuve et l'orphelin,
Quand l'étude de la prière était suivie,

Quand poète et docteur [7], simplement, bonnement [8],
Communiaient avec des ferveurs de novices,
Humbles servaient la Messe et chantaient aux offices,

Et, le printemps venu, prenaient un soin charmant
D'aller dans les Auteuils [9] cueillir lilas et roses
En louant Dieu, comme Garo, de toutes choses [10] !

1. « Paris, le lendemain » [du jour où fut écrit I, IX : voir note 1, p. 96] (Kessler). Ce poème constitue une suite du précédent mais il est difficile de lui attribuer une date sur la base des indications de Verlaine ; le contenu nous pousserait à postposer sa composition en 1877.
2. Le *gallicanisme*, doctrine qui, depuis le XVe siècle, défendait les privilèges de l'Église de France et des Conciles généraux sur l'autorité de Rome. C'est Bossuet qui, au XVIIe siècle, réaffirma avec force les « libertés gallicanes » dans la *Déclaration de l'assemblée du clergé de France* (1682). Le *jansénisme*, doctrine sur la grâce et la prédestination répandue en France à la suite de la publication de l'*Augustinus* de Jansénius (1640) et qui rencontra la faveur de nombreux hommes de lettres, notamment à Port-Royal. *Cf. Voyage en France par un Français, OPr*, p. 1000.
3. Comme les premiers romantiques, Verlaine se tourne vers l'idéal chrétien du Moyen Âge. Ce vers fit fortune auprès des décadents et des symbolistes.
4. Vers parodié dans *Les Déliquescences* d'Adoré Floupette (1885) où Verlaine apparaît sous le nom de Bleucoton : « Je voudrais être un gaga / Et que mon cœur naviguât / Sur la fleur du seringa. » On dit qu'un navire est *en panne* « lorsqu'il reste sinon absolument immobile, du moins s'agitant presque sur place, dérivant un peu et ne faisant pas de route » (Littré).
5. Voir I, XIX, note 7, p. 128. *Cf.* aussi Mallarmé, « Brise marine » (1866) : « La chair est triste, hélas ! et j'ai lu tous les livres ». Seul vers de *Sagesse* cité par Huysmans dans *À rebours*, comme exemple de « vers charmants où pass[e] l'accent doux et transi de Villon ».
6. Image semblable pour celui qui affirmait « je ne crois pas en Dieu » dans « L'angoisse » (*Poèmes saturniens*) : « Lasse de vivre, ayant peur de mourir [...] / Mon âme pour d'affreux naufrages appareille. »
7. Pensée fondamentale des épîtres de saint Paul : « Dieu n'a-t-il pas frappé de folie la sagesse du monde ? Puisqu'en effet le monde, par le moyen de la sagesse, n'a pas reconnu Dieu dans la sagesse de Dieu, c'est par la folie du message qu'il a plu à Dieu de sauver les croyants » (I Corinthiens, 1, 21). Voir II, IV [IV], v. 8 et note 11, p. 166.
8. *Ailes d'une église* : « chez quelques auteurs modernes, bas-côtés ou nefs latérales » (Littré).

Voir variantes, p. 257.

X [1]

Non. Il fut gallican, ce siècle, et janséniste [2] !
C'est vers le Moyen Âge énorme et délicat [3]
Qu'il faudrait que mon cœur en panne naviguât [4],
Loin de nos jours d'esprit charnel et de chair triste [5].

Roi, politicien, moine, artisan, chimiste,
Architecte, soldat, médecin, avocat,
Quel temps ! Oui, que mon cœur naufragé [6] rembarquât
Pour toute cette force ardente, souple, artiste !

Et là que j'eusse part – quelconque, chez les rois
Ou bien ailleurs, n'importe, – à la chose vitale,
Et que je fusse un saint, actes bons, pensers droits,

Haute théologie et solide morale,
Guidé par la folie unique de la Croix [7]
Sur tes ailes de pierre [8], ô folle Cathédrale !

1. Daté « Arras, août 77 » dans un envoi à Mme Mauté, conjointement avec II, II (date probable).

2. Molière avait déjà prêté à Dom Juan cette affirmation rationnelle : « Je crois que deux et deux sont quatre, Sganarelle, et que quatre et quatre sont huit » (*Dom Juan*, III, 1). On la retrouve souvent chez Voltaire, comme argument antireligieux : « Il prouve, comme deux et deux font quatre, qu'il n'y a ni Dieu, ni vie, ni vertu : cela est consolant » (*Histoire de Jenni* ou *L'Athée et le Sage* [1775], chap. 5).

3. L'année 1877 voit s'opposer farouchement républicains et cléricaux : le 16 mai, le président Mac-Mahon dissout le cabinet Simon (républicain) et le remplace par le ministère de Broglie (catholique et monarchiste), sans majorité à la Chambre. En juin, la majorité désavoue le ministère (manifeste des 363) et le Sénat prononce la dissolution de l'Assemblée. Aux élections du 14 octobre, une nouvelle majorité républicaine s'affirme, qui pousse le président à nommer un ministère de centre gauche (cabinet Dufaure, 13 décembre).

4. « Dieu a parlé aux hommes ; c'est ce qu'on appelle la *Révélation*. [...] Les principales révélations sont au nombre de trois : la révélation *primitive*, qui fut faite à Adam et aux Patriarches ; la révélation *mosaïque*, qui fut faite à Moïse et aux Prophètes ; la révélation *chrétienne*, qui fut faite au monde entier par Notre-Seigneur Jésus-Christ, le fils de Dieu en personne » (Gaume, p. 79).

5. Cette péroraison résume la première partie des « principales erreurs de notre temps » contenue dans le *Syllabus* promulgué par Pie IX le 8 décembre 1864 (« panthéisme, rationalisme et rationalisme absolu », art. I-VII). La *philosophie* des athées s'oppose à la *foi* des croyants (v. 15).

6. Qui, pour les athées, est « vieille et désagréable » (sens figuré) ou « avariée, infecte » (sens propre).

7. Une des vertus théologales : « L'espérance est un don de Dieu et une vertu surnaturelle, par laquelle nous attendons avec confiance, en vertu des mérites de Notre-Seigneur Jésus-Christ, tous les biens que Dieu nous a promis » (Gaume, p. 212). Thème central et récurrent dans *Sagesse* (I, XX, v. 12 ; I, XXI, v. 6 et 9 ; I, XXII, v. 11 ; III, XV, v. 17). « La religion est grosse d'espérance ! » avait écrit Verlaine dans « La mort de Philippe II » (*Poèmes saturniens*).

XI [1]

Petits amis qui sûtes nous prouver
Par A plus B que deux et deux font quatre [2],
Mais qui depuis voulez parachever
Une victoire où l'on se laissait battre [3],

Et couronner vos conquêtes d'un coup
Par ce soufflet à la mémoire humaine :
« Dieu ne vous a révélé [4] rien du tout,
Car nous disons qu'il n'est que l'ombre vaine,

Que le profil et que l'allongement,
Sur tous les murs que la peur édifie,
De votre pur et simple mouvement,
Et nous dictons cette philosophie [5]. »

– Frères trop chers, laissez-nous rire un peu,
Nous les fervents d'une logique rance [6],
Qui justement n'avons de foi qu'en Dieu
Et mettons notre espoir dans l'Espérance [7],

1. « Le démon sous la figure du serpent trompa la femme en lui disant que, s'ils [Adam et elle] mangeaient du fruit défendu, ils deviendraient comme des dieux. La femme trompée en mangea, et en offrit à son mari. Adam ne fut pas trompé [*sic*] ; mais, par complaisance pour sa femme, il mangea aussi du fruit défendu » (Gaume, p. 72). Voir Genèse, 3, 1-7.
2. Voir I, XIX, note 2, p. 128.
3. « Les décrets du siège apostolique et des congrégations romaines empêchent le libre progrès de la science » (*Syllabus,* II, XII-XIII). Voir I, IV, v. 31, note 4, p. 86 et *infra*, v. 28.
4. Les récits bibliques. « Nous devons une foi entière à l'Écriture et à la tradition générale de l'Église, parce qu'elles sont également la parole de Dieu » (Gaume, p. 46).
5. « Du fruit de l'arbre qui est au milieu du jardin, Dieu a dit : Vous n'en mangerez pas, vous n'y toucherez pas, sous peine de mort. Le serpent répliqua à la femme : "Pas du tout ! Vous ne mourrez pas ! Mais Dieu sait que, le jour où vous en mangerez, vos yeux s'ouvriront et vous serez comme des dieux, qui connaissent le bien et le mal" » (Genèse, 3, 3-5).
6. « La tradition chrétienne, c'est la parole de Dieu non écrite dans le Nouveau Testament, que les Apôtres ont reçue de la bouche de Jésus-Christ, qu'ils ont transmise de vive voix à leurs disciples, et qui est venue jusqu'à nous par l'enseignement ou par les écrits des Pères de l'Église et des pasteurs » (Gaume, p. 46).
7. « *Aller* est semi-auxiliaire quand il est construit avec un participe présent pour marquer l'aspect duratif, la continuité, la progression de l'action » (Grev., § 655, 1).
8. Construit sur l'expression *avoir la vue courte*, « manquer de discernement ou d'ouverture d'esprit, de grandeur d'âme » (*Tlf*).

Laissez-nous rire un peu, pleurer aussi,
Pleurer sur vous, rire du vieux blasphème,
Rire du vieux Satan stupide ainsi,
Pleurer sur cet Adam dupe quand même [1] !

Frères de nous qui payons vos orgueils [2],
Tous fils du même Amour, ah ! la science [3],
Allons donc, allez donc, c'est nos cercueils
Naïfs ou non, c'est notre méfiance

Ou notre confiance aux seuls Récits [4],
C'est notre oreille ouverte toute grande
Ou tristement fermée au Mot précis !
Frères, lâchez la science gourmande

Qui veut voler sur les ceps défendus
Le fruit sanglant qu'il ne faut pas connaître [5].
Lâchez son bras qui vous tient attendus
Pour des enfers que Dieu n'a pas fait naître,

Mais qui sont l'œuvre affreuse du péché,
Car nous, les fils attentifs de l'Histoire,
Nous tenons pour l'honneur jamais taché
De la Tradition [6], supplice et gloire !

Nous sommes sûrs des Aïeux nous disant
Qu'ils ont vu Dieu sous telle ou telle forme,
Et prédisant aux crimes d'*à présent*
La peine immense ou le pardon énorme.

Puisqu'ils avaient vu Dieu présent toujours,
Puisqu'ils ne mentaient pas, puisque nos crimes
Vont effrayants [7], puisque vos yeux sont courts [8],
Et puisqu'il est des repentirs sublimes,

1. Tour classique : « Prenez garde à ce que ».
2. Vertu chrétienne qui nous donne le sentiment de notre faiblesse, qui réprime en nous les mouvements de notre orgueil (Boiste), l'*humilité* est un des thèmes centraux de *Sagesse* (I, XX, v. 18 et I, XXIII, v. 16). L'adjectif *humble* revient douze fois dans le recueil.
3. « La douzième figure du Messie » (Gaume, p. 102), envoyé par Dieu pour délivrer son peuple de la servitude d'Égypte. Voir « Acte de foi » : « "Le seul savant c'est encore Moïse !" / Ainsi disais-je et pensais-je autrefois » (*OP*, p. 1022).

Voir variantes, p. 257.

Ils ont dit tout. Savoir le reste est bien,
Que deux et deux fassent quatre, à merveille !
Riens innocents, mais des riens moins que rien,
La dernière heure étant là qui surveille

Tout autre soin dans l'homme en vérité !
Gardez que trop chercher ne vous séduise [1]
Loin d'une sage et forte humilité [2]...
Le seul savant, c'est encore Moïse [3].

1. « Paris, 8bre 1875 » (Kessler). Cette pièce ne figurant pas dans le manuscrit Sivry, elle a dû être écrite après 1878. Antoine Adam la date de 1879, à Rethel, après les élections de janvier 1879. Nous nous rangeons à cette hypothèse.
2. L'Épiphanie (6 janvier). Les élections sénatoriales du 5 janvier 1879 sanctionnent la victoire du parti républicain.
3. Le 30 janvier 1879, le maréchal de Mac-Mahon démissionne et Jules Grévy est élu président de la République ; les républicains sont au pouvoir (ministère Waddington, Léon Gambetta président de la Chambre).
4. Comme Bayard, dit le « chevalier sans peur et sans reproche ».
5. Promu par la révolution de 1848, le suffrage universel fut fixé par le décret du 2 février 1852 et, après la chute de l'Empire, par la loi du 30 novembre 1875. Verlaine écrivait à ce propos dans le *Voyage en France* : « Ne vous saute-t-il pas aux yeux que ces deux mots *Suffrage universel*, comparés avec la chose, mentent impudemment ? En effet, la masse des électeurs étant un composé d'ignorances et d'étroit égoïsme, comment ne pas voir que ses votes seront toujours entachés [...] ? » (*OPr*, p. 1005 et suiv.).
6. Citation d'un vers de Hugo : « Le peuple ? un âne qui se cabre ! » (*Les Châtiments,* « Splendeurs », III, VIII, 3). Verlaine prête aux républicains le langage mensonger que Hugo attribue au pouvoir après le coup d'État du 2 décembre 1851.
7. Jeu de mots construit sur l'étymologie possible du verbe *cabrer*, qui viendrait du provençal *cabra* (chèvre).
8. Monstre biblique (Job, 40, 15-24). *Cf.* Rimbaud, « Le bateau ivre » : « Moi qui tremblais, sentant geindre à cinquante lieues / Le rut des Béhémots et les Maelstroms épais. »

XII [1]

Or, vous voici promus, petits amis,
Depuis les temps de ma lettre première,
Promus, disais-je, aux fiers emplois promis
À votre thèse, en ces jours de lumière [2].

Vous voici rois de France [3] ! À votre tour !
(Rois à plusieurs d'une France postiche,
Mais rois de fait et non sans quelque amour
D'un trône lourd avec un budget riche.)

À l'œuvre, amis petits ! Nous avons droit
De vous y voir, payant de notre poche,
Et d'être un peu réjouis à l'endroit
De votre état sans peur et sans reproche [4].

Sans peur ? Du maître. Ô le maître, mais c'est
L'Ignorant-chiffre et le Suffrage-nombre [5],
Total, le peuple, « un âne » fort « qui s'est
Cabré » [6], pour vous espoir clair, puis fait sombre.

Cabré comme une chèvre, c'est le mot [7].
Et votre bras, saignant jusqu'à l'aisselle,
S'efforce en vain : fort comme Béhémot [8],
Le monstre tire... et votre peur est telle

1. Sur les adverbes en fin de vers, voir I, IV, note 6, p. 84.
2. « Tout principe quelconque, moral ou politique, absolument absent des esprits et des cœurs, l'animalité pure et simple, et la bestialité tapie derrière, prête à bondir, – tels nous voici, Français de 1881, après quatre-vingt-onze ans de démocratie et trente-deux ans de Suffrage universel direct ! » (*Voyage en France*, *OPr*, p. 1011).
3. Voir I, I, v. 13 et note 9, p. 68 ; I, XII, v. 32 ; I, VI, v. 11 et III, I, v. 8.
4. Roi de Babylone (VIe s. av. J.-C.) tristement célèbre pour ses conquêtes et notamment pour le siège de Jérusalem, la destruction du Temple et la déportation des habitants (II Rois, 24-25 ; Jérémie, 39, 1-10 et 52, 4-34). Sur l'*orgueil*, voir I, XIX, note 2, p. 128.
5. « Hélas ! tout paraît fini et bien fini pour la France d'aujourd'hui. [...] Plus de respect, plus de famille, [...], nul patriotisme, [...] et Dieu blasphémé tous les jours » (*Voyage en France, OPr,* p. 998). *Cf.* Hugo, « Ad maiorem dei gloriam » : « Prêtres, nous écrirons sur un drapeau qui brille : / Ordre, Religion, Propriété, Famille ! » (*Les Châtiments*, I, VII, à propos des Jésuites).
6. « Ne faites plus de vos membres des armes d'injustice au service du péché ; mais offrez-vous à Dieu comme des vivants revenus de la mort et faites de vos membres les armes de justice au service de Dieu » (Romains, 6, 13). Selon Louis Morice, cette strophe « s'inspire de la plus pure mystique catholique du travail » (son éd., p. 163). C'est sans compter sur la démagogie de Verlaine, hostile à la pensée de Lamennais, l'année même de la fondation de la « Fédération du parti des travailleurs socialistes de France ».
7. À la suite du baptême de Clovis en 496, la France devient « fille aînée de l'Église ».
8. « Mais le peuple d'aujourd'hui ! Il accepte tout préjudice lui venant de ceux qu'il élève sur ses pavois d'un an ou deux » (*Voyage en France, OPr,* p. 1010). Les Francs faisaient monter le nouveau roi sur un *pavois*, ou grand bouclier (d'où *hisser sur le pavois*, donner le pouvoir). Voir aussi II, IV [VIII], v. 7.

Quand l'âne brait, que le voilà parti
Qui par les dents vous boute cent ruades
En forme de reproche bien senti...
Courez après, frottant vos reins malades !

Ô Peuple, nous t'aimons immensément [1] :
N'es-tu donc pas la pauvre âme ignorante
En proie à tout ce qui sait et qui ment ?
N'es-tu donc pas l'immensité souffrante ?

La charité nous fait chercher tes maux,
La foi nous guide à travers tes ténèbres.
On t'a rendu semblable aux animaux [2]
Moins leur candeur [3], et plein d'instincts funèbres.

L'orgueil t'a pris en ce quatre-vingt-neuf,
Nabuchodonosor [4], et te fait paître,
Âne obstiné, mouton buté, dur bœuf,
Broutant pouvoir, famille, soldat, prêtre [5] !

Ô paysan cassé sur tes sillons,
Pâle ouvrier qu'esquinte la machine,
Membres sacrés de Jésus-Christ [6], allons,
Relevez-vous, honorez votre échine,

Portez l'amour qu'il faut à vos bras forts,
Vos pieds vaillants sont les plus beaux du monde,
Respectez-les, fuyez ces chemins tors,
Fermez l'oreille à ce conseil immonde,

Redevenez les Français d'autrefois,
Fils de l'Église [7], et dignes de vos pères !
Ô s'ils savaient ceux-ci sur vos pavois [8],
Leurs os sueraient de honte aux cimetières.

1. L'étendard royal était blanc semé de fleurs de lys d'or ; il fut remplacé par le drapeau tricolore en 1789. Le drapeau blanc à la fleur de lys redevint le drapeau national à la Restauration (1815) et jusqu'à la fin du règne de Charles X (1830). Le comte de Chambord, qui prétendait au trône à la chute de l'Empire, échoua dans sa tentative de restaurer la monarchie, en partie parce qu'il avait voulu imposer le drapeau blanc.
2. « La Révolution voulut faire une Église à sa mode, et rédigea un acte schismatique connu sous le nom de *Constitution civile du clergé*, exigeant de tous les prêtres qu'ils prêtassent serment à cette constitution » (Gaume, p. 399).
3. David Téniers, dit le Jeune, peintre et dessinateur flamand (1610-1690) qui se distingua entre autres par ses sujets d'inspiration populaire (fêtes villageoises, bambochades, etc.).

Voir variantes, p. 258.

– Vous, nos tyrans minuscules d'un jour,
(L'énormité des actes rend les princes
Surtout de souche impure, et malgré cour
Et splendeur et le faste, encor plus minces.)

Laissez le règne et rentrez dans le rang.
Aussi bien l'heure est proche où la tourmente
Vous va donner des loisirs, et tout blanc
L'avenir flotte avec sa Fleur charmante [1]

Sur la Bastille absurde où vous teniez
La France aux fers d'un blasphème et d'un schisme [2],
Et la chronique en de cléments Téniers [3]
Déjà vous peint allant au catéchisme.

1. « À propos de la mort du Prince Impérial. À Rethel (Ardennes) où j'étais professeur, le 2 juin de cette année-là » (Kessler). Le prince mourut le 1er juin 1879, mais la nouvelle ne fut connue en France que le 20. Le poème est donc postérieur à cette date. Dans une lettre à Cazals du 26 juin 1889, Verlaine reconnaissait que « les choses de France », à savoir ce poème-ci et le suivant, étaient « les plus ternes » du recueil (*OC*, II, p. 1574).
2. Le prince Eugène Bonaparte (1856-1879), fils de Napoléon III, se réfugia en Angleterre avec ses parents après la défaite de Sedan. Enrôlé dans l'armée anglaise, il trouva la mort en Afrique du Sud dans la guerre contre les Zoulous.
3. Verlaine publia son premier poème en août 1863 dans *La Revue du progrès* de Louis-Xavier de Ricard, revue positiviste, anticléricale et républicaine. Il fréquenta le salon de la marquise de Ricard, où fleurissaient les idées antibonapartistes.
4. Verlaine était républicain dans les années 1860 ; avec le temps son extrémisme finit même par effrayer ses amis. Il fut chef du bureau de la presse de l'Hôtel de Ville sous la Commune (voir Introduction, p. 10-12).
5. On trouve dans l'album de Félix Régamey (1872) deux dizains parodiques et antibonapartistes, l'un de Verlaine, l'autre de Rimbaud. Suivant Delahaye, Verlaine aurait envoyé un exemplaire de *Sagesse* à l'impératrice Eugénie « en réparation des mauvais sentiments qu'il avait eus jadis à l'égard du prince impérial », et le biographe d'ajouter : « C'est vrai – et Rimbaud s'en amusait fort – qu'il l'appelait alors "Charognard" » (*Verlaine*, p. 304).
6. La *foudre* de Dieu ou « la colère, la vengeance divine » (Littré).
7. Voir I, XIX, note 2, p. 128.

XIII [1]

Prince mort en soldat à cause de la France [2],
Âme certes élue,
Fier jeune homme si pur tombé plein d'espérance,
Je t'aime et te salue !

Ce monde est si mauvais, notre pauvre patrie
Va sous tant de ténèbres,
Vaisseau désemparé dont l'équipage crie
Avec des voix funèbres,

Ce siècle est un tel ciel tragique où les naufrages
Semblent écrits d'avance...
Ma jeunesse, élevée aux doctrines sauvages [3],
Détesta ton enfance,

Et plus tard, cœur pirate épris des seules côtes
Où la révolte naisse [4],
Mon âge d'homme, noir d'orages et de fautes
Abhorrait ta jeunesse [5].

Maintenant j'aime Dieu dont l'amour et la foudre [6]
M'ont fait une âme neuve,
Et maintenant que mon orgueil réduit en poudre [7],
Humble, accepte l'épreuve,

1. En 1879, Verlaine est résolument monarchiste (voir le *Voyage en France* et Introduction, p. 17-18).
2. « Le Prince Louis-Napoléon est mort fidèle à son Dieu, à son baptême, à la foi chrétienne. La France chrétienne sera fidèle à sa mémoire » (Louis Veuillot, « Sur la mort du Prince impérial », *L'Univers*, 23 juin 1879).

Voir variantes, p. 258.

J'admire ton destin, j'adore, tout en larmes
Pour les pleurs de ta mère,
Dieu qui te fit mourir, beau prince, sous les armes,
Comme un héros d'Homère.

Et je dis, réservant d'ailleurs mon vœu suprême
Au lys de Louis Seize [1] :
Napoléon qui fus digne du diadème,
Gloire à ta mort française !

Et priez bien pour nous, pour cette France ancienne,
Aujourd'hui vraiment « Sire »,
Dieu qui vous couronna, sur la terre païenne,
Bon chrétien, du martyre [2] !

1. « À propos de l'expulsion des Jésuites. Au lendemain du jour » (Kessler). Le décret du 29 mars 1880 relatif aux congrégations non autorisées qui impliquait de fait la dissolution de la Société de Jésus fut l'œuvre de Jules Ferry ; il fut mis en application le 30 juin, date de l'expulsion des Jésuites de leurs Maisons et établissements scolaires. Verlaine donna ce poème en exemple aux lecteurs du *Triboulet* avec une présentation (anonyme) de son recueil (voir Dossier, p. 284-286). Voir aussi note 1, p. 112.
2. La victoire républicaine en janvier 1879 (voir I, XII) se traduisit entre autres par une politique anticléricale.
3. Pauvreté, chasteté, obéissance, – et obéissance au pape.
4. Le pluriel n'est pas seulement expressif : la Compagnie fut plusieurs fois interdite en France, notamment sous l'Ancien Régime (1764). Verlaine ne croyait pas si bien dire : après avoir émigré quelque temps en Angleterre, les Jésuites se réorganisèrent en France dès 1882.
5. Sur l'*ombre douce, cf.* I, IX, v. 6.
6. Au sens classique d'« épouvanter ».
7. Allusion à la mission éducatrice des Jésuites qui administraient de nombreux collèges.
8. *À tantôt* signifie au XIXe siècle « à un autre moment du même jour » (Acad., Besch., Littré) mais il est à prendre ici au sens classique (XVIIe siècle) de « à bientôt ».

Voir variantes, p. 259.

XIV [1]

Vous reviendrez bientôt, les bras pleins de pardons
Selon votre coutume,
Ô Pères excellents qu'aujourd'hui nous perdons
Pour comble d'amertume [2].

Vous reviendrez, vieillards exquis, avec l'honneur
Et sa règle chérie [3],
Et que de pleurs joyeux, et quels cris de bonheur
Dans toute la patrie !

Vous reviendrez, après ces glorieux exils [4],
Après des moissons d'âmes,
Après avoir prié pour ceux-ci, fussent-ils
Encore plus infâmes,

Après avoir couvert les îles et la mer
De votre ombre si douce [5]
Et réjoui le ciel et consterné [6] l'enfer,
Béni qui vous repousse,

Béni qui vous dépouille au cri de liberté,
Béni l'impie en armes,
Et l'enfant qu'il vous prend des bras [7], – et racheté
Nos crimes par vos larmes !

Proscrits des jours, vainqueurs des temps, non point adieu,
Vous êtes l'espérance.
À tantôt [8], Pères saints, qui nous vaudrez de Dieu
Le salut pour la France !

1. « Pour ma femme séparée, depuis divorcée ! Rethel, 1879 » (Kessler). Mathilde, qui évoque cette pièce dans ses *Mémoires* (p. 186), la date de 1878 avec I, XVI, I, XVII et I, XVIII (mais cette dernière fut envoyée à Mme Mauté le 24 juillet 1876...). Après sa sortie de prison, Verlaine a fait plusieurs tentatives de réconciliation avec sa femme (1876, 1877, 1878). Puisque le poème figure dans le premier manuscrit, il ne peut être postérieur à septembre 1878.

2. Louis Morice (son éd., p. 184) rappelle le *Pater* : « Pardonnez-nous nos offenses comme nous pardonnons à ceux qui nous ont offensés. »

3. *Contrister*, « causer une tristesse profonde, intime » (Rob.).

4. Voir I, XIX, note 6, p. 128.

5. C'est-à-dire alimenter sa curiosité morbide.

6. Verlaine a subi longtemps les médisances et les sarcasmes de son entourage après le drame de Bruxelles et sa séparation avec Mathilde (*cf.* les « rumeurs scélérates » dans I, XVII, v. 11).

7. Sur les adverbes en fin de vers, voir I, IV, note 6, p. 84.

8. « Je lui offre tout, j'humilie mon orgueil » (à propos de Mathilde, lettre à Victor Hugo du 19 juillet 1873, *Corr.*, p. 342).

9. La comparaison et la métaphore militaires (*amortir le coup droit*, *rendre les armes*, *soldat vaincu*) avaient déjà été utilisées par Verlaine à l'encontre de Mathilde dans « Birds in the night » (*Romances sans paroles*) : « Oui, je souffrirai car je vous aimais ! / - Mais je souffrirai comme un bon soldat / Blessé, qui s'en va dormir à jamais, / Plein d'amour pour quelque pays ingrat. »

10. La « petite sœur » de *La Bonne Chanson* (IX), devenue « froide sœur » et « lamentable sœur » dans les *Romances sans paroles* (« Birds in the night », « Child wife »).

11. Dans « Birds in the night » (*Romances sans paroles*), Verlaine, magnanime, avait écrit : « Soyez pardonnée ! »

Voir variantes, p. 259.

XV[1]

On n'offense que Dieu qui seul pardonne[2].
Mais
On contriste[3] son frère, on l'afflige, on le blesse,
On fait gronder sa haine[4] ou pleurer sa faiblesse,
Et c'est un crime affreux qui va troubler la paix
Des simples, et donner au monde sa pâture[5],
Scandale, cœurs perdus, gros mots et rire épais[6].

Le plus souvent par un effet de la nature
Des choses, ce péché trouve son châtiment
Même ici-bas, féroce et long, communément[7].
Mais l'*Amour* tout-puissant donne à la créature
Le sens de son malheur, qui mène au repentir
Par une route lente et haute, mais très sûre.

Alors un grand désir, un seul, vient investir
Le pénitent, après les premières alarmes,
Et c'est d'humilier son front devant les larmes
De naguère, sans rien qui pourrait amortir
Le coup droit pour l'orgueil[8], et de rendre les armes
Comme un soldat vaincu[9], – triste, de bonne foi.

Ô ma sœur[10], qui m'avez puni, pardonnez-moi[11] !

1. « Pour la même. Même année » [que la pièce précédente ; voir note 1, p. 118] (Kessler). Antérieure, comme la pièce précédente, à septembre 1878. Mathilde cite ce poème dans ses *Mémoires* comme « une des plus belles choses » de Verlaine (p. 186) ; en revanche, celui-ci le déprécie dans une lettre à Charles et Emma de Sivry du 27 octobre 1878 : « Parlant de ceci, t'envoie *prélude à Sago* [*Sagesse*]. Je l'intitulerais volontiers Picotin-picota, prêchi-prêcha, et ça me semble, comme tout effort parisemard, d'un bête, d'un bête ! Enfin, voici cette musicaillerie sans talent aucun, je le crains. » Il est vrai qu'il écrivait une ligne plus haut : « Si savais comme me fous de littératures ! »... (*Corr.,* p. 632).

2. La *chanson douce* est non seulement une continuation de *La Bonne Chanson* mais aussi un genre où Verlaine excelle, alliant musicalité (la pièce est toute en rimes féminines) et ténuité.

3. *Cf.* la première ariette (*Romances sans paroles*) : « Ô le frêle et frais murmure ! / [...] Cela ressemble au cri doux / Que l'herbe agitée expire... / Tu dirais, sous l'eau qui vire, / Le roulis sourd des cailloux. » G. Zayed (*La Formation littéraire*, p. 268) rapproche ces vers de ceux de Banville (*Florise* [1870], I, v) : « Oh ! dites, quelle douce / Musique cette voix ! Un ruisseau dans la mousse. »

4. La *voix* de Mathilde est souvent évoquée dans *La Bonne Chanson* : « douce voix [qui] murmure » (VII), « de la musique fine » (III), « voix tendre » (XI). A. Faudemay (son éd., p. 298) signale que Verlaine a repris cette comparaison dans la pièce XXIV de « Lucien Létinois » (*Amour*) : « Ta voix grave et basse / Pourtant était douce / Comme du velours, / Telle, en ton discours, / Sur de sombre mousse / De belle eau qui passe. »

5. *Voilé* se dit aussi à propos d'une voix « qui n'a pas tout son timbre, tout son éclat » (Littré). Verlaine avait évoqué des « chants voilés de cors lointains » dans « Nuit du Walpurgis classique » (*Poèmes saturniens*).

6. Le voile de deuil (*veuve désolée*) s'est substitué au voile de mariée de *La Bonne Chanson* : « Et quand le soir viendra, l'air sera doux / Qui se jouera, caressant, dans vos voiles, / Et les regards paisibles des étoiles / Bienveillamment souriront aux époux » (XIX).

7. Voir I, XIX, note 6, p. 128.

XVI [1]

Écoutez la chanson bien douce [2]
Qui ne pleure que pour vous plaire.
Elle est discrète, elle est légère :
Un frisson d'eau sur de la mousse [3] !

La voix [4] vous fut connue (et chère ?)
Mais à présent elle est voilée [5]
Comme une veuve désolée,
Pourtant comme elle encore fière,

Et dans les longs plis de son voile
Qui palpite aux brises d'automne
Cache et montre au cœur qui s'étonne
La vérité comme une étoile [6].

Elle dit, la voix reconnue,
Que la bonté c'est notre vie,
Que de la haine [7] et de l'envie
Rien ne reste, la mort venue.

Elle parle aussi de la gloire
D'être simple sans plus attendre,
Et de noces d'or et du tendre
Bonheur d'une paix sans victoire.

1. L'*épithalame* est un « petit poème pour célébrer un mariage » (Littré) ; on pense bien sûr à *La Bonne Chanson.* Dans *Cellulairement,* Verlaine avait été plus circonspect : « Brûle aux yeux des femmes / Et garde ton cœur, / Mais crains la langueur / Des épithalames » (« À qui de droit », recueilli dans *Jadis et naguère* sous le titre « Conseil falot »).
2. *Cf. Romances sans paroles*, VIIe ariette : « Ô triste, triste était mon âme / À cause, à cause d'une femme. » Voir aussi I, XXII, v. 1-2.
3. *Être comme une âme en peine* signifie « être en proie à de l'inquiétude » tandis que, d'un point de vue théologique, les *âmes en peine* sont celles qui « sont livrées aux peines de l'enfer ou du purgatoire » (Rob.). – *De passage* signifie « qui ne dure pas, qui passe aussitôt » (Littré). Voir la lettre à Mme Mauté du 28 octobre 1876 : « La vie pour le chrétien n'est qu'un passage, mais un passage qu'il doit opérer dans certaines conditions » (*Corr.*, p. 537).
4. De *bonne* dans *La Bonne Chanson*, elle est devenue *sage* dans *Sagesse.*

Voir variantes, p. 259.

Accueillez la voix qui persiste
Dans son naïf épithalame [1].
Allez, rien n'est meilleur à l'âme
Que de faire une âme moins triste [2] !

Elle est *en peine* et *de passage* [3]
L'âme qui souffre sans colère,
Et comme sa morale est claire !...
Écoutez la chanson bien sage [4].

1. « Même femme et même date » [que la pièce précédente] (Kessler). Antérieure, comme I, XV et XVI, à septembre 1878 (voir note 1, p. 118 et note 1, p. 120).

2. Le blason (description d'une partie du corps, le plus souvent féminin) sur les *mains* est encore fréquent au XIXe siècle : *cf.* Gautier, « Étude de mains » (*Émaux et camées*, 1852) ; Mérat, « Tes mains » (*Les Chimères*, 1866) ; Rimbaud, « Les mains de Jeanne-Marie » (*Poésies*, 1871). Verlaine a évoqué les petites mains de Mathilde dans *La Bonne Chanson*, II (« Et sa main, à ce point petite / Qu'un oiseau-mouche n'y tiendrait ») et dans *Les Mémoires d'un veuf* (« La morte »). Il consacrera encore un poème aux mains dans *Parallèlement* (« Mains »).

3. Le « voyageur » de I, III, v. 1 (voir note 2, p. 78).

4. C'est peut-être le « nom carlovingien » (*La Bonne Chanson*, VIII) de Mathilde Mauté de Fleurville qui poussa Verlaine à appeler sa femme « princesse », mais pas toujours dans un sens flatteur (voir entre autres la correspondance et l'envoi de la « Ballade en rêve », dans *Amour* : « Princesse elle est, sans doute, à l'autre bout / Du monde où règne et persiste ma foi »).

5. Voir I, XV, v. 6 et note 6, p. 118.

6. Par le sacrement du mariage.

7. *Cf.* I, XV, v. 19, même position finale.

Voir variantes, p. 260.

XVII [1]

Les chères mains qui furent miennes,
Toutes petites, toutes belles [2],
Après ces méprises mortelles
Et toutes ces choses païennes,

Après les rades et les grèves,
Et les pays et les provinces [3],
Royales mieux qu'au temps des princes [4]
Les chères mains m'ouvrent les rêves.

Mains en songe, mains sur mon âme,
Sais-je, moi, ce que vous daignâtes,
Parmi ces rumeurs scélérates [5],
Dire à cette âme qui se pâme ?

Ment-elle, ma vision chaste
D'affinité spirituelle,
De complicité maternelle,
D'affection étroite et vaste ?

Remords si chers, peine très bonne,
Rêves bénits, mains consacrées [6],
Ô ces mains, ses mains vénérées,
Faites le geste qui pardonne [7] !

1. « Paris, juin 1881, au sortir d'une entrevue avec mon petit Georges » (Kessler). Date erronée, postérieure à la publication du recueil ; Mathilde se trompe aussi, qui date cette entrevue de 1878 (*Mémoires*, p. 185). Le poème, daté « Arras, le 21 juillet 1876 », est joint à une lettre à Mme Mauté du 24 juillet 1876 et présenté comme suit (avec « J'ai naguère habité le meilleur des châteaux... », ici p. 243) : « Voici deux des rares pièces personnelles tirées d'un volume qui peut paraître l'an prochain sous le titre bien ambitieux de : *Sagesse* » (*Corr.*, p. 518-519).
2. Verlaine s'était rendu à Paris début juillet 1876 (il regagne Arras le 12) où il eut l'occasion de revoir son fils pour la première fois depuis quatre ans ; Georges Verlaine était né le 30 octobre 1871.
3. La *blessure* dont souffre le pénitent (I, I, v. 9), celle que l'amour de Dieu fait au cœur de l'homme (II, I, 1-2), est ici l'expression d'un bonheur intense mêlé à la souffrance, dans un sens presque mystique (voir *douleur exquise* au v. 3 ; II, I, v. 1 et note 2, p. 150).
4. La *flèche de l'amour* est une métaphore classique ; elle ne provoque pas une blessure *cuisante* : son action est bienfaisante.
5. Le *sang qui chante* est une image récurrente chez Verlaine, déjà présente dans ses vers avant sa « conversion » : « Les choses qui chantent dans la tête / Alors que la mémoire est absente, / Écoutez ! c'est notre sang qui chante... / Ô musique lointaine et discrète ! » (« Vendanges », *Cellulairement*, puis *Jadis et naguère*) et « Ce que nous valons / Notre sang le chante ! » (« À qui de droit », *Cellulairement*, puis *Jadis et naguère*). Dans « Parade » (*Illuminations*), Rimbaud avait écrit : « Les yeux flambent, le sang chante, les os s'élargissent, les larmes et les filets rouges ruissellent. »
6. *Douce* et *sage* à l'endroit de Mathilde (I, XVI, v. 1 et 28), elle est *pure* comme est pur l'enfant auquel elle s'adresse.
7. *Cf.* « Vous voilà, vous voilà, pauvres bonnes pensées ! » (III, XII, v. 1).
8. *Cf.* « Aussi bon que sage / [...] / Naïf et discret, / Heureux en secret ! » (III, II, v. 145, 149-150), suivant la condition imposée par la « Dame » (I, II, v. 75) : « Toi, sois sage. »

Voir variantes, p. 260.

XVIII [1]

Et j'ai revu l'enfant unique [2] : il m'a semblé
Que s'ouvrait dans mon cœur la dernière blessure [3],
Celle dont la douleur plus exquise m'assure
D'une mort désirable en un jour consolé.

La bonne flèche aiguë et sa fraîcheur qui dure [4] !
En ces instants choisis elles ont éveillé
Les rêves un peu lourds du scrupule ennuyé,
Et tout mon sang chrétien chanta [5] la Chanson pure [6].

J'entends encor, je vois encor ! Loi du devoir
Si douce ! Enfin, je sais ce qu'est entendre et voir,
J'entends, je vois toujours ! Voix des bonnes pensées [7] !

Innocence, avenir ! Sage et silencieux [8],
Que je vais vous aimer, vous un instant pressées,
Belles petites mains qui fermerez nos yeux !

1. « Stickney Été 1875, à travers champs » (Kessler). Date possible. Le poème a fait partie d'un envoi à Mme Mauté conjointement avec les pièces I, VIII ; I, IX ; I, XX et I, XXII.
2. Le premier des péchés capitaux, « l'orgueil est une estime déréglée de soi-même » (Gaume, p. 291). Le terme revient douze fois dans *Sagesse*.
3. *Cf.* « Il parle encore » (*Amour*) : « Et je vois l'Orgueil et la Luxure / Parmi la réponse : tel un cor / Dans l'éclat fané d'un vil décor, / Prêtant sa rage à la flûte impure » (1879).
4. *Cf.* « Les vaincus » (*Jadis et naguère*) : « Ô prodige ! en nos cœurs le frisson radieux / Met à travers l'éclat subit de nos cuirasses, / Avec un violent désir de mourir mieux, / La colère et l'orgueil ancien des bonnes races » (1867).
5. Ce sont cette fois les « chants voilés de cors lointains » comme dans « Nuit du Walpurgis classique » (*Poèmes saturniens*).
6. La « colère », le sixième des péchés capitaux, est « un mouvement déréglé de l'âme qui nous fait repousser avec violence ce qui nous déplaît » (Gaume, p. 291). La *haine* que fuit le pénitent est autant celle qu'il a éprouvée que celle dont il a été l'objet.
7. La « luxure », le troisième des péchés capitaux, est « l'amour déréglé des plaisirs sensuels » (Gaume, p. 291). La contrition de la *chair* est un thème fréquent dans *Sagesse*, quoique la chair soit exaltée dans le reste de l'œuvre de Verlaine, depuis « Invocation » (1873, publié dans *Jadis et naguère* sous le titre « Luxures ») jusqu'aux recueils « profanes » et pornographiques qui suivent *Parallèlement* (1889).
8. Bescherelle et Littré donnent ce mot comme familier.
9. Thème généralement associé à la ville et au vice (I, XVI, v. 5 ; I, XVIII, v. 21).
10. *Un tas de* exprime, avec une nuance familière ou péjorative, l'idée de « grand nombre ». *Des tas de*, mis pour « beaucoup », ne serait apparu que vers 1880 (*Dhlf*).
11. Enceinte circulaire où se déroulent des spectacles équestres et de clowns : *cirque* est employé ici, par métonymie, au sens de « spectacle de ce genre » (et pas de « désordre tumultueux », dont l'acception est plus tardive, de 1946 selon *Dhlf*). Voir III, XVII, v. 14.
12. « Qui trotte à petits pas » ; sens figuré de « sautillant, animé d'un rythme vif » (1870, *Dhlf*).

XIX [1]

Voix de l'Orgueil [2] : un cri puissant comme d'un cor [3],
Des étoiles de sang sur des cuirasses d'or [4].
On trébuche à travers des chaleurs d'incendie...
Mais en somme la voix s'en va, comme d'un cor [5].

Voix de la Haine [6] : cloche en mer, fausse, assourdie
De neige lente. Il fait si froid ! Lourde, affadie,
La vie a peur et court follement sur le quai
Loin de la cloche qui devient plus assourdie.

Voix de la Chair [7] : un gros tapage [8] fatigué.
Des gens ont bu. L'endroit fait semblant d'être gai.
Des yeux, des noms, et l'air plein de parfums atroces [9]
Où vient mourir le gros tapage fatigué.

Voix d'Autrui : des lointains dans des brouillards. Des
[noces
Vont et viennent. Des tas d'embarras [10]. Des négoces,
Et tout le cirque [11] des civilisations
Au son trotte-menu [12] du violon des noces.

1. Ce n'est plus le bruit mais le silence (honnête) qui devient assourdissant. Sur la nécessité du *silence*, voir I, VIII, v. 10 ; I, XXIII, v. 13 ; III, v, v. 12 et surtout II, III, v. 2, 16-21.

2. On lit dans *Le Livre de la sagesse* : « Gardez-vous donc des vains murmures, épargnez à votre langue les mauvais propos ; car un mot furtif ne demeure pas sans effet, une bouche mensongère donne la mort à l'âme » (I, 11). Mais ces vers dénoncent aussi une intention poétique : dans une lettre à Delahaye du 29 avril 1875, Verlaine annonçait à son ami son intention d'écrire de la poésie religieuse sans « rien d'artistique » (*Corr.*, p. 393), c'est-à-dire sans artifice rhétorique. De même, dans « Prière du matin » (1880, recueilli dans *Amour*), le pécheur rappelle « son rêve infernalement laid, / Son gros rêve éveillé de lourdes rhétoriques, / Spéculation creuse et calculs impuissants / Ronflant et s'étirant en phrases pléthoriques ».

3. L'Évangile, ou la *parole* du Seigneur.

4. *Cf.* I, II, v. 71.

5. Au jour du Jugement : « Et je vis dans la main droite de Celui qui siège sur le trône un livre roulé, écrit au recto et au verso, et scellé de sept sceaux » (Apocalypse, 5, 1).

Voir variantes, p. 260.

Colères, soupirs noirs, regrets, tentations
Qu'il a fallu pourtant que nous entendissions
Pour l'assourdissement des silences honnêtes [1],
Colères, soupirs noirs, regrets, tentations,

Ah, les Voix, mourez donc, mourantes que vous êtes,
Sentences, mots en vain, métaphores mal faites,
Toute la rhétorique en fuite des péchés [2],
Ah, les Voix, mourez donc, mourantes que vous êtes !

Nous ne sommes plus ceux que vous auriez cherchés.
Mourez à nous, mourez aux humbles vœux cachés
Que nourrit la douceur de la Parole forte [3],
Car notre cœur n'est plus de ceux que vous cherchez !

Mourez parmi la voix que la prière emporte
Au ciel [4], dont elle seule ouvre et ferme la porte
Et dont elle tiendra les sceaux au dernier jour [5],
Mourez parmi la voix que la prière apporte,

Mourez parmi la voix terrible de l'Amour !

1. « Paris 1879 » (Kessler). Date probable : « St[ickney] avril 76 », dans un envoi à Mme Mauté, conjointement avec les pièces I, VIII ; I, IX ; I, XIX et I, XXII.
2. Le Diable tentateur. Voir I, II, note 1, p. 72. J. Robichez précise : « Verlaine, comme le Christ (Matthieu, 4, 1-11 ; Luc, 4, 1-13), est tenté trois fois : ennui, luxure et désespoir. Et comme le Christ, il refuse finalement de répondre au séducteur » (son éd., p. 608).
3. *Cf.* Baudelaire, dans *Les Fleurs du mal* : « C'est le Diable qui tient les fils qui nous remuent ! [...] Dans la ménagerie infâme de nos vices, / Il en est un plus laid, plus méchant, plus immonde ! [...] C'est l'Ennui ! » (« Au lecteur ») et « Sans cesse à mes côtés s'agite le Démon ; [...] Il me conduit ainsi, loin du regard de Dieu, / Haletant et brisé de fatigue, au milieu / Des plaines de l'Ennui » (« La destruction »). Voir aussi I, III, v. 2 et note 3, p. 78 ; I, XXI, v. 19.
4. Voir I, III, note 1, p. 82.
5. Voir I, XIX, note 7, p. 128.
6. Lucifer, ange déchu tombé du ciel (Isaïe, 14, 12 ; Luc, 10, 18). « Car ces gens-là sont de faux apôtres du Christ. Et rien d'étonnant : Satan lui-même se déguise bien en ange de lumière (II Corinthiens, 11, 14). Verlaine a repris cette image dans le *Voyage en France* : « Mais Satan veillait [...] et pour mieux réussir recourut à la vieille ruse et encore une fois se déguisa en un ange de lumière » (*OPr*, p. 1003).
7. Voir I, XI, note 7, p. 100.
8. Le Diable se qualifie lui-même de « logicien » dans *La Divine Comédie* (*Enfer*, XXVII, v. 123).
9. C'est-à-dire de ne plus sentir le Christ, « lumière du monde » (Jean, 8, 12).
10. Voir I, XI, note 2, p. 104.

Voir variantes, p. 261.

XX [1]

L'ennemi [2] se déguise en l'Ennui [3]
Et me dit : « À quoi bon, pauvre dupe [4] ? »
Moi je passe et me moque de lui.
L'ennemi se déguise en la Chair [5]
Et me dit : « Bah, bah, vive une jupe ! »
Moi j'écarte le conseil amer.

L'ennemi se transforme en un Ange
De lumière [6] et dit : « Qu'est ton effort
À côté des tributs de louange
Et de Foi dus au Père céleste ?
Ton Amour va-t-il jusqu'à la mort ? »
Je réponds : « L'Espérance [7] me reste. »

Comme c'est le vieux logicien [8],
Il a fait bientôt de me réduire
À ne plus *vouloir* répliquer rien.
Mais sachant *qui c'est*, épouvanté
De ne plus sentir les mondes luire [9],
Je prierai pour de l'humilité [10].

1. « Paris 1880 » (Kessler). Date probable : « Bournemouth, 8bre 1876 », poème inclus dans deux lettres à Mme Mauté : 2 octobre 1876 (4 strophes) et 28 octobre 1876 (dernière strophe).
2. Le *chemin* de la vie (Dante, *Enfer*, I, v. 1-3), mais aussi le *droit chemin* : « Dans la voie de la sagesse je t'ai enseigné, je t'ai fait cheminer sur la piste de la droiture » (Proverbes, 4, 11). Sur cette élévation spirituelle (v. 16, 22, 24), voir aussi I, V, v. 11.
3. « Heureux les pauvres en esprit, car le royaume des Cieux est à eux » (Matthieu, 5, 3).
4. Voir I, XI, note 7, p. 100. Dans *La Divine Comédie*, la porte de l'Enfer est surmontée d'un écriteau qui indique : « Vous qui entrez, laissez toute espérance » (*Enfer*, III, v. 9).
5. Opposé au « lit de douleur » sur lequel le fils de Dieu veut jeter Jézabel et ses compagnons « s'ils ne se repentent de leur conduite » (Apocalypse, 2, 22) ; la promesse de la vie éternelle est promesse de joie : « [Dieu] essuiera toute larme de leurs yeux : de mort, il n'y en aura plus ; de pleur, de cri et de peine, il n'y en aura plus, car l'ancien monde s'en est allé » (Apocalypse, 21, 4).
6. Tour elliptique et familier pour *encore que* (suivi alors d'un verbe au subjonctif).
7. Voir I, XIX.
8. Voir I, XX, note 3, p. 132.

XXI [1]

Va ton chemin sans plus t'inquiéter !
La route est droite et tu n'as qu'à monter [2],
Portant d'ailleurs le seul trésor qui vaille
Et l'arme unique au cas d'une bataille,
La pauvreté d'esprit [3] et Dieu pour toi.

Surtout il faut garder toute espérance [4].
Qu'importe un peu de nuit et de souffrance ?
La route est bonne et la mort est au bout.
Oui, garde toute espérance surtout.
La mort là-bas te dresse un lit de joie [5].

Et fais-toi doux de toute la douceur.
La vie est laide, encore c'est ta sœur [6].
Simple, gravis la côte et même chante
Pour écarter la prudence méchante
Dont la voix basse est pour tenter ta foi [7].

Simple comme un enfant, gravis la côte,
Humble comme un pécheur qui hait la faute,
Chante, et même sois gai, pour défier
L'ennui que l'ennemi peut t'envoyer [8]
Afin que tu t'endormes sur la voie.

1. Le Diable est appelé *séducteur* dans Apocalypse, 20, 10. Voir I, II, note 1, p. 72.
2. « La route des justes est comme la lumière de l'aube, dont l'éclat grandit jusqu'au plein jour ; le chemin des méchants est comme l'obscurité : ils ne savent sur quoi ils trébuchent » (Proverbes, 4, 18-19). Voir aussi v. 7.

Voir variantes, p. 262.

Ris du vieux piège et du vieux séducteur [1],
Puisque la Paix est là, sur la hauteur,
Qui luit parmi des fanfares de gloire.
Monte, ravi, dans la nuit blanche et noire [2].
Déjà l'Ange Gardien étend sur toi

Joyeusement des ailes de victoire.

1. « Paris 1880 » (Kessler). Daté « B[ournemou]th fév[rier] 77 » dans un envoi à Mme Mauté, conjointement avec les pièces I, VIII ; I, IX ; I, XIX et I, XX (date probable).

2. Traduction littérale de « *quare tristis es, anima mea* » (Psaumes, 42, 6) récité au début de la messe. Voir aussi Matthieu, 36, 38 : « Mon âme est triste à en mourir », paroles prononcées par Jésus à Gethsémani peu avant son arrestation et reprises en sous-titre d'un célèbre poème de Lamartine, « Novissima verba, ou Mon âme est triste jusqu'à la mort » (*Harmonies poétiques et religieuses*, 1830).

3. Voir I, III, v. 5 et note 5, p. 78. Dans *Une saison en enfer*, Rimbaud avait écrit : « Je n'ai jamais été chrétien [...]. Oui, j'ai les yeux fermés à votre lumière » (« Mauvais sang », 5).

4. « Gardons indéfectiblement la confession de l'espérance, car celui qui a promis est fidèle » (Hébreux, 10, 23). Voir aussi I, XI, note 7, p. 100.

5. Voir I, XXIV, v. 25-40.

XXII [1]

Pourquoi triste, ô mon âme,
Triste jusqu'à la mort [2],
Quand l'effort te réclame,
Quand le suprême effort
Est là qui te réclame ?

Ah, tes mains que tu tords
Au lieu d'être à la tâche,
Tes lèvres que tu mords
Et leur silence lâche,
Et tes yeux qui sont morts [3] !

N'as-tu pas l'espérance
De la fidélité [4],
Et, pour plus d'assurance
Dans la sécurité,
N'as-tu pas la souffrance [5] ?

Mais chasse le sommeil
Et ce rêve qui pleure.
Grand jour et plein soleil !
Vois, il est plus que l'heure :
Le ciel bruit vermeil,

1. *Cf.* III, xx, v. 2-4.
2. Les devoirs du chrétien. Au sens premier, *bourru* décrit ce qui a de la rudesse. Par extension, le mot qualifie une personne peu commode, farouche.
3. « Ne vous amassez point de trésor sur la terre [...] mais amassez-vous des trésors dans le ciel [...]. Car où est ton trésor, là sera aussi ton cœur » (Matthieu, 6, 19-21).

Voir variantes, p. 262.

Et la lumière crue
Découpant d'un trait noir
Toute chose apparue [1]
Te montre le Devoir
Et sa forme bourrue [2].

Marche à lui vivement,
Tu verras disparaître
Tout aspect inclément
De sa manière d'être,
Avec l'éloignement.

C'est le dépositaire
Qui te garde un trésor
D'amour et de mystère,
Plus précieux que l'or,
Plus sûr que rien sur terre [3],

Les biens qu'on ne voit pas,
Toute joie inouïe,
Votre paix, saints combats,
L'extase épanouie
Et l'oubli d'ici-bas,

Et l'oubli d'ici-bas !

1. « Paris 1880. Cette prière et les précédentes écrites à travers bien des luttes, victorieuses encore ! » (Kessler). La date de ce poème est cependant antérieure à septembre 1878, puisqu'il figure dans le manuscrit Sivry.
2. Voir I, VIII, note 4, p. 94.
3. Les « guerres serviles » se réfèrent aux révoltes des esclaves à la fin de la République romaine mais Verlaine rabaisse les révolutions (1789, 1848, 1871) en *révoltes* et joue sur les deux sens de *servile* : « qui se rapporte aux serfs » et « qui a un caractère de soumission avilissante et indigne d'un homme libre » (Rob.).
4. Voir I, IV, note 3, p. 86.
5. On dit les *ailes du Seigneur* pour signifier « la protection de Dieu » ; bien qu'aucun dictionnaire du XIXe siècle n'enregistre le syntagme *aile(s) de la croix*, on le trouve chez Hugo, au propre et au figuré : « Les chapelles / Sous les ailes / De la croix » (*Esmeralda* [1836], IV, II).
6. Le *zèle* désigne, au sens religieux et ordinairement au singulier, « une vive ardeur à servir la cause de Dieu et de la religion » (Rob.) ; Verlaine avait déjà utilisé ce syntagme dans « L'impénitence finale » (*Cellulairement,* puis *Jadis et naguère*) : « Vingt soupirants, brûlés des feux des meilleurs zèles ». Voir II, II, v. 7 et II, IV [VII-3], v. 1.
7. Voir I, XI, note 2, p. 104.
8. « "Si quelqu'un a soif, qu'il vienne à moi, et qu'il boive, celui qui croit en moi !" selon le mot de l'Écriture : De son sein couleront des fleuves d'eau vive » (Jean, 7, 37-38).
9. Du point de vue religieux, une *bonne mort* est « une mort au milieu des sentiments religieux et en s'acquittant de tous les devoirs de la religion » (Littré). *Cf. Amour*, « Prière du matin » (1880) : « La bonne mort pour quoi Vous-Même [le Seigneur] vous mourûtes / Me ressusciterait à votre éternité. »

Voir variantes, p. 263.

XXIII [1]

Né l'enfant des grandes villes [2]
Et des révoltes serviles [3]
J'ai là tout cherché, trouvé
De tout appétit [4] rêvé.
Mais, puisque rien n'en demeure,

J'ai dit un adieu léger
À tout ce qui peut changer,
Au plaisir, au bonheur même,
Et même à tout ce que j'aime
Hors de vous, mon doux Seigneur !

La Croix m'a pris sur ses ailes [5]
Qui m'emporte aux meilleurs zèles [6],
Silence, expiation,
Et l'âpre vocation
Pour la vertu qui s'ignore.

Douce, chère Humilité [7],
Arrose ma charité,
Trempe-la de tes eaux vives [8].
Ô mon cœur, que tu ne vives
Qu'aux fins d'une bonne mort [9] !

1. « Arras, automne 1875 » (Kessler).

2. Hécube, femme de Priam, vit massacrer ses enfants pendant et après la guerre de Troie. Devenue l'esclave d'Ulysse, elle fut conduite en Thrace ; elle vengea la mort de son fils Polydore en arrachant les yeux du roi Polymnestre à qui elle avait confié l'enfant et qui l'avait laissé mourir. Au moment où elle allait être lapidée, elle fut métamorphosée en chienne, sauta dans la mer et disparut (voir l'*Hécube* d'Euripide et Ovide, *Métamorphoses*, XIII).

3. Sur les adverbes en fin de vers, voir I, IV, note 6, p. 84.

4. Niobé, fille de Tantale et femme d'Amphion, était mère de sept fils et de sept filles. Ayant vanté le grand nombre et la beauté de ses enfants, elle se moqua de la déesse Léto, mère des seuls Artémis et Apollon. Pour la punir de son orgueil, les enfants de Léto tuèrent tous les siens, à l'exception d'une fille. « Voyla pourquoy les Poëtes feignent cette miserable mere Niobé, ayant perdu premierement sept filz, et puis de suite autant de filles, sur-chargee de pertes, avoir esté en fin transmuee en rocher, *diriguisse malis,* pour exprimer cette morne, muette et sourde stupidité, qui nous transsit, lors que les accidens nous accablent surpassans nostre portee » (Montaigne, *Essais*, I, 2).

XXIV [1]

L'âme antique était rude et vaine
Et ne voyait dans la douleur
Que l'acuité de la peine
Ou l'étonnement du malheur.

L'art, sa figure la plus claire,
Traduit ce double sentiment
Par deux grands types de la Mère
En proie au suprême tourment.

C'est la vieille reine de Troie :
Tous ses fils sont morts par le fer.
Alors ce deuil brutal aboie
Et glapit au bord de la mer [2].

Elle court le long du rivage,
Bavant vers le flot écumant,
Hirsute, criarde, sauvage,
La chienne littéralement [3] !...

Et c'est Niobé qui s'effare
Et garde fixement des yeux
Sur les dalles de pierre rare
Ses enfants tués par les dieux [4].

1. Suivant Ovide (*Métamorphoses*, XI), Niobé, pétrifiée par le malheur, fut transformée en marbre qui laissait couler des larmes.
2. « Ô vous tous qui passez par le chemin, regardez et voyez s'il est une douleur comme ma douleur à moi » (*Missel,* trait de la messe des Sept Douleurs de la Vierge Marie). Verlaine s'est largement inspiré de cette messe, célébrée de son temps le vendredi de la Passion, avant le dimanche des Rameaux (aujourd'hui le vendredi après le dimanche de la Passion). La Vierge est *Mater dolorosa* et *Regina martyrium*.
3. « Or près de la croix de Jésus se tenaient sa mère et la sœur de sa mère » (Jean, 19, 25) ; c'est l'introït de la messe des Sept Douleurs de la Vierge Marie, repris au trait, puis à la séquence sous la forme du *Stabat mater* : « Debout, la Mère de douleur se tenait en larmes près de la croix où pendait son fils » (*Missel*).
4. « Nous l'avons nous-mêmes entendu et nous savons que c'est vraiment lui le Sauveur du monde » (Jean, 4, 42).
5. *Attendrir* est à prendre au sens ancien de « rendre plus sensible ».
6. On entend par *compassion* « les douleurs que la sainte Vierge a ressenties pendant la passion de Jésus-Christ » (abbé Meusy, *Catéchisme des fêtes*). La Compassion de la sainte Vierge était la fête célébrée en l'honneur des souffrances de Marie le vendredi de la Passion.
7. Voir l'oraison de la messe des Sept Douleurs : « Ô Dieu dont la passion, réalisant la prophétie de Siméon, a transpercé d'un glaive de douleur l'âme très douce de la glorieuse Vierge Marie votre Mère » (*Missel*).
8. Le Diable (voir I, II, note 1, p. 72).
9. Sion, colline de Jérusalem.
10. L'*assomption* est l'élévation de Marie au séjour des cieux (fête le 15 août). « Le mot *plis* suppose [...] le souvenir visuel des nombreux tableaux de peintres qui représentent l'assomption de la Vierge : la longue robe flottante, plissée par le vent, en est toujours un des principaux motifs » (P.-H. Simon, son éd., p. 188). Voir le « pli des châles » (I, V, v. 8).

Voir variantes, p. 263.

Le souffle expire sur sa bouche,
Elle meurt dans un geste fou.
Ce n'est plus qu'un marbre farouche [1]
Là transporté nul ne sait d'où !...

La douleur chrétienne est immense,
Elle, comme le cœur humain.
Elle souffre, puis elle pense,
Et calme poursuit son chemin [2].

Elle est debout sur le Calvaire
Pleine de larmes et sans cris [3].
C'est également une mère,
Mais quelle mère de quel fils !

Elle participe au Supplice
Qui sauve toute nation [4],
Attendrissant [5] le sacrifice
Par sa vaste compassion [6].

Et comme tous sont les fils d'elle,
Sur le monde et sur sa langueur
Toute la charité ruisselle
Des sept blessures de son cœur [7].

Au jour qu'il faudra, pour la gloire
Des cieux enfin tout grands ouverts,
Ceux qui surent et purent croire,
Bons et doux, sauf au seul Pervers [8],

Ceux-là, vers la joie infinie
Sur la colline de Sion [9]
Monteront d'une aile bénie
Aux plis de son assomption [10].

II

1. « Mons, Belgique, de la prison, 1874, 15 août » (Kessler). Daté « juillet 75 » dans une lettre à Émile Blémont du 19 novembre 1875 (date probable).

2. Forgé sur l'expression *blessure d'amour*, fréquente chez les mystiques, notamment Thérèse d'Avila : « Une autre manière d'oraison qui m'a été très fréquemment accordée, c'est une sorte de blessure : l'âme se sent aussi véritablement blessée que si on lui faisait passer une flèche au travers du cœur, ou au travers d'elle-même ; cette blessure cause une douleur si vive, qu'elle en gémit, mais si délicieuse, qu'elle voudrait en être perpétuellement atteinte. [...] D'autres fois, il semble que cette blessure d'amour vient du fond le plus intime de l'âme » (*Relaciones espirituales,* V, 1576). Dans la lettre à Blémont du 19 novembre 1875, Verlaine parle de ses lectures théologiques (saint Thomas) et mystiques (sainte Thérèse) (*Corr.,* p. 456). Voir aussi I, I, v. 9 et note 6, p. 68 ; I, XVIII, v. 2-5 et note 3, p. 126.

3. « Principe du savoir : la crainte de Yahvé ; bien avisés tous ceux qui s'y tiennent » (Psaumes, 111, 10).

4. « Du trône [de Dieu] partent des éclairs, des voix et des tonnerres, et sept lampes de feu brûlent devant lui » (Apocalypse, 4, 5).

5. « Point de départ de tout mystique, convaincu du néant de tout et de son néant propre » (L. Morice, son éd., p. 269).

6. « Gloire à vous, Jésus, qui, de votre cœur, versez sur nous la gloire » (*Missel, Hymne du Sacré-Cœur de Jésus*).

7. Les espèces du *pain* et du *vin* ou le corps et le sang du Christ dans le sacrement de l'eucharistie, dite *sainte table* : « Jésus prit du pain ; et, après avoir rendu grâces, il le rompit, et le donna aux disciples, en disant : prenez, mangez, ceci est mon corps. Il prit ensuite une coupe. Et, après avoir rendu grâces, il la leur donna, en disant : Buvez-en tous ; car ceci est mon sang » (Matthieu, 26, 26-28 ; voir aussi Jean, 6, 54-57). Voir II, IV [I], v. 8 ; II, IV [VII-1], v. 9 ; II, IV [VII-2], v. 4-5, III, XIX, v. 20.

8. Contrairement au Seigneur : « L'un des soldats, de sa lance, lui perça le côté et il sortit aussitôt du sang et de l'eau » (Jean, 19, 34).

9. « Je vous dis de ne pas jurer du tout : ni par le Ciel, car c'est le trône de Dieu ; ni par la Terre, car c'est l'escabeau de ses pieds » (Matthieu, 5, 34-45 [Isaïe, 66, 1]).

I [1]

Ô mon Dieu, vous m'avez blessé d'amour [2]
Et la blessure est encore vibrante,
Ô mon Dieu, vous m'avez blessé d'amour.

Ô mon Dieu, votre crainte m'a frappé [3]
Et la brûlure est encor là qui tonne [4],
Ô mon Dieu, votre crainte m'a frappé.

Ô mon Dieu, j'ai connu que tout est vil [5]
Et votre gloire en moi s'est installée [6],
Ô mon Dieu, j'ai connu que tout est vil.

Noyez mon âme aux flots de votre Vin,
Fondez ma vie au Pain de votre table [7],
Noyez mon âme aux flots de votre Vin.

Voici mon sang que je n'ai pas versé [8],
Voici ma chair indigne de souffrance,
Voici mon sang que je n'ai pas versé.

Voici mon front qui n'a pu que rougir,
Pour l'escabeau de vos pieds adorables [9],
Voici mon front qui n'a pu que rougir.

1. « L'image des charbons ardents, symbole d'une douleur cuisante, désigne le remords qui amènera le pécheur au repentir » (Bible de Jérusalem, à propos de Romains, 12, 20). « L'offrande de l'*encens* est une véritable louange à Dieu, et même un sacrifice » (*Dictionnaire de liturgie*).

2. « Pilate prit alors Jésus et le fit flageller. Les soldats, tressant une couronne avec des épines, la lui posèrent sur la tête » (Jean, 19, 1-2). Le *Calvaire* ou *Golgotha*, la colline où Jésus fut crucifié.

3. *Cf.* I, III, v. 1 et note 2, p. 78.

4. Forgé sur *crier grâce*, « supplier », « implorer ».

5. *Luminaire* pour « œil » était « vivant au XVIIe siècle dans l'usage des précieux » (*Dhlf*) ; ici les yeux sont « sources d'erreur ».

6. *Cf.* I, I, v. 5 ; I, III, v. 5 et I, XXIII, v. 19.

7. « Faites, Seigneur, que nous ayons continuellement la crainte en même temps que l'amour de votre saint nom » (*Litanies du saint Nom de Jésus*).

8. « Jésus aimable, doux et humble de cœur, Dieu de paix, bonté infinie, joie des Anges... » (*Litanies du saint Nom de Jésus*).

9. L'offrande et la charité sont un des premiers devoirs du chrétien : « À qui te demande, donne » (Matthieu, 5, 42 et Luc, 6, 30). « Donne-moi tout pour tout, donne-toi tout à moi, / Sans rien te réserver, sans rien garder en toi » (*Imit.*, III, XXVII ; c'est le Christ qui parle).

Voir variantes, p. 264.

Voici mes mains qui n'ont pas travaillé,
Pour les charbons ardents et l'encens rare [1],
Voici mes mains qui n'ont pas travaillé.

Voici mon cœur qui n'a battu qu'en vain,
Pour palpiter aux ronces du Calvaire [2],
Voici mon cœur qui n'a battu qu'en vain.

Voici mes pieds, frivoles voyageurs [3],
Pour accourir au cri de votre grâce [4],
Voici mes pieds, frivoles voyageurs.

Voici ma voix, bruit maussade et menteur,
Pour les reproches de la Pénitence,
Voici ma voix, bruit maussade et menteur.

Voici mes yeux, luminaires d'erreur [5],
Pour être éteints [6] aux pleurs de la prière,
Voici mes yeux, luminaires d'erreur.

Hélas, Vous, Dieu d'offrande et de pardon,
Quel est le puits de mon ingratitude,
Hélas, Vous, Dieu d'offrande et de pardon,

Dieu de terreur et Dieu de sainteté [7],
Hélas ! ce noir abîme de mon crime,
Dieu de terreur et Dieu de sainteté,

Vous, Dieu de paix, de joie et de bonheur [8],
Toutes mes peurs, toutes mes ignorances,
Vous, Dieu de paix, de joie et de bonheur,

Vous connaissez tout cela, tout cela,
Et que je suis plus pauvre que personne,
Vous connaissez tout cela, tout cela,

Mais ce que j'ai, mon Dieu, je vous le donne [9].

1. « Mêmes lieu et date » [que la pièce précédente ; voir note 1, p. 150] (Kessler). Date probable : « août 1875 » dans une lettre à Émile Blémont du 19 novembre 1875 (*Corr.*, p. 458-459) et « 15 août 1875 » dans un envoi à Mme Mauté, conjointement avec I, XI.

2. Pièce probablement écrite le 15 août, jour de l'assomption de la Vierge. C'est le seul poème de *Sagesse* dédié à la Vierge, quoique Verlaine écrivît : « Mon prénom de Marie m'avait voué à la Sainte-Vierge qui s'est souvenue de son filleul vers 1873-74, époque où j'écrivais *Sagesse* si sincèrement » (*Confessions, OPr,* p. 444).

3. *De commandement* : « en langage religieux, "loi", "précepte" » (Littré). *Cf.* Jean, 15, 17 : « Ce que je vous commande, c'est de vous aimer les uns les autres. »

4. « Or moi je vous dis : Aimez vos ennemis » (Matthieu, 5, 44) ; « Aimez vos ennemis, faites du bien à ceux qui vous haïssent » (Luc, 6, 27).

5. *Vouer* : « promettre par vœu, consacrer à Dieu » (Littré). – *Par Elle* : « par son entremise ».

6. Voir I, XXIII, v. 12 et note 6, p. 142.

7. Voir l'allégorie de la prière (I, II).

8. Les cinq plaies du Christ lors de la Passion.

9. A. Faudemay donne à *claie* le sens de « treillis d'osier sur lequel on traîne le corps des suppliciés » (son éd., p. 307).

10. *Se ceindre les reins* signifie « se préparer par une vie austère à de grands efforts » (Rob.) (*Ceignez vos reins,* « préparez-vous à de grands efforts », Littré). Avec un complément, voir I Pierre, 1, 13 : « Ceignez les reins de votre entendement, soyez sobres » (trad. L. Segond). Voir aussi « Don Juan pipé » (*Cellulairement,* puis *Jadis et naguère*) : « Très calme [Don Juan] et les reins ceints / D'impiété cynique et de blasphème. »

11. *Sedes sapientiæ*, dans les *Litanies de la sainte Vierge* (*Missel*).

12. Notre-Dame de l'Assomption est patronne de la France (« protectrice spéciale du royaume ») depuis les vœux de Louis XIII, le 10 février 1638.

13. *Cf. Bonheur*, XXX (1890), où le poète « s'adress[e] à la Vierge Marie : / Ô vous, reine de France et de toute la terre, / Vous qui fidèlement gardez notre patrie / Depuis les premiers temps jusqu'à cette heure austère. »

II [1]

Je ne veux plus aimer que ma mère Marie [2].
Tous les autres amours sont de commandement [3].
Nécessaires qu'ils sont, ma mère seulement
Pourra les allumer aux cœurs qui l'ont chérie.

C'est pour Elle qu'il faut chérir mes ennemis [4],
C'est par Elle que j'ai voué ce sacrifice [5],
Et la douceur de cœur et le zèle [6] au service,
Comme je la priais, Elle les a permis.

Et comme j'étais faible et bien méchant encore,
Aux mains lâches, les yeux éblouis des chemins,
Elle baissa mes yeux et me joignit les mains,
Et m'enseigna les mots par lesquels on adore [7].

C'est par Elle que j'ai voulu de ces chagrins,
C'est pour Elle que j'ai mon cœur dans les Cinq Plaies [8],
Et tous ces bons efforts vers les croix et les claies [9],
Comme je l'invoquais, Elle en ceignit mes reins [10].

Je ne veux plus penser qu'à ma mère Marie,
Siège de la Sagesse [11] et source des pardons,
Mère de France [12] aussi, de qui nous attendons
Inébranlablement l'honneur de la patrie [13].

1. *Virgo immaculata*, conçue sans le péché originel. Le dogme de l'Immaculée Conception fut proclamé par Pie IX le 8 décembre 1854.

2. *Janua cæli*, dans les *Litanies de la sainte Vierge* (*Missel*). Dans une lettre à Charles de Sivry du 27 octobre 1878 (*Corr.*, p. 633), Verlaine recommandait à son beau-frère, « à titre d'inspiration, la merveille vulgaire que l'Église Catholique entonne en : *Inviolata, integra et pura es, Maria* » (Vous êtes pure, sans tache et chaste, ô Marie). Cette prière se poursuit par *qua es effecta fulgida cæli porta* (vous êtes la porte étincelante du ciel).

Voir variantes, p. 265.

Marie Immaculée [1], amour essentiel,
Logique de la foi cordiale et vivace,
En vous aimant qu'est-il de bon que je ne fasse,
En vous aimant du seul amour, Porte du ciel [2] ?

1. « Mons, 7bre 1874 (même lieu) » [que les pièces II, I et II, II] (Kessler). Date probable : « novembre 1878 » (*Barthou*), année confirmée par Ernest Delahaye (*Verlaine*, p. 269). Ne figurant pas dans le manuscrit Sivry, ce poème est postérieur à septembre 1878 ; il a été rajouté après coup dans le manuscrit Delahaye entre II, II et II, IV (primitivement numéroté II, III).
2. « Pour toi, quand tu pries, retire-toi dans ta chambre, ferme sur toi la porte, et prie ton Père qui est là, dans le secret ; et ton Père, qui voit dans le secret, te le rendra » (Matthieu, 6, 6). Cet impératif revient tout au long de l'*Imitation* (voir entre autres livre I, chap. XX : « De l'amour de la solitude et du silence » : « qui veut trouver Dieu doit chercher le secret »). Sur cette exigence du silence et de la méditation dans *Sagesse*, voir I, VIII, v. 10 ; I, XIX, v. 19 ; I, XXIII, v. 13 ; III, V, v. 12.
3. « Se dit des effusions morales » (Littré).
4. « Pénétrés d'un sentiment qui paralyse » (Rob.). Voir aussi I, III, v. 28 et note 1, p. 80.
5. Voir, sur la patience, la parabole du figuier stérile dans Luc, 13, 6-9 : un homme veut couper un figuier qui, après trois ans, ne produit toujours pas de fruits ; un vigneron lui conseille d'attendre encore une année : « Peut-être donnera-t-il des fruits à l'avenir... » Voir aussi I, VIII, v. 11 et III, II, v. 142.
6. Voir II, II, v. 2 et note 3, p. 154.
7. Soumis aux accusations des grands prêtres, Jésus reste muet devant Pilate (Matthieu, 27, 14 ; Marc, 15, 4) et devant Hérode (Luc, 23, 9). Dans son carnet personnel, Verlaine avait noté : « – Dieu ne fait pas de bruit – J. de Maistre (*Soirées*) » (*OPr*, p. 1127).
8. « Se taire entièrement [...] loin du tumulte et de la foule » (*Imit.*, I, XX). – *Sénat* « s'est employé (après 1650) à propos d'une réunion de personnes quelconques, ceci jusqu'au XVIIIe siècle » (*Dhlf*). Verlaine a aussi associé ces termes dans « Il parle encore » (*Amour*) : « Ni pardon ni répit, dit le monde, / Plus de place au sénat du loisir ! » (1879).

III [1]

Vous êtes calme, vous voulez un vœu discret,
Des secrets à mi-voix dans l'ombre et le silence [2],
Le cœur qui se répand [3] plutôt qu'il ne s'élance,
Et ces timides, moins transis [4] qu'il ne paraît.

Vous accueillez d'un geste exquis telles pensées
Qui ne marchent qu'en ordre et font le moins de bruit.
Votre main, toujours prête à la chute du fruit,
Patiente avec l'arbre et s'abstient de poussées [5].

Et si l'immense amour de vos commandements [6]
Embrasse et presse tous en sa sollicitude,
Vos conseils vont dicter aux meilleurs et l'étude
Et le travail des plus humbles recueillements.

Le pécheur, s'il prétend vous connaître et vous plaire,
Ô vous qui nous aimant si fort parliez si peu [7],
Doit et peut, à tout temps du jour comme en tout lieu,
Bien faire obscurément son devoir et se taire,

Se taire pour le monde, un pur sénat de fous [8],
Se taire sur autrui, des âmes précieuses,
Car nous taire vous plaît, même aux heures pieuses,
Même à la mort, sinon devant le prêtre et vous.

1. « Pour toi, quand tu fais l'aumône, que ta main gauche ignore ce que fait ta main droite, afin que ton aumône soit secrète ; et ton Père, qui voit dans le secret, te le rendra » (Matthieu, 6, 3-4). – *Glorifieur* est un néologisme, pour *glorificateur*.

2. L'habitude, comme dans *prendre le pli*.

3. « L'agneau de Dieu, qui enlève le péché du monde » (Jean, 1, 29), un des symboles majeurs de la christologie johannique. L'*Agneau terrible* est celui de l'Apocalypse : « Puis voici que l'Agneau apparut à mes yeux ; il se tenait sur le mont Sion, avec cent quarante-quatre milliers de gens portant inscrits sur le front son nom et celui de son Père » (Apocalypse, 14, 1). – *La neuve Sion* représente « la Cité sainte, Jérusalem nouvelle, qui descendait du ciel, de chez Dieu » (Apocalypse, 21, 2).

4. « Paix dans le ciel, et gloire au plus haut des cieux ! » (Luc, 19, 38).

Voir variantes, p. 265.

Donnez-leur le silence et l'amour du mystère,
Ô Dieu glorifieur du bien fait en secret [1],
À ces timides moins transis qu'il ne paraît,
Et l'horreur, et le pli [2] des choses de la terre.

Donnez-leur, ô mon Dieu, la résignation,
Toute forte douceur, l'ordre et l'intelligence,
Afin qu'au jour suprême ils gagnent l'indulgence
De l'Agneau formidable en la neuve Sion [3],

Afin qu'ils puissent dire : « Au moins nous sûmes croire »
Et que l'Agneau terrible, ayant tout supputé,
Leur réponde : « Venez, vous avez mérité,
Pacifiques, ma paix, et douloureux, ma gloire [4]. »

1. « Mons, 7bre-8bre 74 » (Kessler, pour l'ensemble des dix sonnets). Date probable à peine antérieure, les poèmes ayant été envoyés à Lepelletier dans une lettre du 8 septembre 1874 (*Corr.*, p. 374-377). Dans *Cellulairement,* ces textes sont datés « Mons, 16 janvier 1875. S[ortie] de pr[ison] », en vertu d'une stratégie autobiographique qui fait coïncider la délivrance du corps avec celle de l'âme.

2. « Tu aimeras Yahvé ton Dieu de tout ton cœur, de toute ton âme et de tout ton pouvoir » (Deutéronome, 6, 5). C'est le premier commandement.

3. Le Sacré-Cœur de Jésus, symbole de l'amour du Sauveur envers tous les hommes. « Il y avait depuis quelques jours, pendu au mur de ma cellule, [...], une image lithographique assez affreuse, aussi bien, du Sacré-Cœur : une longue tête chevaline du Christ, un grand buste émacié sous de larges plis de vêtements, les mains effilées montrant le cœur *qui rayonne et qui saigne*, comme je devais l'écrire un peu plus tard... » (*Mes prisons*, *OPr*, p. 347).

4. Archaïsme : au sens métaphorique de « blessés » (XVIe-XVIIe s.).

5. Marie de Magdala, présente lors de la crucifixion (Marc, 15, 40 ; Jean, 19, 26) et que Verlaine, selon certaine tradition, assimile à la pécheresse qui baigna de ses larmes les pieds de Jésus dans la maison du pharisien (Luc, 7, 38 et 44).

6. Les instruments de la Passion et les offenses faites à Jésus sur le Golgotha : le vin mêlé de fiel (Matthieu, 27, 34) et l'éponge imbibée de vinaigre pour étancher sa soif (Matthieu, 27, 48).

7. Dans le sens de « luxure ». Voir I, XIX, note 7, p. 128.

8. Voir II, I, v. 10-11 et note 7, p. 150.

9. « La seule parole sacrée / Est celle à qui tu dois l'entrée » (*Imit.*, III, XLIII). Voir I, XIX, v. 27.

10. « *Sicut scriptum est* », formule fréquente dans les Évangiles (L. Morice, son éd., p. 301).

11. Transitif au XVIe siècle dans « sangloter des larmes, des cris, etc. » (*Dhlf*).

IV [1]

I

Mon Dieu m'a dit : Mon fils, il faut m'aimer [2]. Tu vois
Mon flanc percé, mon cœur qui rayonne et qui saigne [3],
Et mes pieds offensés [4] que Madeleine baigne
De larmes [5], et mes bras douloureux sous le poids

De tes péchés, et mes mains ! Et tu vois la croix,
Tu vois les clous, le fiel, l'éponge [6], et tout t'enseigne
À n'aimer, en ce monde amer où la chair règne [7],
Que ma Chair et mon Sang [8], ma parole et ma voix [9].

Ne t'ai-je pas aimé jusqu'à la mort moi-même,
Ô mon frère en mon Père, ô mon fils en l'Esprit,
Et n'ai-je pas souffert, comme c'était écrit [10] ?

N'ai-je pas sangloté [11] ton angoisse suprême
Et n'ai-je pas sué la sueur de tes nuits,
Lamentable ami qui me cherches où je suis ?

1. « Vous me chercherez et vous ne me trouverez pas » (Jean, 7, 32). La source de cette expression est dans le *Cantique des cantiques* (3, 1) : « Sur ma couche, la nuit, j'ai cherché celui que mon cœur aime. Je l'ai cherché, mais ne l'ai point trouvé ! »
2. « Vous, vous êtes d'en bas ; moi [Jésus], je suis d'en haut. Vous, vous êtes de ce monde ; moi, je ne suis pas de ce monde » (Jean, 8, 23).
3. « La sainte flamme », ou l'amour de Dieu. « C'est d'une vive flamme une heureuse étincelle, / Qui pour se réunir à sa course immortelle, / Au travers de la nue et de l'obscurité / Jusqu'au plus haut des cieux s'échappe en sûreté » (*Imit.*, III, v).
4. « Si quelqu'un a soif, qu'il vienne à moi, et qu'il boive, celui qui croit en moi ! » (Jean, 7, 37-38 et Apocalypse, 21, 6).
5. L'accord du participe présent, « courant jusque dans le XVIIe siècle » (Grev.), est archaïque.
6. « Là, je susciterai une lignée à David, j'apprêterai une lampe pour mon messie ; ses ennemis, je les vêtirai de honte » (Psaumes, 132, 18).
7. Voir v. 5 : « source de paix ». Dieu est appelé « fontaine de miséricorde » par saint Augustin (*Confessions*, VI, 16).
8. « En toi est la source de vie, par ta lumière nous voyons la lumière » (Psaumes, 36, 10) ; « Je suis la lumière du monde » (Jean, 8, 12).
9. Comme il a opposé la *chair* (dans le sens de « luxure ») à la *Chair* (le corps du Christ), Verlaine oppose le *baiser* sensuel (dernier vers du sonnet précédent) au *Baiser* universel (l'amour du Christ).

II

J'ai répondu : Seigneur, vous avez dit mon âme.
C'est vrai que je vous cherche et ne vous trouve pas [1].
Mais vous aimer ! Voyez comme je suis en bas [2],
Vous dont l'amour toujours monte comme la flamme [3].

Vous, la source de paix que toute soif réclame [4],
Hélas ! voyez un peu tous mes tristes combats !
Oserai-je adorer la trace de vos pas,
Sur ces genoux saignants [5] d'un rampement infâme ?

Et pourtant je vous cherche en longs tâtonnements,
Je voudrais que votre ombre au moins vêtît ma honte [6],
Mais vous n'avez pas d'ombre, ô vous dont l'amour monte,

Ô vous, fontaine calme [7], amère aux seuls amants
De leur damnation, ô vous toute lumière [8]
Sauf aux yeux dont un lourd baiser tient la paupière !

III

– Il faut m'aimer ! je suis l'universel Baiser [9],
Je suis cette paupière et je suis cette lèvre
Dont tu parles, ô cher malade, et cette fièvre
Qui t'agite, c'est moi toujours ! Il faut oser

1. La chèvre, qui passe pour lascive et capricieuse, est l'emblème de la luxure, « image de l'âme égarée dans les vices impurs que cet animal symbolisait chez les Anciens et pour lesquels le Sauveur a [...] des réserves infinies de miséricorde » (Charbonneau).
2. Image virgilienne selon G. Zayed (*Lettres inédites à Ch. Morice*, p. 139), inspirée de l'*Énéide* (IX, v. 563-564) : « Comme l'aigle de Jupiter volant dans les airs enlève dans ses serres un lièvre ou un cygne blanc. » *Cf.* I, XXIII, v. 11-12.
3. Verlaine associe souvent l'image du clair de lune à Dieu, créateur de la lune et des étoiles « comme puissance de la nuit » (Genèse, 1, 16-17 et Psaumes, 136, 9). *Cf.* III, XII, v. 9.
4. La *brune* est « le moment du jour où il commence à faire brun », au déclin du jour (Littré).
5. « Endroit où l'on peut se reposer » ou, particulièrement, « autel qu'on fait dans les rues durant la procession de la Fête-Dieu, pour y faire reposer le saint sacrement » (Littré). *Cf.* Baudelaire, « Harmonie du soir » (*Les Fleurs du mal*) : « Le ciel est triste et beau comme un grand reposoir. »
6. Voir II, IV [I], v. 1 et note 2, p. 162.
7. *Domine, non sum dignus*, paroles du centurion à Jésus (Matthieu, 8, 8), répétées trois fois lors de la communion du prêtre, pendant la messe (*Missel*).
8. La *rose* est un symbole mystique : Jésus est comparé à une rose rouge du sang de sa passion mais Dieu est aussi *rose des vents* : « Tu t'avances sur les ailes du vent ; tu prends les vents pour messagers » (Psaumes, 104, 3-4).
9. « Yahvé ton Dieu est un feu dévorant, un Dieu Jaloux » (Deutéronome, 4, 24).
10. L'abeille est symbole du verbe divin et emblème du Christ, lumière du monde (Charbonneau).
11. Dans la lettre à Lepelletier du 8 septembre 1874, Verlaine a écrit en note : « "Dieu nous a aimés jusqu'à la folie" (saint Augustin). » L'évêque d'Hippone a souvent commenté et cité ce passage de saint Paul dans son œuvre : « car ce qui est folie de Dieu est plus sage que les hommes, et ce qui est faiblesse de Dieu est plus fort que les hommes » (I Corinthiens, 1, 25). Voir I, X, v. 13 et note 7, p. 98.

M'aimer ! Oui, mon amour monte sans biaiser
Jusqu'où ne grimpe pas ton pauvre amour de chèvre [1],
Et t'emportera, comme un aigle vole un lièvre [2],
Vers des serpolets qu'un ciel cher vient arroser !

Ô ma nuit claire ! ô tes yeux dans mon clair de lune [3] !
Ô ce lit de lumière et d'eau parmi la brune [4] !
Toute cette innocence et tout ce reposoir [5] !

Aime-moi ! Ces deux mots sont mes verbes suprêmes [6],
Car étant ton Dieu tout-puissant, je peux vouloir,
Mais je ne veux d'abord que pouvoir que tu m'aimes !

IV

– Seigneur, c'est trop ! Vraiment je n'ose. Aimer qui ?
[Vous ?
Oh ! non ! je tremble et n'ose. Oh ! vous aimer, je n'ose,
Je ne veux pas ! Je suis indigne [7]. Vous, la Rose
Immense des purs vents de l'Amour [8], ô Vous, tous

Les cœurs des saints, ô Vous qui fûtes le Jaloux
D'Israël [9], Vous, la chaste abeille [10] qui se pose
Sur la seule fleur d'une innocence mi-close,
Quoi, *moi, moi*, pouvoir *Vous* aimer. Êtes-vous fous * [11],

---

* Saint Augustin (*N.d.A.*).

1. Archaïque, au sens latin d'« orgueilleux ».
2. *Cf.* « Crimen amoris » (*Cellulairement,* puis *Jadis et naguère*) : « De beaux démons [...] / Font litière aux Sept Péchés de leurs cinq sens. »
3. Le pécheur châtié par Dieu après qu'il lui a désobéi (Genèse, 3, 17-24), par opposition au « nouvel Adam ». *Cf. Élégies*, IX, v. 29-34 (1893) : « C'est vrai qu'à la suite de douleurs grandes, / [...] Ayant enfin courbé le front du vieil Adam / Devant la vérité patente de l'Église, / J'adorai Jésus qui l'incarne... » Le *Catéchisme de persévérance* utilise ces expressions à foison (Gaume).
4. Le Christ : « C'est notre union avec le premier Adam qui nous a rendus coupables et malheureux, et c'est notre union avec le Sauveur, qui est le second Adam, qui nous rendra justes et heureux » (Gaume, p. 184).
5. Sodome fut détruite par Dieu (Genèse, 19, 24-25) parce que « les gens de Sodome étaient de grands scélérats et pécheurs contre Yahvé » (Genèse, 13, 13). L'allusion à l'homosexualité associée aux « grandes villes » corruptrices est ici à peine voilée. *Cf. Hombres*, I : « "C'est mal", a dit l'Amour. Et la voix de l'Histoire, / "Cul de l'homme, honneur pur de l'Hellade et décor / Divin de Rome vraie et plus divin encor / De Sodome morte martyre pour sa gloire". »
6. « Jeté avec impétuosité » (Littré, qui précise : « sens qui a vieilli »).
7. La Bible qualifie souvent Dieu comme « un feu dévorant », bénéfique ou maléfique (Deutéronome, 4, 24 ; 9, 3 ; Isaïe, 33, 14).
8. Le Déluge universel, soulevé par Dieu contre la terre car « elle était pervertie, car toute chair avait une conduite perverse sur la terre » (Genèse, 6, 12) : « Je vais effacer de la surface du sol les hommes que j'ai créés [...] car je me repens de les avoir faits » (Genèse, 6, 7).
9. « Je t'aime d'un amour éternel » (Jérémie, 31, 3).

Père, Fils, Esprit ? Moi, ce pécheur-ci, ce lâche,
Ce superbe [1], qui fait le mal comme sa tâche
Et n'a dans tous ses sens, odorat, toucher, goût,

Vue, ouïe [2], et dans tout son être – hélas ! dans tout
Son espoir et dans tout son remords que l'extase
D'une caresse où le seul vieil Adam s'embrase [3] ?

V

– Il faut m'aimer. Je suis Ces Fous que tu nommais,
Je suis l'Adam nouveau qui mange le vieil homme [4],
Ta Rome, ton Paris, ta Sparte et ta Sodome [5],
Comme un pauvre rué [6] parmi d'horribles mets.

Mon amour est le feu qui dévore [7] à jamais
Toute chair insensée, et l'évapore comme
Un parfum, – et c'est le déluge qui consomme
En son flot tout mauvais germe que je semais [8],

Afin qu'un jour la Croix où je meurs fût dressée
Et que par un miracle effrayant de bonté
Je t'eusse un jour à moi, frémissant et dompté.

Aime. Sors de ta nuit. Aime. C'est ma pensée
De toute éternité [9], pauvre âme délaissée,
Que tu dusses m'aimer, moi seul qui suis resté !

1. En règle générale, ce pronom neutre ne désigne pas des personnes (*cela*, dans le langage familier) ; il exprime ici l'humilité de l'homme devant Dieu (*cf.* « Final », dans *Liturgies intimes* [1892] : « Moi, ceci, pourri d'indignité »).

2. « Celui qui vous aime. » *Amant* est utilisé par Corneille dans sa traduction de l'*Imitation* mais le mot a déjà évolué au XIXe siècle dans le sens que nous lui connaissons : « À partir du XVIIIe siècle, le masculin suppose des relations sexuelles hors mariage » (*Dhlf*).

3. « Au jour de la colère où se révélera le juste jugement de Dieu » (Romains, 2, 5-6).

4. Latinisme, de *fluere*, « couler, glisser, se fondre ».

5. Voir II, IV [II], v. 3 : « je suis en bas ».

6. L'apôtre Jean, « que Jésus aimait, celui qui, pendant le souper, s'était penché sur la poitrine de Jésus » (Jean, 13, 25 et 21, 20). *Cf.* « In initio », dans *Liturgies intimes* (1892) : « Ô Jean, le plus grand [...] / Priez pour moi le Sein des seins / Où vous dormiez, étant apôtre ! »

VI

– Seigneur, j'ai peur. Mon âme en moi tressaille toute.
Je vois, je sens qu'il faut vous aimer. Mais comment
Moi, ceci [1], me ferais-je, ô vous Dieu, votre amant [2],
Ô Justice que la vertu des bons redoute [3] ?

Oui, comment ? Car voici que s'ébranle la voûte
Où mon cœur creusait son ensevelissement
Et que je sens fluer [4] à moi le firmament,
Et je vous dis : de vous à moi quelle est la route ?

Tendez-moi votre main, que je puisse lever [5]
Cette chair accroupie et cet esprit malade.
Mais recevoir jamais la céleste accolade,

Est-ce possible ? Un jour, pouvoir la retrouver
Dans votre sein, sur votre cœur qui fut le nôtre,
La place où reposa la tête de l'apôtre [6] ?

VII

– Certes, si tu le veux mériter, mon fils, oui,
Et voici. Laisse aller l'ignorance indécise
De ton cœur vers les bras ouverts de mon Église
Comme la guêpe vole au lis épanoui.

1. Voir I, XIX, note 2, p. 128.
2. Archaïque : jusqu'au XVIIIe siècle, le pronom personnel objet d'un second impératif se plaçait généralement avant lui (Grev.). – « Réserver quelque chose pour le *bouquet*, la donner, la dire à la fin comme ce qu'il y a de mieux, ou, ironiquement, comme ce qu'il y a de pire » (Littré).
3. Allusion à la dernière cène, le repas où Jésus institue l'Eucharistie (voir II, IV [I], v. 8 et II, IV [VII-2], v. 4-5).
4. « Je vous le dis, je ne boirai plus désormais de ce produit de la vigne jusqu'au jour où je le boirai avec vous, nouveau, dans le Royaume de mon Père » (Matthieu, 26, 29 ; Marc, 14, 25 ; Luc, 22, 18).
5. La *force* est un don de l'Esprit saint, la *douceur* et la *bonté* en sont les fruits.
6. *Faire germer* se dit dans le style biblique et poétique (Littré).
7. L'Église.
8. « Le pain de Dieu, c'est celui qui descend du ciel et qui donne la vie au monde. Ils lui dirent : Seigneur, donne-nous toujours de ce pain. Jésus leur dit : je suis le pain de la vie » (Jean, 6, 33-35).
9. L'*agneau* et l'*enfant vêtu de lin* sont des symboles d'innocence. *Cf.* « Bouquet à Marie » (*Cellulairement,* puis *Amour*) : « Il faut qu'un enfant vêtu de lin soit notre emblème, / Qu'un agneau bêlant n'éveille en nous aucuns reproches. » Ce vers rappelle « Booz endormi » (Hugo, *La Légende des siècles*) : « Vêtu de probité candide et de lin blanc. »
10. Au sens classique (1665) de « opinion trop avantageuse de soi-même » (*Dhlf*). *Cf. Imit.*, III, XXVII (« Que l'amour-propre nous détourne du souverain bien ») : « L'amour-propre est pour l'âme un dangereux poison. »
11. « Car ceux que d'avance il a discernés, il les a aussi prédestinés à reproduire l'image de son Fils, afin qu'il soit l'aîné d'une multitude de frères » (Romains, 8, 29) ; « Jésus-Christ [...] transfigurera notre corps de misère pour le conformer à son corps de gloire » (Philippiens, 3, 21).

Approche-toi de mon oreille. Épanches-y
L'humiliation d'une brave franchise.
Dis-moi tout sans un mot d'orgueil [1] ou de reprise
Et m'offre le bouquet [2] d'un repentir choisi.

Puis franchement et simplement viens à ma table,
Et je t'y bénirai d'un repas délectable [3]
Auquel l'ange n'aura lui-même qu'assisté,

Et tu boiras le Vin de la vigne immuable [4]
Dont la force, dont la douceur, dont la bonté [5]
Feront germer [6] ton sang à l'immortalité.

*

Puis, va ! Garde une foi modeste en ce mystère
D'amour par quoi je suis ta chair et ta raison,
Et surtout reviens très souvent dans ma maison [7],
Pour y participer au Vin qui désaltère,

Au Pain sans qui la vie est une trahison [8],
Pour y prier mon Père et supplier ma Mère
Qu'il te soit accordé, dans l'exil de la terre,
D'être l'agneau sans cris qui donne sa toison,

D'être l'enfant vêtu de lin et d'innocence [9],
D'oublier ton pauvre amour-propre [10] et ton essence,
Enfin, de devenir un peu semblable à moi [11]

1. Hérode Antipas, tétrarque de Galilée qui renvoie Jésus à Pilate (Luc, 23, 7-12) ; Ponce Pilate, le gouverneur romain qui livra Jésus aux Juifs (Jean, 18, 28-40 et 19, 2-16) ; Judas Iscariote, l'apôtre qui trahit Jésus (Matthieu, 26, 14-16) ; l'apôtre Pierre, qui renia trois fois Jésus au moment de son arrestation (Jean, 18, 15-27).
2. La mort sur la croix était réservée aux scélérats (L. Morice, son éd., p. 328).
3. Voir I, XXIII, v. 12 et note 6, p. 142 ; II, II, v. 7.
4. Dans Deutéronome, 26, 1-11, les *prémices* du sol devront être offertes à Dieu le jour où le peuple élu parviendra à la terre promise.
5. Voir les Béatitudes : « Heureux ceux qui ont une âme de pauvre, car le royaume des Cieux est à eux. [...] Heureux les cœurs purs, car ils verront Dieu. Heureux les artisans de paix, car ils seront appelés fils de Dieu » (Matthieu, 5, 1-10).
6. La promesse de la vie éternelle faite à ceux qui croient en Dieu, aux justes et à ceux qui ont fait le bien (Jean, 3, 16 ; Matthieu, 25, 46 ; Jean, 5, 29). – Le *Calice,* vase qui sert à la messe pour la consécration du vin : « qui [...] boit mon sang a la vie éternelle » (Jean, 6, 54).
7. *Cf.* « les rayons gris et roses » (« Épilogue », *Poèmes saturniens*) ; « la lune rose et grise » (« Mandoline », *Fêtes galantes*) et « le soir rose et gris » (V^e ariette, *Romances sans paroles*).
8. « Qui me suit ne marchera pas dans les ténèbres, mais aura la lumière de la vie » (Jean, 7, 12). Voir II, IV [II], v. 13 et note 8, p. 164. L'*assomption* est, du point de vue théologique, l'ascension aux cieux de Jésus (Luc, 10, 51) et de la Vierge (voir I, XXIV, v. 48 et note 10, p. 146).
9. Voir Apocalypse, 15, 3 : les élus entonnent le cantique de Moïse à la louange du Sauveur.
10. Non la science positive qui remet en cause l'existence de Dieu et qu'avait condamnée le *Syllabus* (voir I, IV, v. 31 et I, XI, v. 28) mais, au sens religieux, « la connaissance profonde de Dieu et des créatures et la connaissance transcendante que Dieu a des êtres et des choses » (*Dhlf*).
11. Mot formé par Verlaine sur « irradier » dans le sens de « propagation en rayonnant d'une sensation douloureuse » (acception du verbe enregistrée en 1867 selon *Dhlf*, qui donne le substantif « irradiation », attesté en 1873).

Qui fus, durant les jours d'Hérode et de Pilate
Et de Judas et de Pierre [1], pareil à toi
14 Pour souffrir et mourir d'une mort scélérate [2] !

*

Et pour récompenser ton zèle [3] en ces devoirs
Si doux qu'il sont encor d'ineffables délices,
Je te ferai goûter sur terre mes prémices [4],
4 La paix du cœur, l'amour d'être pauvre [5], et mes soirs

Mystiques, quand l'esprit s'ouvre aux calmes espoirs
Et croit boire, suivant ma promesse, au Calice
Éternel [6], et qu'au ciel pieux la lune glisse,
8 Et que sonnent les angélus roses et noirs [7],

En attendant l'assomption dans ma lumière [8],
L'éveil sans fin dans ma charité coutumière,
11 La musique de mes louanges à jamais [9],

Et l'extase perpétuelle et la science [10],
Et d'être en moi parmi l'aimable irradiance [11]
14 De tes souffrances, enfin miennes, que j'aimais !

1. Le Dantec (son éd., p. 953) rappelle à ce propos ces vers de Banville : « j'adore / Tout ce qui vient de toi / Et la joie ou les larmes / Tout a les mêmes charmes » (« Reste belle », *Améthystes*).
2. Voir les comparaisons et métaphores militaires dans I, II, v. 4-6 ; I, III, v. 45-46 et I, XV, v. 16-18.
3. Le *bleu* et le *blanc* sont les couleurs de la Vierge (le ciel et la pureté) et parfois des anges (représentés avec les ailes bleues). Dans les *Confessions*, Verlaine se souvient d'un portrait de lui à l'âge de quatre ans où il était « représenté avec un petit bonnet à ruches surmonté d'un bourrelet blanc et *bleu* », en signe de dévotion à la Vierge à qui son deuxième prénom l'avait voué (*OPr*, p. 444).
4. Voir I, XII, v. 47 et note 8, p. 108.
5. Au sens étymologique de « signal pour appeler aux armes » (v. 5), mais aussi d'« émotion » (*cf.* I, XV, v. 14).
6. Voir II, IV [IV], v. 3 et note 8, p. 166.
7. « Les nations glorifient Dieu pour sa miséricorde » (Romains, 15, 9).
8. L'emploi absolu d'*aspirer* au sens de « éprouver des aspirations, des ambitions » est rare (attesté dans *Tlf* mais absent des principaux dictionnaires du XIXe siècle).

Voir variantes de l'ensemble, p. 266-270.

VIII

– Ah ! Seigneur, qu'ai-je ? Hélas ! me voici tout en larmes
D'une joie extraordinaire : votre voix
Me fait comme du bien et du mal à la fois,
Et le mal et le bien, tout a les mêmes charmes [1].

Je ris, je pleure, et c'est comme un appel aux armes
D'un clairon pour des champs de bataille [2] où je vois
Des anges bleus et blancs [3] portés sur des pavois [4],
Et ce clairon m'enlève en de fières alarmes [5].

J'ai l'extase et j'ai la terreur d'être choisi.
Je suis indigne [6], mais je sais votre clémence [7].
Ah ! quel effort, mais quelle ardeur ! Et me voici

Plein d'une humble prière, encor qu'un trouble immense
Brouille l'espoir que votre voix me révéla,
Et j'aspire [8] en tremblant.

IX

– Pauvre âme, c'est cela !

III

1. « Arras, Automne 1875 » (Kessler). Le poème est probablement postérieur : les nombreux renvois font penser à une conclusion des deux premières parties et à une introduction à la troisième.
2. En manière de réponse à l'injonction de la prière (I, II, v. 75) et après le combat spirituel de la deuxième partie, le pécheur peut prétendre à la Sagesse (voir aussi III, XVI, v. 9). Revenu de bien des choses, Verlaine se rappelle cette période dans un poème d'*Amour* (« À Charles de Sivry ») : « Te souvient-il du fameux Sage, / Austère avec douceur, en route, croyait-il, / Pour un beau Bethléem littéral et subtil [...] ? »
3. Voir I, I, v. 20.
4. « Dieu dit : "Que la lumière soit" et la lumière fut. Dieu vit que la lumière était bonne, et Dieu sépara la lumière et les ténèbres » (Genèse, 1, 3). Voir II, IV [II], v. 13 et note 8, p. 164 ; II, IV [VII-3], v. 9.
5. Voir I, I, v. 13 et note 9, p. 68 ; I, VI, v. 11 ; I, XII, v. 32.
6. Il est assez fort pour affronter le « cirque des civilisations » (I, XIX, v. 5), « ce farceur de monde » (I, III, v. 49), « un pur sénat de fous » (II, III, v. 7).
7. On pense à la « Chanson d'automne » (*Poèmes saturniens*) : « Et je m'en vais / Au vent mauvais / Qui m'emporte » et aux « marines » de cette troisième partie : III, II, v. 60-70 ; III, VII ; III, XIII et III, XV.
8. Comme Gaspard Hauser qui, « riche de [s]es seuls yeux tranquilles » est venu, « calme orphelin », « vers les hommes des grandes villes » (III, IV, v. 1-4). *Cf.* I, XXIII, v. 1-2 ; III, XVI, v. 1 ; III, XVIII.
9. « Veuve de la grâce, privée de Dieu » (P.-H. Simon, son éd., p. 216) mais le *veuf* est une appellation fréquemment utilisée par Verlaine pour exprimer sa condition de mari délaissé (voir entre autres *Les Mémoires d'un veuf*). « L'amoureux est un veuf orgueilleux », déclarera-t-il dans « À Charles de Sivry » (*Amour*). Sur l'*orgueil*, voir I, XIX, note 2, p. 128.
10. Comme on « remonte un fleuve », le *fleuve du temps*. *Cf.* I, III, v. 11.

I [1]

Désormais le Sage [2], puni
Pour avoir trop aimé les choses,
Rendu prudent à l'infini [3],
Mais franc de scrupules moroses,

Et d'ailleurs retournant au Dieu
Qui fit les yeux et la lumière [4],
L'honneur, la gloire, et tout le peu
Qu'a son âme de candeur fière [5],

Le Sage peut, dorénavant,
Assister aux scènes du monde [6],
Et suivre la chanson du vent,
Et contempler la mer profonde [7].

Il ira, calme, et passera
Dans la férocité des villes [8],
Comme un mondain à l'Opéra
Qui sort blasé des danses viles.

Même, – et pour tenir abaissé
L'orgueil, qui fit son âme veuve [9],
Il remontera le passé,
Ce passé, comme un mauvais fleuve [10] !

1. Les adjectifs démonstratifs renvoient probablement à un événement réel. Ce serait un « souvenir de Mathilde » suivant J. Robichez (son éd., p. 615) et P.-H. Simon (son éd., p. 216).
2. Voir II, II, v. 5 et note 4, p. 154.
3. Verlaine semble annoncer les pièces descriptives de cette troisième partie.

Voir variantes, p. 270.

Il reverra l'herbe des bords,
Il entendra le flot qui pleure
Sur le bonheur mort et les torts
De cette date et de cette heure [1] !...

Il aimera les cieux, les champs,
La bonté, l'ordre et l'harmonie,
Et sera doux, même aux méchants,
Afin que leur mort soit bénie [2].

Délicat et non exclusif,
Il sera du jour où nous sommes :
Son cœur, plutôt contemplatif,
Pourtant saura l'œuvre des hommes,

Mais revenu des passions,
Un peu méfiant des « usages »,
À vos civilisations
Préférera les paysages [3].

1. « Écrit à Paris, hiver 1879 » (Kessler). « Mons, juin-juillet 1874 » (*Cellulairement*, où ce poème est intitulé « Via dolorosa ») : date probable de l'ensemble, sauf quelques strophes ajoutées après coup. Dans l'exemplaire Kessler, Verlaine a indiqué dates et circonstances à l'origine de la plupart des strophes, qui sont comme autant de stations sur son chemin de croix. Le cas échéant, nous reportons ces notes en début de strophe.
2. « Impressions de Paris en X[bre] 1871 » (Kessler). Rimbaud était arrivé à Paris en septembre (il y restera jusqu'au 15 mars 1872) ; le *grabat* dont il est question ici fait peut-être référence à une des chambres qu'il occupa dans la capitale à cette époque.
3. « Souvenir de Charleville en Janvier 1871 » (Kessler), pour cette strophe et pour la suivante.
4. « Bavaroise » (Kessler). Verlaine se réfère à l'occupation allemande : après le traité de Francfort (10 mai 1871), les Allemands continuèrent d'occuper une partie du territoire en garantie du paiement des dommages de guerre. Dans une lettre à Edmond Maître du 19 décembre 1871, après avoir parcouru la route de Sedan à Bazeilles, Verlaine indique en post-scriptum : « les Bavarois gueulent de bien étranges goguenettes dans leurs clairons » (*Corr.*, p. 224).
5. Petit verre d'eau-de-vie. Littré le donne comme populaire. Verlaine a intitulé *La Goutte* un de ses récits en prose (1885).
6. « En janvier 1871 » (Kessler). Verlaine est à Paris en janvier 1871 ; J. Robichez (son éd., p. 616) pense avec raison que cette strophe se rapporte à l'hiver suivant, pendant lequel Verlaine fit un voyage d'une dizaine de jours dans les Ardennes belges et françaises.

II [1]

Du fond du grabat [2]
As-tu vu l'étoile
Que l'hiver dévoile ?
Comme ton cœur bat,
Comme cette idée,
Regret ou désir,
Ravage à plaisir
Ta tête obsédée,
Pauvre tête en feu,
Pauvre cœur sans dieu !

L'ortie et l'herbette [3]
Au bas du rempart
D'où l'appel frais part
D'une aigre trompette [4],
Le vent du coteau,
La Meuse, la goutte [5]
Qu'on boit sur la route
À chaque écriteau,
Les sèves qu'on hume,
Les pipes qu'on fume !

Un rêve de froid [6] :
« Que c'est beau la neige
Et tout son cortège
Dans leur cadre étroit !

1. Arkhangelsk, ville et port du nord de la Russie, à l'embouchure de la Dvina, sur la mer Blanche, point de départ traditionnel des expéditions vers le pôle.
2. « Charleroi 1872 » (Kessler). Verlaine et Rimbaud passent dans cette ville industrielle du sud de la Belgique en juillet 1872 ; *cf.* impressions semblables dans « Charleroi » (*Romances sans paroles*).
3. *Cf.* « Chanson d'automne » (*Poèmes saturniens*) : « Et je m'en vais / Au vent mauvais... »
4. Le *voyageur* allègre du temps des *Romances sans paroles* (voir les « Paysages belges ») n'est plus celui de *Sagesse* (I, III, v. 1 et note 2, p. 78).
5. « Bruxelles 1872 » (Kessler). Verlaine se trouve à Bruxelles en juillet et août 1872, avec Rimbaud ; le 22 juillet, sa mère et sa femme le rejoignent en Belgique pour tenter, en vain, de le ramener à Paris.
6. Probablement celle de Mathilde (voir I, XVI, v. 5 et note 4, p. 120, et ici même, v. 51).
7. Qui le portera à blesser Rimbaud d'un coup de revolver, le 10 juillet 1873.
8. « Allusion à ma femme » (Kessler). Voir I, V, v. 6.
9. La *vipère* est « une personne méchante et dangereuse » (Littré), « qui cherche à nuire en secret » (Lar.). Verlaine associe sa femme au démon tentateur, souvent représenté sous la forme du serpent (voir aussi v. 133).

Oh ! tes blancs arcanes,
Nouvelle Archangel [1],
Mirage éternel
De mes caravanes !
Oh ! ton chaste ciel,
Nouvelle Archangel ! »

Cette ville sombre [2] !
Tout est crainte ici...
Le ciel est transi
D'éclairer tant d'ombre.
Les pas que tu fais
Parmi ces bruyères
Lèvent des poussières
Au souffle mauvais [3]...
Voyageur si triste,
Tu suis quelle piste [4] ?

C'est l'ivresse à mort [5],
C'est la noire orgie,
C'est l'amer effort
De ton énergie
Vers l'oubli dolent
De la voix intime [6],
C'est le seuil du crime,
C'est l'essor sanglant [7].
– Oh ! fuis la chimère :
Ta mère, ta mère !

Quelle est cette voix [8]
Qui ment et qui flatte ?
« Ah ! ta tête plate,
Vipère des bois [9] ! »

1. « Traversée d'Ostende à Douvres 1872 » (Kessler). Verlaine et Rimbaud s'embarquent à Ostende le 7 septembre 1872.
2. *Cf.* Rimbaud, « Délires II » (*Une saison en enfer*) : « Je dus voyager, distraire les enchantements assemblés sur mon cerveau. Sur la mer, que j'aimais comme si elle eût dû me laver d'une souillure, je voyais se lever la croix consolatrice. »
3. Souvenir de « Spleen » (*Les Fleurs du mal*) : « Et l'Angoisse atroce, despotique... »
4. *Cf.* III, XV, v. 1-12.
5. « Londres 1872 » (Kessler) pour cette strophe et pour la suivante. Verlaine et Rimbaud arrivent à Londres le 9 septembre ; Verlaine y restera jusqu'en avril 1873.
6. *Cf.* « Autre explication » dans *Parallèlement* : « Amour qui ruisselais de flammes et de lait, / Qu'est devenu ce temps [...] ? » Dans ce poème, dédié à Mathilde et à Rimbaud, il n'est pas impossible que le *lait*, « suprême, divin phosphore / Sentant bon la fleur d'amandier » (*Hombres,* VII, 1891), désigne le sperme.
7. Peut-être la rose d'or bénie par le pape le quatrième dimanche de Carême pour en faire présent à une église (*dédicace*, v. 78). Sur le symbole de la rose, voir aussi v. 101-110 et note 8 p. 166.
8. « Consécration » ; dans le langage religieux, la *dédicace* est la consécration d'une église ou d'une chapelle à quelque saint (Littré).

Pardon et mystère.
Laisse ça dormir.
Qui peut, sans frémir,
Juger sur la terre ?
« Ah ! pourtant, pourtant,
Ce monstre impudent ! »

La mer ! Puisse-t-elle [1]
Laver ta rancœur [2],
La mer au grand cœur,
Ton aïeule, celle
Qui chante en berçant
Ton angoisse atroce [3],
La mer, doux colosse
Au sein innocent,
Grondeuse infinie
De ton ironie [4] !

Tu vis sans savoir [5] !
Tu verses ton âme,
Ton lait et ta flamme [6]
Dans quel désespoir ?
Ton sang qui s'amasse
En une fleur d'or [7]
N'est pas prêt encor
À la dédicace [8].
Attends quelque peu,
Ceci n'est que jeu.

Cette frénésie
T'initie au but.
D'ailleurs, le salut
Viendra d'un Messie
Dont tu ne sens plus
Depuis bien des lieues

1. « *Effluve* est donné par tous les dictionnaires comme masculin. Cependant, en raison de sa terminaison féminine, plusieurs auteurs l'emploient au féminin » (Rob., qui cite cet exemple).
2. *Cf.* I, I, v. 20 et III, I, v. 3.
3. *Cf.* I, VII, v. 14 et I, XIII, v. 15.
4. « Bruxelles, juillet, août 1873 » (Kessler). Le 10 juillet 1873, Verlaine tire sur Rimbaud. Il est emprisonné à Bruxelles et, le 8 août, condamné à deux ans de prison pour « tentative d'assassinat ». Le *Malheur*, cause du revirement de Verlaine, est le point de départ de *Sagesse* (voir I, I, v. 1-2).
5. *Cf.* la *rosa candida* dans *La Divine Comédie* : « Ci est la fraîche rose en qui le verbe du Seigneur se fit chair ; ci sont les lys dont l'odeur enseigna le bon chemin » (*Paradis*, XXIII, v. 73-75, trad. A. Pézard). Voir aussi la « fleur d'or » (v. 76).
6. *Cf.* les « effluves bleues » du Messie (v. 87).
7. « Mons, Août 1874 » (Kessler) pour cette strophe et pour la suivante. Cette date tardive, en contradiction avec celle du poème donnée dans *Cellulairement*, est celle de la confession et de la communion du poète.

Les effluves bleues [1]
Sous tes bras perclus,
Naufragé d'un rêve
Qui n'a pas de grève !

Vis en attendant
L'heure toute proche.
Ne sois pas prudent [2].
Trêve à tout reproche.
Fais ce que tu veux.
Une main te guide
À travers le vide
Affreux de tes vœux.
Un peu de courage,
C'est le bon orage [3].

Voici le Malheur [4]
Dans sa plénitude.
Mais à sa main rude
Quelle belle fleur !
« La brûlante épine [5] ! »
Un lys est moins blanc.
« Elle m'entre au flanc. »
Et l'odeur divine !
« Elle m'entre au cœur. »
Le parfum vainqueur [6] !

« Pourtant je regrette [7],
Pourtant je me meurs,
Pourtant ces deux cœurs... »
Lève un peu la tête :
« Eh bien, c'est la Croix. »
Lève un peu ton âme
De ce monde infâme.
« Est-ce que je crois ? »

1. *L'Acte* qui, du point de vue chrétien, les consacre comme corps et sang du Christ.
2. « Mons, août 7bre, 1874 » (Kessler) pour cette strophe et pour la suivante.
3. Voir v. 54. Mathilde avait obtenu la séparation de corps avec son mari le 24 avril 1874. Cette nouvelle fut communiquée à Verlaine en mai et contribua à sa conversion.
4. *Que* pronom interrogatif sujet est tout à fait incongru (rare mais attesté comme attribut, au vers suivant).
5. Strophe ajoutée à la version antérieure (*Cellulairement*) et qui résume les bonnes dispositions annoncées dans la première partie du recueil.
6. Voir II, III, v. 2, 22 et note 2, p. 158.

Qu'en sais-tu ? La Bête
Ignore sa tête,

La Chair et le Sang
Méconnaissent l'Acte [1].
« Mais j'ai fait un pacte
Qui va m'enlaçant
À la faute noire,
Je me dois à mon
Tenace démon :
Je ne veux point croire.
Je n'ai pas besoin
De rêver si loin !

« Aussi bien j'écoute [2]
Des sons d'autrefois.
Vipère des bois [3],
Encor sur ma route ?
Cette fois tu mords. »
Laisse cette bête.
Que fait au poète [4] ?
Que sont des cœurs morts ?
Ah ! plutôt oublie
Ta propre folie.

Ah ! plutôt, surtout [5],
Douceur, patience,
Mi-voix et nuance,
Et paix jusqu'au bout !
Aussi bon que sage,
Simple autant que bon,
Soumets ta raison
Au plus pauvre adage,
Naïf et discret,
Heureux en secret [6] !

1. Comme saint Georges « terrassant » le dragon. Sur l'*orgueil*, voir I, XIX, note 2, p. 128.
2. Le second fils d'Adam et Ève ; tué par son frère Caïn, jaloux de la préférence que lui avait accordée Dieu. Dans le Nouveau Testament, Abel est l'innocent (Matthieu, 23, 35) et le juste (Ire Épître de Jean, 3, 12).
3. Voir v. 114 : « Lève un peu la tête. »

Voir variantes, p. 271.

Ah ! surtout, terrasse
Ton orgueil cruel [1],
Implore la grâce
D'être un pur Abel [2],
Finis l'odyssée
Dans le repentir
D'un humble martyr,
D'une humble pensée.
Regarde au-dessus [3]...
« Est-ce vous, JÉSUS ? »

1. « Jehonville, Belgique Été 1873 » (Kessler). Date probable : « Br[uxelles] Septembre 1873 » (*Cellulairement*). Le poème a été envoyé à Lepelletier dans une lettre d'octobre 1873 sous le titre « Été » et il faisait partie, avec trois autres pièces (dont III, XI), d'une série intitulée « Mon almanach pour 1874 » (*Corr.*, p. 352). Il est daté « Brux[elles] 7bre 1873 » dans une lettre du 28 octobre 1876 à Mme Mauté, où il porte le titre « Fin d'été ». Écrit à la prison des Petits-Carmes, il précède de quelques mois l'époque de la conversion.
2. Tour formé sur l'expression *une lueur d'espoir*. Voir III, V, v. 3.
3. Se dit des poussières qui apparaissent dans les rayons du soleil. *Cf.* Perrault, *La Barbe-bleue* : « Je ne vois rien que le soleil qui poudroie et l'herbe qui verdoie. »
4. Cette apostrophe revient quatre fois dans *Sagesse*, mais dans un contexte religieux (I, VII, v. 1, 3 ; I, XII, v. 3 ; II, IV [V], v. 13 et II, IV [IX], v. 14).
5. On lit dans les *Odelettes* de Banville (« Nous avons vu ce mois d'Avril... ») : « Chacun [...] À son dur labeur donne trêve, / Pour dorloter un peu son rêve » (L. Morice, son éd., p. 378).
6. Thème fréquent dans la poésie de Verlaine (*cf.* V[e] ariette des *Romances sans paroles* : « Qu'est ce que c'est que ce berceau soudain / Qui lentement dorlote mon pauvre être ? » et III, V, v. 9).
7. Si la pièce a un contenu autobiographique, le mois de septembre 1869 est celui des fiançailles de Verlaine et le mois de septembre 1871 celui de l'arrivée de Rimbaud à Paris.

Voir variantes, p. 273.

III [1]

L'espoir luit [2] comme un brin de paille dans l'étable.
Que crains-tu de la guêpe ivre de son vol fou ?
Vois, le soleil toujours poudroie [3] à quelque trou.
Que ne t'endormais-tu, le coude sur la table ?

Pauvre âme pâle [4], au moins cette eau du puits glacé,
Bois-la. Puis dors après. Allons, tu vois, je reste,
Et je dorloterai les rêves [5] de ta sieste,
Et tu chantonneras comme un enfant bercé [6].

Midi sonne. De grâce éloignez-vous, madame.
Il dort. C'est étonnant comme les pas de femme
Résonnent au cerveau des pauvres malheureux.

Midi sonne. J'ai fait arroser dans la chambre.
Va, dors ! L'espoir luit comme un caillou dans un creux.
Ah, quand refleuriront les roses de septembre [7] !

1. « Bruxelles (Prison des Petits-Carmes, Août 1873. Après ma condamnation) » (Kessler). Même date dans *Cellulairement* : « Br[uxelles], août, 1873 » et dans une lettre du 28 octobre 1876 à Mme Mauté : « Brux[elles]. Août 1873. »

2. Personnage énigmatique qui défraya la chronique vers 1830. Ne sachant qui il était ni d'où il venait, ce jeune homme apparut à Nuremberg un jour de 1828 et devint rapidement l'objet de la curiosité publique : d'une naïveté désarmante, il semblait n'avoir jamais été mis en contact avec la société. Son assassinat, cinq ans plus tard, ne fit qu'alimenter les hypothèses sur son origine mystérieuse (on l'a dit fils putatif de Stéphanie de Beauharnais). La littérature et le drame ont fait de Gaspard Hauser un anti-héros par excellence (Jules Janin, dans ses *Contes de toutes les couleurs*, en 1833, Bourgeois et Dennery dans un drame représenté à l'Ambigu-comique en 1838, etc.) ; Verlaine a encore utilisé ce personnage dans un « scénario pour ballet » en prose (*Les Mémoires d'un veuf*, 1886).

3. Sur ce thème, voir I, VIII, v. 5 et note 4, p. 94 ; I, XXIII, v. 1.

4. L'utilisation du cliché se justifierait par la naïveté du personnage selon Cl. Cuénot (*Le Style de Paul Verlaine*, p. 131).

5. La chronique raconte que, à son arrivée à Nuremberg, Gaspard Hauser était en possession d'une lettre de recommandation pour un officier d'un régiment de lanciers.

6. *Cf.* Musset, « Rolla » (1833, v. 56) : « Je suis venu trop tard dans un monde trop vieux » (G. Zayed, *La Formation littéraire*, p. 77).

7. À l'imitation de la formule « priez pour le pauvre pécheur ». *Cf.* « prenez pitié du pauvre Gaspard » (*Les Mémoires d'un veuf*) et *Bonheur*, XXV, v. 14 : « Priez avec et pour le pauvre Lelian ! »

Voir variantes, p. 273.

IV [1]

Gaspard Hauser [2] chante :

Je suis venu, calme orphelin,
Riche de mes seuls yeux tranquilles,
Vers les hommes des grandes villes [3] :
Ils ne m'ont pas trouvé malin.

À vingt ans un trouble nouveau
Sous le nom d'amoureuses flammes [4]
M'a fait trouver belles les femmes :
Elles ne m'ont pas trouvé beau.

Bien que sans patrie et sans roi
Et très brave ne l'étant guère,
J'ai voulu mourir à la guerre :
La mort n'a pas voulu de moi [5].

Suis-je né trop tôt ou trop tard [6] ?
Qu'est-ce que je fais en ce monde ?
Ô vous tous, ma peine est profonde :
Priez pour le pauvre Gaspard [7] !

1. « Mêmes lieu et date » [que la pièce précédente] (Kessler). Daté « Br[uxelles] Le 8 août 1873 » dans *Cellulairement* et dans une lettre du 28 octobre 1876 à Mme Mauté, où le poème est intitulé « Berceuse ». Le 8 août 1873, Verlaine était condamné à deux ans de prison ferme et à 200 francs d'amende par le tribunal correctionnel de Bruxelles.
2. *Cf.* le « sommeil noir », « frère de la mort et consolateur comme elle » de Gautier (*Jettatura*, 1856). Voir aussi III, X, v. 1-3.
3. Voir III, III, v. 1.
4. Impropriété pour « bercement » selon J. Robichez (son éd., p. 619), mais construit sur le modèle des métaphores baudelairiennes (« Je suis un cimetière abhorré de la lune », « Spleen » LXXVI, *Les Fleurs du mal*). Sur le thème du bercement, voir III, III, v. 8 et note 6, p. 196.

Voir variantes, p. 274.

V [1]

Un grand sommeil noir [2]
Tombe sur ma vie :
Dormez, tout espoir [3],
Dormez, toute envie !

Je ne vois plus rien,
Je perds la mémoire
Du mal et du bien...
Ô la triste histoire !

Je suis un berceau [4]
Qu'une main balance
Au creux d'un caveau :
Silence, silence !

1. « Bruxelles, Petits-Carmes. À la pistole, 7bre 1873 » (Kessler). Dans *Mes prisons,* Verlaine a expliqué l'origine de ce poème : « Par-dessus le mur devant ma fenêtre (j'avais une fenêtre, une vraie ! munie, par exemple, de longs et rapprochés barreaux), au fond de la si triste cour où s'ébattait, si j'ose ainsi parler, mon mortel ennui, je voyais, c'était en août, se balancer la cime aux feuilles voluptueusement frémissantes de quelque haut peuplier d'un square ou d'un boulevard voisin. En même temps m'arrivaient des rumeurs lointaines, adoucies, de fête (Bruxelles est la ville la plus bonhommement rigoleuse que je sache). Et je fis à ce propos, ces vers [...] » (*OPr*, p. 337).
2. *Cf.* la *plainte* des oiseaux dans les *Romances sans paroles* (« Ariettes oubliées », I et IV : « [...] en l'air, parmi les ramures réelles / Se plaignent les tourterelles »).
3. L. Morice (son éd., p. 401) rapproche ces vers de Musset (« La nuit d'août ») : « Qu'as-tu fait, mon amant, des jours de ta jeunesse ? » mais le thème de la jeunesse perdue traverse toute la littérature française, de Villon (*Le Testament*, XXII) à Rimbaud (« Chanson de la plus haute tour »).

Voir variantes, p. 274.

VI [1]

Le ciel est, par-dessus le toit,
Si bleu, si calme !
Un arbre, par-dessus le toit
Berce sa palme.

La cloche, dans le ciel qu'on voit
Doucement tinte.
Un oiseau sur l'arbre qu'on voit
Chante sa plainte [2].

Mon Dieu, mon Dieu, la vie est là
Simple et tranquille.
Cette paisible rumeur-là
Vient de la ville.

– Qu'as-tu fait, ô toi que voilà
Pleurant sans cesse,
Dis, qu'as-tu fait, toi que voilà,
De ta jeunesse [3] ?

1. « Bruxelles 7bre 1873 » (Kessler). Le poème est daté « Brux[elles] Juillet 1873 » dans *Cellulairement* et dans une lettre du 28 octobre 1876 à Mme Mauté ; entre ces deux dates, Verlaine était condamné par le tribunal correctionnel. La date plus ancienne semble mieux correspondre à la réalité.
2. *Cf.* la IIIe ariette des *Romances sans paroles* : « C'est bien la pire peine / De ne savoir pourquoi, / Sans amour et sans haine, / Mon cœur a tant de peine. » V. Ph. Underwood (son éd., p. 70) rapproche ce poème de « Tristesse en mer » de Gautier (*Émaux et camées*).
3. « Entretenir, nourrir, préparer mystérieusement » ou « entourer quelque chose de soins attentifs » (Rob.).
4. Archaïque (XVIe siècle) dans le sens de « traverser obliquement » (*Dhlf*) mais peut-être utilisé au figuré pour « user de finesse et de ruse pour éviter quelque chose ».
5. Aller en ligne oblique et, dans le sens moderne, « dévier » (Littré ne le donne que comme terme du langage militaire).
6. *Cf.* « Kaléidoscope » (*Cellulairement*, puis *Jadis et naguère*) : « Ce sera comme quand on rêve et qu'on s'éveille, / Et que l'on se rendort et que l'on rêve encor. »

Voir variantes, p. 274.

VII [1]

Je ne sais pourquoi
Mon esprit amer
D'une aile inquiète et folle vole sur la mer [2].
Tout ce qui m'est cher,
D'une aile d'effroi
Mon amour le couve [3] au ras des flots. Pourquoi, pourquoi ?

Mouette à l'essor mélancolique.
Elle suit la vague, ma pensée,
À tous les vents du ciel balancée
Et biaisant [4] quand la marée oblique [5],
Mouette à l'essor mélancolique.

Ivre de soleil
Et de liberté,
Un instinct la guide à travers cette immensité.
La brise d'été
Sur le flot vermeil
Doucement la porte en un tiède demi-sommeil [6].

Parfois si tristement elle crie
Qu'elle alarme au lointain le pilote
Puis au gré du vent se livre et flotte
Et plonge, et l'aile toute meurtrie
Revole, et puis si tristement crie !

Je ne sais pourquoi
Mon esprit amer
D'une aile inquiète et folle vole sur la mer.
Tout ce qui m'est cher,
D'une aile d'effroi,
Mon amour le couve au ras des flots. Pourquoi, pourquoi ?

1. « Mons, fin 1874 (prison) » (Kessler). La forme du sonnet inversé (deux tercets suivis de deux quatrains) est le plus souvent réservée, chez Verlaine, à des sujets (homo)sexuels (voir « Résignation » dans les *Poèmes saturniens*, « Sappho » dans *Les Amies*, et, non recueillis en volume, « Henri III » et « Le bon disciple »).
2. Le début du vers rappelle « Correspondances » (*Les Fleurs du mal*) : « Les parfums, les couleurs et les sons se répondent. »
3. *Cf.* I, XIX, v. 22-23 : « mots en vain, métaphores mal faites, / Toute la rhétorique en fuite des péchés », la *voix* des vers 5 et 6.
4. Dans le sens concret (*avoir la chair de poule*) et religieux.
5. *Fouler aux pieds*, « traiter avec mépris, dédaigner, braver » (Littré).
6. *Cf.* I, XIX, v. 13-20.
7. À rapprocher de « Oraison du soir » de Rimbaud : « Puis, quand j'ai ravalé mes rêves avec soin, / Je me tourne, ayant bu trente ou quarante chopes, / [...] / Je pisse vers les cieux bruns, très haut et très loin, / Avec l'assentiment des grands héliotropes. »
8. Le *calice* étant à la fois l'enveloppe extérieure de la fleur et le vase sacré où se fait la consécration du vin.
9. Quoique l'*œillade* soit « un coup d'œil furtif lancé à dessein » (Littré), elle constitue aussi « une invite amoureuse ou coquette » (Rob.) ; ainsi dans « Chute des reins... » (*Femmes*), les seins sont « comme regardant en coulisse » suivant une analogie déjà développée dans *Les Fleurs du mal* (« À une mendiante rousse ») : « deux beaux seins, radieux / Comme des yeux ».
10. *Cf.* les « draps câlins » dans « Filles » (*Femmes*).
11. Tour semblable dans la Ve ariette (*Romances sans paroles*) : « Qu'est-ce que c'est que ce berceau... » – *Délice(s)* et *supplice(s)* à la rime sont particulièrement fréquents chez Corneille, notamment dans sa traduction de l'*Imitation*.
12. *Cf.* « Le bon disciple » (*OP*, p. 215 ; ici, p. 25) : « Je suis élu, je suis damné ! »

Voir variantes, p. 275.

VIII [1]

Parfums, couleurs, systèmes, lois [2] !
Les mots ont peur comme des poules [3].
La chair [4] sanglote sur la croix.

Pied, c'est du rêve que tu foules [5],
Et partout ricane la voix,
La voix tentatrice des foules [6].

Cieux bruns [7] où nagent nos desseins,
Fleurs qui n'êtes pas le calice [8],
Vin et ton geste qui se glisse,
Femme et l'œillade de tes seins [9],

Nuit câline aux frais traversins [10],
Qu'est-ce que c'est que ce délice,
Qu'est-ce que c'est que ce supplice [11],
Nous les damnés et vous les Saints [12] ?

1. « Jehonville (Belgique, ressouvenir de Charleville, hiver 1872) » (Kessler). Du 15 avril au 24 mai 1873, Verlaine demeure à Jéhonville, chez sa tante. Il y termine entre autres les *Romances sans paroles,* à la poétique desquelles ce poème, le plus ancien de *Sagesse*, se rattache à bien des égards. Ce « ressouvenir de Charleville » est à mettre en rapport avec les deuxième et troisième strophes de III, II (mêmes circonstances).

2. Réminiscence du célèbre poème de Vigny, « Le cor » (1825) : « J'aime le son du cor, le soir au fond des bois » (mêmes rimes : bois / abois). Ce thème est prisé par Verlaine : *cf.* « Nuit du Walpurgis classique » (*Poèmes saturniens*) et *La Bonne Chanson*, VII : « la note d'or que fait entendre / Un cor dans le lointain du bois. » – *S'affliger*, « s'attrister, s'abattre ».

3. Tour semblable dans « Charleroi » (*Romances sans paroles*) : « Le vent profond / Pleure, on veut croire. »

4. Voir V^e^ ariette (*Romances sans paroles*) : « Un air bien vieux [...] Qui va tantôt mourir vers la fenêtre. »

5. L'*aboi* est « le cri du chien » ; en termes de chasse et au pluriel, c'est « le moment où le cerf, serré par les chiens qui aboient après lui, est à l'extrémité » (Littré). Le poème porte, dans un manuscrit de provenance inconnue, le titre de « Air de chasse ».

6. La *charpie* est un ensemble de « fils provenant de morceaux de vieille toile [...] que l'on a effilés » (Littré) et qui servaient, entre autres, à confectionner des pansements.

7. *Cf.* « Harmonie du soir » (*Les Fleurs du mal*) : « Le soleil s'est noyé dans son sang qui se fige. » Verlaine avait déjà évoqué l'image du coucher du soleil associé au sang dans « Bruxelles. Simples fresques I » (*Romances sans paroles*) : « L'or sur les humbles abîmes, / Tout doucement s'ensanglante. »

8. La rime automne / monotone apparaît dans « Chanson d'automne » (*Poèmes saturniens*) : « Les sanglots longs / Des violons / De l'automne / Blessent mon cœur / D'une langueur / Monotone. »

9. *Se dorloter* (*cf.* III, III, v. 7), dans le sens de « s'abandonner à une paresse douillette » (Rob.). – *Lent* avait en latin la valeur psychologique de « indolent, nonchalant » (*Dhlf*).

Voir variantes, p. 275.

IX [1]

Le son du cor s'afflige vers les bois [2]
D'une douleur on veut croire orpheline [3]
Qui vient mourir [4] au bas de la colline
4 Parmi la bise errant en courts abois [5].

L'âme du loup pleure dans cette voix
Qui monte avec le soleil qui décline
D'une agonie on veut croire câline
8 Et qui ravit et qui navre à la fois.

Pour faire mieux cette plainte assoupie
La neige tombe à longs traits de charpie [6]
11 À travers le couchant sanguinolent [7],

Et l'air a l'air d'être un soupir d'automne,
Tant il fait doux par ce soir monotone [8]
14 Où se dorlote un paysage lent [9].

1. « Arras, été 1875 » (Kessler). Verlaine passe les vacances d'été chez sa mère, à Arras, en août-septembre 1875.
2. Les connotations érotiques ne sont pas absentes dans ce sonnet : la *tristesse du corps* rappelle les « jours d'esprit charnel et de chair triste » (I, x, v. 4).
3. *Être foudroyé par le sommeil*, « être terrassé ». Sur le *sommeil noir*, voir III, v, v. 1 et note 2, p. 200.
4. Si l'on convient que les draps laissent des zébrures sur la peau, il est plus difficile de comprendre en quoi ils *foulent* la main : soit ils la « pressent », soit ils la « blessent par frottement » (Littré). Peut-être formé sur l'expression *fouler des draps*, c'est-à-dire les « presser [au fouloir] pour les rendre plus fermes et plus serrés » (*ibid.*).
5. *Mièvre* a signifié « vif, remuant, et un peu malicieux » en parlant d'un enfant (Besch., Littré). Mais le contexte oriente la lecture vers l'acception moderne de « grâce quelque peu enfantine et fade, qui manque de naturel » (Rob.). Sur le *que* exclamatif, voir la IXe ariette (*Romances sans paroles*) : « Et que tristes pleuraient... »
6. L. Morice (son éd., p. 430) rapproche ce vers du verset 8 du psaume 101 : « Je veille, je gémis comme l'oiseau solitaire sur le toit. »
7. Agitée par un tremblement causé par la fièvre ou le froid (voir v. 6-8), mais aussi par l'émotion ou le désir.

Voir variantes, p. 275.

X [1]

La tristesse, la langueur du corps humain [2]
M'attendrissent, me fléchissent, m'apitoient,
Ah ! surtout quand des sommeils noirs le foudroient [3],
Quand des draps zèbrent la peau, foulent la main [4] !

Et que mièvre [5] dans la fièvre du demain,
Tiède encor du bain de sueur qui décroît,
Comme un oiseau qui grelotte sur un toit [6] !
Et les pieds, toujours douloureux du chemin,

Et le sein, marqué d'un double coup de poing,
Et la bouche, une blessure rouge encor,
Et la chair frémissante [7], frêle décor,

Et les yeux, les pauvres yeux si beaux où point
La douleur de voir encor du fini !...
Triste corps ! Combien faible et combien puni !

1. « Jehonville, mai 73, à travers champs » (Kessler). Verlaine est arrivé à Jéhonville à la mi-avril, date probable de la première version de ce poème. Dans une lettre à Lepelletier d'octobre 1873 (*Corr.*, p. 352), il est intitulé « Printemps » et fait partie d'une série de quatre sonnets regroupés sous le titre « Mon almanach pour 1874 » (avec, entre autres, III, III). Dans *Cellulairement,* cet ensemble est daté collectivement « Septembre 1873 ».
2. *Cf.* « Spleen » (*Romances sans paroles*) : « Les roses étaient toutes rouges, / Et les lierres étaient tout noirs. »
3. Au sens de « piquant et désagréable » en parlant d'une odeur (Rob.). Verlaine avait parlé de « bises aigres » dans la VIIIe ariette des *Romances sans paroles* où est décrit, comme ici, un paysage de neige.
4. *Cf.* Rimbaud, « Après le Déluge » (*Illuminations*) : « L'enfant tourna ses bras, compris des girouettes et des coqs de clochers de partout, sous l'éclatante giboulée. »
5. *Fi de* : expression du langage familier traduisant le dédain. Le verbe *tousser* référé au feu pour indiquer un bruit semblable à celui de la toux n'est pas attesté : c'est la fumée qui fait tousser.
6. Ce poème se présentait comme un sonnet dans *Cellulairement.* Verlaine a modifié ce vers et ajouté les suivants pour donner une coloration chrétienne à l'ensemble.
7. « Devient plus doux. »
8. Ambigu, selon que l'on envisage la construction nom suivi d'un participe ou adjectif suivi d'un nom.
9. Voir II, IV [VIII], v. 10.

Voir variantes, p. 275.

XI [1]

La bise se rue à travers
Les buissons tout noirs et tout verts [2],
Glaçant la neige éparpillée
Dans la campagne ensoleillée.
L'odeur est aigre [3] près des bois,
L'horizon chante avec des voix,
Les coqs des clochers des villages
Luisent crûment sur les nuages [4].
C'est délicieux de marcher
À travers ce brouillard léger
Qu'un vent taquin parfois retrousse.
Ah ! fi de mon vieux feu qui tousse [5] !
J'ai des fourmis plein les talons.
Debout, mon âme, vite, allons [6] !
C'est le printemps sévère encore,
Mais qui par instants s'édulcore [7]
D'un souffle tiède juste assez
Pour mieux sentir les froids passés [8]
Et penser au Dieu de clémence [9]...
Va, mon âme, à l'espoir immense !

1. « Arras, été 1875 » (Kessler).
2. Voir entre autres II, III.
3. « Tirées de la confusion. »
4. *Aller gauche* n'est pas attesté ; *gauche* est à lire dans le sens adverbial de « maladroitement, de travers ».
5. Voir II, IV [III], v. 9 et note 3, p. 166.
6. Traduction fidèle d'un passage du *Purgatoire*, chant III, v. 79-84 : Dante et Virgile, en chemin vers le purgatoire, rencontrent des âmes errantes, comparées à des brebis. De Sticknouille [Stickney], le 1er juillard [juillet] 75, Verlaine informe Delahaye qu'il se « colle à l'italien depuis qqes jours, bûchant la *Divine Comédie* » (*Corr.*, p. 409) ; il avait déjà cité en italien quelques vers du *Paradis* dans une lettre au même Delahaye du 29 avril 1875 (*Corr.*, p 394). Voir « À Gabriel Vicaire » (*Dédicaces*) : « Vous êtes un mystique et j'en suis un aussi : / [...] Moi pas mal sombre, un Dante imperceptible et pire / Avec un reste, au fond, de pécheur mal transi. »
7. Jésus est « le bon pasteur » (Jean, 10, 11), « le grand pasteur des brebis » (Hébreux, 13, 20). Le passage de Dante est à rapprocher de ces versets de la Bible : « Celui qui entre par la porte est le pasteur des brebis. Le portier lui ouvre et les brebis écoutent sa voix, et ses brebis à lui, il les appelle une à une et il les mène dehors. Quand il a fait sortir toutes celles qui sont à lui, il marche devant elles et les brebis le suivent, parce qu'elles connaissent sa voix » (Jean, 10, 2-4).
8. Le bâton des bergers et leur emblème.
9. Les brebis *bêlent* mais le verbe signifie aussi au sens figuré « se répandre en vaines jérémiades » (familier).
10. *Cf.* « Paraboles » (1884 ; recueilli dans *Amour*) : « Soyez béni, Seigneur [...] Mais donnez-moi la force et l'audace sereine, / De vous être à toujours fidèle comme un chien, / De vous être l'agneau destiné qui suit bien / Sa mère et ne sait faire au pâtre aucune peine. »

Voir variantes, p. 276.

XII [1]

Vous voilà, vous voilà, pauvres bonnes pensées !
L'espoir qu'il faut, regret des grâces dépensées,
Douceur de cœur avec sévérité d'esprit,
Et cette vigilance, et le calme prescrit,
Et toutes [2] ! – Mais encor lentes, bien éveillées,
Bien d'aplomb, mais encor timides, débrouillées [3]
À peine du lourd rêve et de la tiède nuit.
C'est à qui de vous va plus gauche [4], l'une suit
L'autre, et toutes ont peur du vaste clair de lune [5].
« Telles, quand des brebis sortent d'un clos. C'est une,
Puis deux, puis trois. Le reste est là, les yeux baissés,
La tête à terre, et l'air des plus embarrassés,
Faisant ce que fait leur chef de file : il s'arrête,
Elles s'arrêtent tour à tour, posant leur tête
Sur son dos, simplement et sans savoir pourquoi * [6]. »
Votre pasteur, ô mes brebis, ce n'est pas moi [7],
C'est un meilleur, un bien meilleur, qui sait les causes,
Lui qui vous tint longtemps et si longtemps là closes,
Mais qui vous délivra de sa main au temps vrai.
Suivez-le. Sa houlette [8] est bonne.
Et je serai,
Sous sa voix toujours douce à votre ennui qui bêle [9],
Je serai, moi, par vos chemins, son chien fidèle [10].

---

* DANTE : *Le Purgatoire* (*N.d.A.*).

1. « Stickney, on a Sunday, 1875 » (Kessler). Daté « (Stickney 75) » dans le manuscrit Sivry (date probable), ce poème a été envoyé à Lepelletier depuis Arras le 2 août 1877, comme « fragments de [...] *Sagesse*, qui sera prêt vienne octobre » (avec III, XV). Il était alors intitulé « Paysage en Lincolnshire » (*Corr.*, p. 573). Le manuscrit encarté dans l'exemplaire Barthou porte la date erronée de « Juillet 1877 » : en juillet 1877, Verlaine est à Bournemouth (Hampshire). Il a raconté les circonstances de la composition de ce poème dans ses *Notes on England* (*Fortnightly Review*, 1894) : « Le crépuscule était sur le point de tomber sur la campagne devant nous. [...] Les deux côtés de la route, bordée de belles haies vives, étaient pour ainsi dire parsemés de gros moutons et de poulains agiles qui vagabondaient en liberté. Je fis un croquis de cette scène dans ces quelques vers » (*OPr*, p. 1470-1471, trad.).
2. « Disposition sur divers plans et de distance en distance », terme rare d'origine militaire (1851, *Dhlf*), non répertorié par les dictionnaires du XIXe siècle qui donnent *(s')échelonner*. *Cf.* « Malines » (*Romances sans paroles*) : « Des frênes, vagues frondaisons, / Échelonnent mille horizons. »
3. *Moutonner*, « s'agiter en écume blanchissante, en parlant de la mer » (Littré) et, au figuré, « qui évoque la surface d'une eau faiblement agitée » (Rob., qui donne cet exemple), mais le rapprochement avec les *brebis* du vers 11 n'est pas à exclure.
4. À la fois au sens de « vague » et de « propagation d'un son ».
5. On trouve une comparaison semblable dans le *Voyage en France* : « Entendez les cloches aux sons de flûtes et de cors, graves et joyeuses, et rendez-vous à leur frais appel » (*OPr*, p. 1015).

Voir variantes, p. 276.

XIII [1]

L'échelonnement [2] des haies
Moutonne [3] à l'infini, mer
Claire dans le brouillard clair
Qui sent bon les jeunes baies.

Des arbres et des moulins
Sont légers sur le vert tendre
Où vient s'ébattre et s'étendre
L'agilité des poulains.

Dans ce vague d'un Dimanche
Voici se jouer aussi
De grandes brebis aussi
Douces que leur laine blanche.

Tout à l'heure déferlait
L'onde [4], roulée en volutes,
De cloches comme des flûtes [5]
Dans le ciel comme du lait.

1. « Londres 1875 » (Kessler). Daté « Londres – 75-77 » dans le manuscrit Sivry (date probable : 1877). Verlaine avait séjourné à Londres avec Rimbaud en 1872-1873 ; il y reviendra, avec d'autres dispositions, en mars 1875 et s'y arrêtera à l'occasion lors de ses déplacements en Angleterre, de 1875 à 1877.
2. Dans le *Voyage en France*, Verlaine parle de « la prospérité matérielle [...] qui ne cesse de couronner les entreprises et les opérations de cet empire [l'Empire britannique] » (*OPr*, p. 1016).
3. S'agit-il, comme le pense L. Morice (son éd., p. 459), des « fumées d'usine qui obscurcissent l'atmosphère » ? Dans une lettre à Lepelletier de septembre 1872, Verlaine, alors à Londres, écrivait : « Il fait depuis mon arrivée un temps superbe, c'est-à-dire imagine un soleil couchant vu à travers un crêpe gris » (*Corr.*, p. 243).
4. Probablement l'observation du dimanche (premier commandement de l'Église) qui « est TOUT depuis la dernière révélation : Ier commandement de Dieu que "tu adoreras". De lui toute civilisation (dans le vrai sens) découle » (*Voyage en France*, *OPr*, p. 1015). Voir lettre à Lepelletier de septembre 1872 (« suite des détails sur Londres ») : « Aujourd'hui dimanche, aoh ! very dull ! *Tout* fermé. Nul commerce. Les boîtes aux lettres fermées aussi » (*Corr.*, p. 246).
5. La *Seule Église*, l'Église catholique, apostolique et romaine : « admirez comme l'Angleterre et l'Amérique, fidèles gardiennes du repos dominical, voient – récompense magnifique ! – tout ce qu'il y a d'hommes de bonne foi dans leurs églises revenir à la seule Église » (*Voyage en France*, *OPr*, p. 1017).

Voir variantes, p. 276.

XIV [1]

L'immensité de l'humanité,
Le Temps passé vivace et bon père,
Une entreprise à jamais prospère [2] :
Quelle puissante et calme cité !

Il semble ici qu'on vit dans l'histoire.
Tout est plus fort que l'homme d'un jour.
De lourds rideaux d'atmosphère noire [3]
Font richement la nuit alentour.

Ô civilisés que civilise
L'Ordre obéi, le Respect sacré [4] !
Ô dans ce champ si bien préparé
Cette moisson de la Seule Église [5] !

1. « Bournemouth, Angleterre. Été 1876 » (Kessler). Verlaine s'installe à Bournemouth en septembre 1876 ; il quitte définitivement cette ville en mars 1877. Le poème a été envoyé à Lepelletier le 2 août 1877 (avec III, XIII) comme « fragments de [...] *Sagesse*, qui sera prêt vienne octobre ». Il était alors intitulé « La mer de Bournemouth » (*Corr.*, p. 573-574) ; il est daté « Bournemouth. 77 » dans le manuscrit Sivry et « juin 1877 » (date erronée) dans l'exemplaire Barthou. Parlant de son séjour à Bournemouth, Verlaine a cité la première strophe de ce poème : « J'ai, de là, vu, du haut de la falaise, des lieues et des lieues de mer, et j'ai fait des vers dans ce genre » (*OPr*, p. 440).
2. Sur l'image de la *terre* (et de la *mère*) *nourricière*.
3. Voir III, II, v. 65-66.
4. La Vierge est appelée *maris stella* (« étoile de la mer ») dans les litanies (*Missel*). Dans la « Chanson de la plus haute tour » (1872), Rimbaud avait écrit (même mètre) : « Est-ce que l'on prie / La Vierge Marie ? » À l'origine, cette strophe et la septième de III, II (v. 61-70) n'en faisaient qu'une (voir « Via dolorosa » [1874], dans *Cellulairement*).
5. *Cf.* « la mer, terrible et douce » dans « Laeti et errabundi » (*Parallèlement*).
6. La mer *gronde* ; le verbe est intransitif dans le sens de « produire un son grave et sourd » et transitif dans le sens de « dire en grondant » (par ex. : gronder des menaces). Voir aussi III, II, v. 69.
7. Voir I, XI, v. 16 et note 7, p. 100. Il y a peut-être ici un souvenir de « L'éternité » de Rimbaud (même mètre, v. 6) : « Là pas d'espérance, / Nul orietur. / Science avec patience, / Le supplice est sûr. »
8. *Se rire*, « se divertir, se jouer » (Littré).

Voir variantes, p. 277.

XV [1]

La mer est plus belle
Que les cathédrales,
Nourrice fidèle [2],
Berceuse de râles [3],
La mer sur qui prie
La Vierge Marie [4] !

Elle a tous les dons
Terribles et doux [5].
J'entends ses pardons
Gronder [6] ses courroux.
Cette immensité
N'a rien d'entêté.

Oh ! si patiente,
Même quand méchante !
Un souffle ami hante
La vague, et nous chante :
« Vous sans espérance [7],
Mourez sans souffrance ! »

Et puis sous les cieux
Qui s'y rient [8] plus clairs,
Elle a des airs bleus,
Roses, gris et verts...
Plus belle que tous,
Meilleure que nous !

1. « Paris 1876 » (Kessler). Date probable : « Paris 77 » dans le manuscrit Sivry.
2. Sur le motif de la ville moderne corruptrice, voir I, VIII, v. 5 et note 4, p. 94.
3. *Cf.* III, XVIII, v. 20 et « Il parle encore » (*Amour*) : « C'est Paris banal, maussade et blanc. »
4. *Rager*, intransitif, signifie « être en proie à la colère, à la contrariété » (Littré, qui le donne comme familier) ; on dit d'autre part des éléments qu'ils *font rage*, pour indiquer la violence de leur action.
5. *Cf.* I, XIX, v. 11 et III, XVIII, v. 21. Verlaine se souvient peut-être des *Odeurs de Paris* de Louis Veuillot (1866).
6. *Cf.* IIIe ariette (*Romances sans paroles*) : « Il pleure sans raison / Dans ce cœur qui s'écœure. »
7. Voir III, I, v. 1 et note 2, p. 180.
8. « Endroit retiré et paisible où l'on mène une vie austère, calme, solitaire » (Rob.) ; anciennement, « lieu désert de l'Égypte [voir v. 4] où se retiraient de pieux solitaires chrétiens » (Littré). Dans une lettre à Lepelletier du 14 novembre 1877, Verlaine, alors professeur à Rethel, parle de son « actuelle thébaïde » (*Corr.*, p. 595) et c'est dans « la thébaïde » que se déroule la première scène de *La Tentation de saint Antoine* que Verlaine projetait d'écrire en collaboration avec Charles de Sivry (lettre du 14 septembre 1878, *Corr.*, p. 621).
9. Note de Verlaine dans l'exemplaire Kessler : « Ma femme et mon fils. »

Voir variantes, p. 277.

XVI [1]

La « grande ville [2] ». Un tas criard de pierres blanches [3]
Où rage [4] le soleil comme en pays conquis.
Tous les vices ont leur tanière, les exquis
Et les hideux, dans ce désert de pierres blanches.

Des odeurs [5] ! Des bruits vains ! Où que vague le cœur,
Toujours ce poudroiement vertigineux de sable,
Toujours ce remuement de la chose coupable
Dans cette solitude où s'écœure le cœur [6] !

De près, de loin, le Sage [7] aura sa thébaïde [8]
Parmi le fade ennui qui monte de ceci,
D'autant plus âpre et plus sanctifiante aussi,
Que deux parts de son âme y pleurent, dans ce vide [9] !

1. Une première version de ce poème, datée « Champ de foire de Saint-Gilles [Bruxelles], août 1872 », a paru dans les *Romances sans paroles* en 1874 (voir Appendice, p. 247). Repris et modifié, il a été inséré tardivement dans *Sagesse* (il n'est pas dans le manuscrit Sivry) et ne figure que dans l'édition originale ; prévu pour la seconde édition (il est encore sur épreuves en mai 1889), il fut remplacé au moment de l'impression (août 1889) par « Tous les amours de la terre... » et « Sainte Thérèse veut... » (voir Appendice, p. 241-242) probablement parce que, les *Romances sans paroles* ayant été rééditées en 1887, il faisait double emploi.

2. Langage populaire : la *chose* est ce qu'on ne dit pas, *choser* signifiant, en argot, « faire l'amour » (même sens dans *Confessions*, *OPr*, p. 491). – La *pose* est une « attitude maniérée, vaniteuse » (Larchey).

3. *Se payer* : « se passer la fantaisie de » (Larchey).

4. Archaïsme (XIIIe siècle) : le fait de tourner en rond, pour « tournoiement ». Verlaine emploie encore ce substantif dans *La Tentation de saint Antoine*, lui donnant le sens de « tourbillon » (lettre à Charles de Sivry du 14 septembre 1878, *Corr.*, p. 622, 623).

5. « Voleur professionnel qui agit avec ruse et adresse » (*Tlf*), pick-pocket.

6. Au XIXe siècle, le *cirque* est « principalement destiné à des spectacles équestres » (Lar.) ; c'est par dérision (*bête* : commun, sans originalité) que le manège est ainsi qualifié. Voir I, XIX, v. 15 et note 11, p. 128.

7. Le *peuple en révolution* qui, comme un troupeau de moutons, agit sans réfléchir (*cf.* I, XII, v. 25-27 et 33-36). A. Faudemay suggère de lire aussi *révolution* dans le sens de « tour complet » (son éd., p. 333).

XVII [1]

Tournez, tournez, bons chevaux de bois,
Tournez cent tours, tournez mille tours,
Tournez souvent et tournez toujours,
Tournez, tournez au son des hautbois.

L'enfant tout rouge et la mère blanche,
Le gars en noir et la fille en rose,
L'une à la chose et l'autre à la pose [2],
Chacun se paie un sou de dimanche [3].

Tournez, tournez, chevaux de leur cœur,
Tandis qu'autour de tous vos tournois [4]
Clignote l'œil du filou [5] sournois,
Tournez au son du piston vainqueur !

C'est étonnant comme ça vous soûle
D'aller ainsi dans ce cirque bête [6] :
Bien dans le ventre et mal dans la tête,
Du mal en masse et du bien en foule.

Tournez au son de l'accordéon,
Du violon, du trombone fous,
Chevaux plus doux que des moutons, doux
Comme un peuple en révolution [7].

1. « Comptoir d'un débit de boissons » (*Dhlf*, 1873) dans le langage populaire.
2. Le *dada* est le cheval dans le langage enfantin mais aussi « un bâton sur lequel un enfant se met à cheval » (Littré).
3. Peut-être dans l'acception familière de l'« heure du repas » (début du XXe siècle selon *Dhlf*, mais on trouve « on sonne la soupe » dans la *Correspondance* de George Sand en 1851) ou, dans le langage militaire (*la troupe*), « sonnerie du clairon annonçant l'heure du repas » (mais attesté seulement en 1904 selon *Dhlf*).
4. Sur les adverbes en fin de vers, voir I, IV, note 6, p. 84.
5. Dans son emploi transitif, *tinter* signifie « faire sonner lentement une cloche, en sorte que le battant ne frappe que d'un côté ». – Le *glas* est « le son d'une cloche qu'on tinte pour annoncer la mort ou l'agonie de quelqu'un » (Littré).

Voir variantes, p. 277 et Appendice, p. 247.

Le vent, fouettant la tente, les verres,
Les zincs [1] et le drapeau tricolore,
Et les jupons, et que sais-je encore ?
Fait un fracas de cinq cents tonnerres.

Tournez, dadas [2], sans qu'il soit besoin
D'user jamais de nuls éperons
Pour commander à vos galops ronds :
Tournez, tournez, sans espoir de foin.

Et dépêchez, chevaux de leur âme :
Déjà voici que sonne à la soupe [3]
La nuit qui tombe et chasse la troupe
De gais buveurs que leur soif affame.

Tournez, tournez ! Le ciel en velours
D'astres en or se vêt lentement [4].
L'église tinte un glas [5] tristement.
Tournez au son joyeux des tambours !

1. « Arras 1880 » (Kessler). Date probable : « Arras, [18]77 » (manuscrit Sivry). Verlaine s'est rendu à Arras (chez sa mère) en avril 1877, après avoir quitté l'Angleterre. Il y restera jusqu'en octobre, faisant de brefs séjours à Paris, notamment pour voir son fils. « Arras m'est chère pour mille motifs », écrivait Verlaine dans *Vieille ville*, un texte consacré à l'ancienne capitale de l'Artois (1889) : « liens de famille, le calme et la suprême beauté de son ensemble » (*OPr*, p. 1049).
2. Celui qui adore les idoles, en particulier le soleil.
3. Au théâtre, les loges qui font face à la scène.
4. La cathédrale d'Arras, ancienne église abbatiale de Saint-Waast (XVIIIe siècle). Le *beffroi* est celui de l'hôtel de ville (XVIe siècle) qui, « prodigieux, paradoxalement mince, fuselé de mille caprices, dresse jusqu'aux nuages [...] sa masse colossale et légère » (*Vieille ville*, *OPr*, p. 1059).
5. Arras a été fortifiée par Vauban en 1659 ; la tour est celle du beffroi, « emblème et orgueil de la cité » (*Vieille ville, OPr*, p. 1059).
6. Familier, comme on dit « un [beau] brin de [fille] ».
7. La *dartre* est « une maladie généralement chronique de la peau » (Littré, qui parle de « dartre farineuse »). Sur la blancheur maladive de Paris, voir III, XVI, v. 1 et note 3, p. 224.
8. *Cf.* I, XIX, v. 11 ; I, XVI, v. 5 et ici v. 54.
9. Réminiscence de La Fontaine, « Le chat, la belette et le petit lapin » (*Fables*, VII, 15) : « Parmi le thym et la rosée. »

XVIII [1]

Parisien mon frère à jamais étonné,
Montons sur la colline où le soleil est né
Si glorieux qu'il fait comprendre l'idolâtre [2],
Sous cette perspective, inconnue au théâtre,
D'arbres au vent et de poussière d'ombre et d'or.
Montons. Il fait si frais encor, montons encor.
Là ! nous voilà placés comme dans une « loge
De face [3] », et le décor vraiment tire un éloge.
La cathédrale énorme et le beffroi sans fin [4],
Ces toits de tuile sous ces verdures, le vain
Appareil des remparts pompeux et grands quand même,
Ces clochers, cette tour [5], ces autres, sur l'or blême
Des nuages à l'ouest réverbérant l'or dur
De derrière *chez nous*, tous ces lourds joyaux sur
Ces ouates, n'est-ce pas, l'écrin vaut le voyage,
Et c'est ce qu'on peut dire un brin de [6] paysage ?
– Mais descendons, si ce n'est pas trop abuser
De vos pieds las, à fin seule de reposer
Vos yeux qui n'ont jamais rien vu que Montmartre,
– « Campagne » vert de plaie et ville blanc de dartre [7]
(Et les sombres parfums qui grimpent de Pantin [8] !) –
Donc, par ce lent sentier de rosée et de thym [9]
Cheminons vers la ville au long de la rivière,
Sous les frais peupliers, dans la fine lumière.
L'une des portes ouvre une rue, entrons-y.
Aussi bien, c'est le point qu'il faut, l'endroit choisi :

1. Néologisme formé sur le nom du baron Haussmann (1809-1891), préfet de la Seine sous le Second Empire et responsable de grands travaux d'assainissement et d'aménagement de la capitale, dont la création des grands boulevards (Rob. enregistre *haussmannien* et *haussmannisation*, milieu du XXe siècle). Dans *Vieille ville*, Verlaine parle de la « monotonie voulue » du Paris de son époque (*OPr*, p. 1059).
2. « Tout ce monde patoise, sans beaucoup jurer – son ignorance l'absout un peu » (*Vieille ville, OPr*, p. 1050).
3. Rusés, comme des « paysans matois ». Voir I, III, v. 36 et note 5, p. 80.
4. Seul vers de *Sagesse* cité par É. Blémont dans son compte rendu du recueil pour illustrer « tout le talent du poète » (voir Dossier, p. 290).
5. Dans le langage du spectacle, *faire four* s'emploie pour indiquer l'insuccès total d'une représentation.
6. Les invendus d'une publication, dans le langage des imprimeurs et des journalistes.
7. Les *drôlesses*, que Littré définit comme des « filles ou femmes d'une conduite mal réglée, quelquefois scandaleuse », sont des prostituées. – En argot, *se gober* signifie « se croire une supériorité » (Larchey) mais Verlaine utilise apparemment la forme réfléchie de *gober* dans le sens de « avaler sans prendre le temps de mâcher » ou, au sens figuré, « consommer rapidement » (nombreuses occurrences dans sa correspondance).
8. Le Parisien est ici *extra muros*.
9. *En herbe*, quand il n'est pas « mûr ». Le blé est dit *en herbe* quand il est vert et que l'épi n'est pas encore sorti.
10. Et non « la déesse Raison aux "immortels principes" [ceux de 1789] » (*Vieille ville, OPr*, p. 1050).
11. Le « monstrueux Paris » de Balzac : « Si Paris est un monstre, il est assurément le plus maniaque des monstres » (*Histoire des treize*, 1835).
12. Le Dantec (son éd., p. 961) rapproche la fin de ce vers de celui de La Fontaine dans « La cour du lion » (*Fables,* VII, 6) : « Et la griffe du prince, et l'antre, et cette odeur. »

Voir variantes, p. 277.

Si blanches, les maisons anciennes, si bien faites,
Point hautes, çà et là des branches sur leurs faîtes,
Si doux et sinueux le cours de ces maisons,
Comme un ruisseau parmi de vagues frondaisons,
Profilant la lumière et l'ombre en broderies
Au lieu du long ennui de vos haussmanneries [1],
Et si gentil l'accent qui confine au patois [2]
De ces passants naïfs avec leurs yeux matois [3] !...
Des places ivres d'air et de cris d'hirondelles [4]
Où l'histoire proteste en formules fidèles
À la crête des toits comme au fer des balcons,
Des portes ne tournant qu'à regret sur leurs gonds,
Jalouses de garder l'honneur et la famille...
Ici tout vit et meurt calme, rien ne fourmille,
Le « Théâtre » *fait four* [5], et ce dieu des brouillons,
Le « Journal » n'en est plus à compter ses *bouillons* [6],
L'amour même prétend conserver ses noblesses
Et le vice *se gobe* en de rares drôlesses [7].
Enfin rien de Paris, mon frère « dans nos murs [8] »,
Que les modes... d'hier, et que les fruits bien mûrs
De ce fameux progrès que vous mangez en herbe [9].
Du reste on vit à l'aise. Une chère superbe :
La raison raisonnable [10] et l'esprit des aïeux,
Beaucoup de sain travail, quelques loisirs joyeux,
Et ce besoin d'avoir peur de la grande route !...
Avouez, la province est bonne, somme toute,
Et vous regrettez moins que tantôt la « splendeur »
Du vieux monstre [11], et son pouls fébrile, et cette odeur [12] !

1. « Fampoux, près d'Arras, juillet 1880 » (Kessler). Date probable : « Fampoux [18]77 » (manuscrit Sivry). Fampoux est le village de l'oncle maternel de Verlaine, Julien Dehée. Le 18 juillet 1877, Verlaine envoie une lettre à Delahaye de « Fanum Pollucis » (Fampoux), où il « travaille à mort à *Sagesse* », alternant avec « promenades et absorption *judicieuse* et modérée de bière de ce pays » (*Corr.*, p. 571).
2. En juillet-août 1869, Verlaine, heureux, est en vacances à Fampoux : il est amoureux de Mathilde qu'il a rencontrée à Paris en juin et commence à écrire les poèmes de *La Bonne Chanson* (voir entre autres la lettre à Léon Valade du mois d'août 1869, *Corr.*, p. 168-169). Le démonstratif renvoie aux événements malheureux qui ont suivi (voir III, I, v. 24).
3. Sur les adverbes en fin de vers, voir I, IV, note 6, p. 84.
4. *Là-bas,* plus au sud, là où pousse la vigne. Les grappes sont *sures*, c'est-à-dire « acides, aigres » (régional : *cf.* les « pommes sures » dans « Le bateau ivre »).
5. L'antéposition du pronom personnel complément d'un second impératif est archaïque (tour semblable : II, IV [VII], v. 8).
6. « Ce vers détonne un peu dans un poème qui veut être à la gloire de la Chair et du Sang » (L. Morice, son éd., p. 504).
7. *La fleur de*, « ce qu'il y a de meilleur, d'excellent » (Littré). En parlant du pain, la *fleur de farine* est la partie la plus fine de la farine ; Verlaine ne pensait sans doute pas aux *fleurs de vin*, « pellicules qui se produisent sur ce liquide et qui sont formées de mycodermes » (*ibid.*).
8. C'est la prophétie de Joël sur le jour du Jugement (4, 12-13) développée dans l'Apocalypse (14, 14-20) : « "Jette ta faucille et moissonne, car c'est l'heure de moissonner, la moisson de la terre est mûre." Alors celui qui était assis sur la nuée jeta sa faucille sur la terre, et la terre fut moissonnée. [...] "Jette ta faucille aiguisée, vendange les grappes dans la vigne de la terre, car ses raisins sont mûrs." L'Ange alors jeta sa faucille sur la terre, il en vendangea la vigne et versa le tout dans la cuve de la colère de Dieu, cuve immense ! »
9. Sur les espèces du *pain* (l'hostie) et du *vin* (le calice) dans le sacrement de l'eucharistie, voir principalement II, IV [I], v. 8 ; II, IV [VII], v. 12-14 ; II, IV [VII-2], v. 4-5.

Voir variantes, p. 278.

XIX [1]

C'est la fête du blé, c'est la fête du pain
Aux chers lieux d'autrefois revus après ces choses [2] !
Tout bruit, la nature et l'homme, dans un bain
De lumière si blanc que les ombres sont roses.

L'or des pailles s'effondre au vol siffleur des faux
Dont l'éclair plonge, et va luire, et se réverbère.
La plaine, tout au loin couverte de travaux,
Change de face à chaque instant, gaie et sévère.

Tout halète, tout n'est qu'effort et mouvement
Sous le soleil, tranquille auteur des moissons mûres,
Et qui travaille encore imperturbablement [3]
À gonfler, à sucrer là-bas les grappes sures [4].

Travaille, vieux soleil, pour le pain et le vin,
Nourris l'homme du lait de la terre, et lui [5] donne
L'honnête verre où rit un peu d'oubli divin [6].
Moissonneurs, vendangeurs là-bas ! votre heure est bonne !

Car sur la fleur des pains et sur la fleur des vins [7],
Fruit de la force humaine en tous lieux répartie,
Dieu moissonne, et vendange [8], et dispose à ses fins
La Chair et le Sang pour le calice et l'hostie [9] !

FIN

APPENDICE

1. Poèmes ajoutés à partir de la deuxième édition (1889)

(III, XVII[1])

Toutes les amours de la terre
Laissent au cœur du délétère
Et de l'affreusement amer,
Fraternelles et conjugales,
Paternelles et filiales,
Civiques et nationales,
Les charnelles, les idéales,
Toutes ont la guêpe et le ver.

La mort prend ton père et ta mère,
Ton frère trahira son frère,
Ta femme flaire un autre époux,
Ton enfant, on te l'aliène,
Ton peuple, il se pille ou s'enchaîne
Et l'étranger y pond sa haine,
Ta chair s'irrite et tourne obscène,
Ton âme flue en rêves fous.

---

1. À la place de « Tournez, tournez, bons chevaux de bois », supprimé.

Mais, dit Jésus, aime, n'importe !
Puis de toute illusion morte
Fais un cortège, forme un chœur,
Va devant, tel aux champs le pâtre,
Tel le coryphée au théâtre,
Tel le vrai prêtre ou l'idolâtre,
Tels les grands-parents près de l'âtre,
Oui, que devant aille ton cœur !

Et que toutes ces voix dolentes
S'élèvent, rapides ou lentes,
Aigres ou douces, composant
À la gloire de Ma souffrance,
Instrument de ta délivrance,
Condiment de ton espérance
Et mets de ta propre navrance,
L'hymne qui te sied à présent !

(III, XVIII)

Sainte Thérèse veut que la Pauvreté soit
La reine d'ici-bas, et littéralement !
Elle dit peu de mots de ce gouvernement
Et ne s'arrête point aux détails de surcroît ;

Mais le Point, à son sens, celui qu'il faut qu'on voie
Et croie, est ceci dont elle la complimente :
Le libre arbitre pèse, argue et parlemente,
Puis le pauvre de cœur décide et suit sa voie.

Qui l'en empêchera ? De vœux il n'en a plus
Que celui d'être un jour au nombre des élus,
Tout-puissant serviteur, tout-puissant souverain,

Prodigue et dédaigneux, sur tous, des choses eues,
Mais accumulateur des seules choses sues,
De quel si fier sujet, et libre, quelle reine !

2. Poèmes initialement prévus pour figurer dans la première édition

(I, II [1])

J'ai naguère habité le meilleur des châteaux
Dans le plus fin pays d'eau vive et de coteaux :
Quatre tours s'élevaient sur le front d'autant d'ailes,
Et j'ai longtemps, longtemps habité l'une d'elles.
Les murs, étant de brique extérieurement,
Luisaient rouge au soleil de ce site charmant,
Mais un lait-de-chaux, blanc comme l'aube qui pleure,
Tendait légèrement la voûte intérieure.
– Ô diane des yeux qui vont parler au cœur,
Ô réveil pour les sens éperdus de langueur,
Gloire des fronts d'aïeuls, orgueil jeune des branches,
Innocence et fierté des choses, – couleurs blanches ! –
Parmi des escaliers en vrille, tout aciers
Et cuivres, luxes brefs encore émaciés,
Cette blancheur bleuâtre et bien douce, à m'en croire,

1. Texte du manuscrit Sivry. Publié dans le *Zig-zag* du 14 juin 1885 et dans *La Vogue* du 11 avril 1886, il a été recueilli dans *Amour* (1888) sous le titre « Écrit en 1875 ».

Que relevait un peu la longue plinthe noire,
S'emplissait tout le jour de silence et d'air pur
Pour que la nuit y vînt rêver de pâle azur.
Une chambre bien close, une table, une chaise,
Un lit strict où l'on pût dormir juste à son aise,
Du jour suffisamment et de l'espace assez,
Tel fut mon lot durant les longs mois là passés,
Et je n'ai jamais plaint ni les mois, ni l'espace,
Ni le reste, et du point de vue où je me place
Aujourd'hui que voici le monde de retour,
Ah, vraiment j'ai regret aux deux ans dans la tour !
Car c'était bien la paix réelle et respectable,
Ce lit dur, cette chaise unique, et cette table,
La paix où l'on aspire alors qu'on est bien soi,
Cette chambre aux murs blancs, ce rayon sobre et coi
Qui glissait lentement en teintes apaisées
Au lieu de ce grand jour diffus de vos croisées !
Car, à quoi bon le vain appareil et l'ennui
Du plaisir, à la fin, quand le malheur a lui ?
(Et le malheur est bien un trésor qu'on déterre.)
Et pourquoi cet effroi de rester solitaire
Qui pique le troupeau des hommes d'à présent,
Comme si leur commerce était bien suffisant ?
Questions ! – Donc j'étais heureux avec ma vie,
Reconnaissant de biens que nul certes n'envie,
(Ô fraîcheur de sentir qu'on n'a pas de jaloux !
Ô bonté d'être cru plus malheureux que tous !)
Je partageais les jours de cette solitude
Entre ces deux bienfaits, la prière et l'étude
Que délassait un peu de travail manuel :
Ainsi les saints ! J'avais aussi ma part de ciel,
Surtout quand revenant au jour, si proche encore,
Où j'étais ce mauvais (sans plus) qui s'édulcore
En la luxure lâche aux farces sans pardon,
Je pouvais supputer tout le prix de ce don :

N'être plus *là*, parmi les choses de la foule,
N'y dépensant, plutôt dupe, pierre qui roule,
Mais, de fait, un complice à tous ces noirs péchés,
N'être plus là, compter au rang des cœurs cachés,
Des cœurs discrets que Dieu fait siens dans le silence,
Sentir qu'on grandit bon et sage, et qu'on s'élance
Du plus bas au plus haut en essors bien réglés,
Humble, prudent, béni, – la croissance des blés !
– D'ailleurs nul soin gênant, nulle démarche à faire.
Deux fois le jour, ou trois, un serviteur sévère
Apportait mes repas et repartait muet.
Nul bruit. Rien dans la tour jamais ne remuait
Qu'une horloge au cœur clair qui battait à coups larges.

C'était la liberté (la seule !) sans ses charges ;
C'était la dignité dans la sécurité !

Ô lieu presque aussitôt regretté que quitté,
Château, château magique où mon âme s'est faite,
Frais séjour où se vint apaiser la tempête
De ma raison allant à vau-l'eau dans mon sang,
Château, château qui luis tout rouge et dors tout blanc,
Comme un bon fruit de qui le goût est sur mes lèvres
Et désaltère encor l'arrière-soif des fièvres,
Ô sois béni, château d'où me voilà sorti
Prêt à la vie, armé de douceur, et nanti
De la Foi, pain et sel et manteau pour la route
Si déserte, si rude, et si longue sans doute,
Par laquelle il faut tendre aux innocents sommets,
– Et loué soit l'Auteur de la Grâce à jamais !

(III, XI [1])

Ce soir je m'étais penché sur ton sommeil :
Tout ton corps dormait chaste sur l'humble lit,
Et j'ai vu, comme un qui s'applique et qui lit,
Ah, j'ai vu que tout est vain sous le soleil !

Qu'on vive, ô quelle délicate merveille,
Tant notre appareil est une fleur qui plie !
Ô pensée aboutissant à la folie !
Va, pauvre, dors ! Moi, l'effroi pour toi m'éveille !

Ah misère de t'aimer, mon frêle amour
Qui vas respirant comme on expire un jour !
Ô regard fermé que la mort fera tel !

Ô bouche qui rit en songe sur ma bouche,
En attendant *l'autre rire* plus farouche !...
Vite éveille-toi ! Dis ! L'âme est immortelle ?

---

1. Texte du manuscrit Sivry, où ce poème est barré. Publié dans *La Revue critique* du 28 mars 1884, il a été recueilli dans *Jadis et naguère* (1884) sous le titre « Vers pour être calomnié ».

3. « Chevaux de bois », version de Romances sans paroles

Chevaux de bois

Par Saint-Gille,
Viens nous-en,
Mon agile
Alezan.

*(V. H*UGO.*)*

Tournez, tournez, bons chevaux de bois,
Tournez cent tours, tournez mille tours,
Tournez souvent et tournez toujours,
Tournez, tournez au son des hautbois.

Le gros soldat, la plus grosse bonne
Sont sur vos dos comme dans leur chambre ;
Car, en ce jour, au bois de la Cambre
Les maîtres sont tous deux en personne.

Tournez, tournez, chevaux de leur cœur
Tandis qu'autour de tous vos tournois
Clignote l'œil du filou sournois.
Tournez au son du piston vainqueur.

C'est ravissant comme ça vous saoule,
D'aller ainsi dans ce cirque bête !
Bien dans le ventre et mal dans la tête,
Du mal en masse et du bien en foule.

Tournez, tournez, sans qu'il soit besoin
D'user jamais de nuls éperons
Pour commander à vos galops ronds,
Tournez, tournez, sans espoir de foin.

Et dépêchez, chevaux de leur âme,
Déjà, voici que la nuit qui tombe
Va réunir pigeon et colombe,
Loin de la foire et loin de madame.

Tournez, tournez ! le ciel en velours
D'astres en or se vêt lentement.
Voici partir l'amante et l'amant.
Tournez au son joyeux des tambours.

Champ de foire de Saint-Gilles, août 1872.

VARIANTES

VI

Le ciel est, par dessus le toit,
Si beau, si calme.
Un arbre, par dessus le toit,
Berce sa palme.

La cloche, dans le ciel qu'on voit
Doucement tinte.
Un oiseau sur l'arbre qu'on voit
Chante sa plainte.

Mon Dieu, mon Dieu, la vie est là
Simple et tranquille.
Cette paisible rumeur-là
Vient de la ville!

Sagesse, III, VI, manuscrit « Sivry ».

Abréviations

(Pour les références complètes, voir p. 49-53)

AL : Anthologie des poètes français [1888]
B : Lettres à Blémont
Barthou : Exemplaire de *Sagesse* ayant appartenu à Louis Barthou
Cel : Cellulairement
D : Manuscrit 2, ayant appartenu à Delahaye
G : Fragment d'un manuscrit de *Cellulairement* ayant appartenu à Armand Godoy
L : Lettres à Lepelletier
Le Dantec : Variantes données par Y.-G. Le Dantec (Pléiade)
M : Lettres à Mme Mauté
Richer : Fac-similé de quatre poèmes reproduit dans le *Verlaine* de Jean Richer
Robichez : Variantes données par J. Robichez (Garnier)
S : Manuscrit 1, ayant appartenu à Charles de Sivry
VP : Album de vers et de prose [1888]
1889 : Sagesse, deuxième édition
1891 : Choix de poésies
1893 : Sagesse, troisième édition

Les coquilles, les fautes d'orthographe et la ponctuation manifestement aberrante ne sont pas reprises dans l'apparat critique.

Dédicace, p. 61.

À la mémoire / de ma mère / P.V. / (Mai 1889) *1889, 1893.*

Préface, p. 63.

Préface de la première édition *1889, 1893 // ligne 3 :* de faute *surcharge* d'erreur *biffé D // lignes 20-21 :* événements dès lors trop providentiels pour *D, 1889, 1893 // ligne 23 :* d'une *surcharge* de la *biffé D // ligne 26 :* d'années, de tristes vers, qu'il désavoue complètement du point de vue moral et philosophique. *D // ligne 28 : Verlaine avait d'abord écrit* dissonance ne choquera l'oreille catholique la plus délicate *biffé D.*

I

Première partie *S.*

I. « Bon chevalier masqué qui chevauche en silence », p. 69.

Titre : Légende intime *Barthou // Vers 2 :* malheur *1889, 1893 // Vers 3 :* vermeil *M, D, 1889, 1893 // Vers 4 :* fleurs au *M // Vers 5 :* bouche, *M, S // Vers 7 :* – Alors le Chevalier Malheur *(la majuscule surcharge une minuscule) M // Vers 8 :* terre, *M // Vers 9 :* blessure, *M, S, D // Vers 10 :* attestait sa loi *M ;* sa loi *S // Vers 11 : Verlaine avait d'abord écrit* contact du doigt *ces deux mots biffés (anticipation) S // Vers*

12 : fier ; *D ;* fier. *1889, 1893 // Vers 13 :* fervent d'une candeur *remplace* brûlant d'une ferveur *biffé S // Vers 14 :* poitrine. *M, S, 1889, 1893 // Vers 15 : –* Or *M ;* Or, *1889, 1893 ; –* incrédule *M // Vers 17 :* remontant *M ;* remonté *remplace* remontant *(finale biffée) S, D ;* bête *M // Vers 18 :* éloignant *remplace* en allant *biffé D ;* s'éloignant, *S ;* tête, *M, S, D // Vers 19 :* cria : *M,* encore *en romain M ;* encor *en italique 1889, 1893 ;* voix) *M, D ;* voix.) *S // Vers 20 :* fois. *D ;* fois ! » *S // Date :* Arras, 13 juillet 77. *M ;* juillet 1877 *Barthou.*

II. « J'avais peiné comme Sisyphe », p. 71.

III *S // Vers 3 :* Chair *M, S, D // Vers 5 :* montagnes *D // Vers 7 : –* Farouche *M, S, D // Vers 9 :* fîmes, *M ;* fîmes, des campagnes ! *S // Vers 12 :* manœuvré bien ! *M (un tiret clôt le vers), S // Vers 15 :* ambiante ; *M, S, D // Vers 16 :* lâche, *M // Vers 17 :* qu'il espionne *M, S (un mot au crayon au-dessus, biffé), Robichez // Vers 18 :* cité ; *M, D // Vers 21 :* Gorgone ; *D // Vers 25 :* assiège *D // Vers 26 :* cher *M // Vers 27 :* neige *1893 // Vers 28 :* fier *M // Vers 29 :* dame *1893 ;* nue *M, S // Vers 32 :* inhumains *M // Vers 35 :* affreuses *M ;* affreuses... *S // Vers 36 :* dame, *1893 // Vers 41 :* messagère, *M // Vers 42 :* enfin. » *– M // Vers 49 :* toutes choses *Robichez (biffé S) // Vers 54 : –* et *M ; –* et je vous trouve fous ! *– S // Vers 58 :* Ah ! ceci *M ;* bonheur ! *M, S ;* bonheur, *D, 1893 // Vers 59 :* Quelqu'un *M, 1893 ;* quelqu'un *S // Vers 60 :* Suborneur, *M, S, D, 1889, 1893 // Vers 61 :* Jour *1889, 1893 // Vers 62 :* Qui je suis, me demandais-tu ? *M, S, D // Vers 63 :* Anges même *M ;* même. *S, D // Vers 64 :* Vertu, *M // Vers 65 :* Sagesse, *M, S (sans virgule finale) // Vers 67 :* Douceur *M, S ; la minuscule surcharge une majuscule D // Vers 69 :* Mon nom seul se *M ;* Promesse *M, S // Vers 70 :* « Je suis le seul hôte *Robichez // Vers 71 :* Roi *S ; la majuscule surcharge une* *minuscule D // Vers 72 :* brun, *M, 1889, 1893 // Vers 73 :* Prière, *M // Vers 74 :* loin *S, D ;* loin ; *1889, 1893 // Vers 75 :* condition : *remplace* condition c'est *(ce dernier mot biffé) M, S ;* sage » ! *M, S, (point d'exclamation biffé D) // Vers 76 :* Dame *S ;* – et *S // Date :* Arras, 3 7bre 77. *M.*

III. « Qu'en dis-tu, voyageur, des pays et des gares ? », p. 79.

IIII *S // Vers 2 :* mûr *suivi d'un point d'interrogation biffé D // Vers 3 :* que voici *S // Vers 4 :* mur. *D // Vers 11 :* Ces *surcharge* Les *D // Vers 16 : en marge :* césure à changer *D ;* mains, *S, D // Vers 20 :* folle en *S // Vers 22 :* dis-tu, *D // Vers 24 :* « malheurs » *S ;* « tes malheurs » *D // Vers 25 :* Ah, les *S // Vers 26 :* excessif aussi *S // Vers 27 :* délicate ? *1893 // Vers 28 :* Ah, toi, *S // Vers 29 :* plans ? *S // Vers 33 :* l'aggravation *surcharge* cette aggravation *D // Vers 41 :* âme *D // Vers 43 :* effronté *remplace* insolant *biffé S // Vers 52 :* dupe, *D ;* méchant. – *S // Vers 56 :* fait ; *S // Vers 61 :* être ; *S // Vers 65 :* Bien, *S, D // Vers 68 :* Méchanceté ce n'est pas toi, *remplace* Ce n'est pas la méchanceté, *biffé S ;* Méchanceté, ce n'est pas toi, *D.*

IV. « Malheureux ! Tous les dons, la gloire du baptême », p. 85.

V *remplace* IV *biffé S // Vers 1 :* Baptême, *M // Vers 3 :* santé, *D ;* le vin et l'eau *M ;* pain *remplace* vie *biffé S // Vers 6 :* simagrées, *M // Vers 9 :* l'horizon te tire, *M, S // Vers 11 :* moqueur *S // Vers 12 :* cœur ; *M // Vers 13 :* Tu flânes, à travers souffrance *M ;* ridicule *S // Vers 15 :* fous nécessairement *S // Vers 16 :* (dame !) *M // Vers 19 :* Patrie, oubliée, *M ;* patrie, oubliée, *S, D // Vers 21 :* mauvais se perd en *M // Vers 22 :* portes, *1889, 1893 // Vers 25 :* Malheureux !, toi chrétien, toi français, *M ;* dommage. *S // Vers 28 :* foule ! !) *S // Vers 32 :* Tu vas glorifiant

M // Vers 33 : Soleil *M // Vers 35 :* cervelle ainsi *M, 1893 ;* ainsi qu'en un champ préféré, *M ;* qu'un troupeau dans un pré, *remplace* qu'en un champ préféré, *biffé S ;* ainsi qu'un troupeau préféré, *D // Vers 38 :* propre. Ta *M ;* propre : *S // Vers 39 :* ricanement *M // Vers 40 :* moment ; *S // Vers 41 :* bondée, *remplace* chargée, *biffé S // Vers 42 :* idée *M // Vers 43 : le début d'*égoïsme *surcharge un autre mot M ;* ambiant *M, S // Vers 44 :* vain néant ! *M ;* vil néant... *remplace* vain néant... *le premier mot biffé S ;* vil *biffé puis réécrit D // Vers 46 :* L'Orgueil qui *D // Vers 47 :* Et *surcharge* En *D // Vers 48 :* vivant : il flambe dans *M ;* vivant : *S // Vers 50 :* – Dieu *M // Date :* Stickney 9bre 1875. *M.*

V. « Beauté des femmes, leur faiblesse, et ces mains pâles », p. 89.

VI *S // Titre :* Sonnet *B // Vers 2 :* mal *B ;* mal, *S // Vers 3 :* yeux où *B, S // Vers 4 :* Que ce qu'il faut pour compatir aux fureurs mâles ! *B ;* dire : « assez ! » *remplace* compatir *biffé S ;* « assez » *suivi d'un point d'exclamation biffé D ;* mâles *1889, 1893 ;* mâles. *1891 // Vers 7 :* Sourire, ou chant *B // Vers 8 :* qui va s'abattre au pli des châles ! *B // Vers 9 :* atroce et lâche *B // Vers 10 :* combats *B, S ;* Ah, que, *virgules biffées D // Vers 11 :* demeure *remplace* nous reste *biffé D // Vers 13 :* Respect ! *B // Vers 14 :* Et, *B ;* reste-t-il ! *B.*

VI. « Ô vous, comme un qui boite au loin, Chagrins et Joies », p. 91.

VII *S // Vers 5 :* malheurs comme *S // Vers 7 :* Et le rire ! Et, *S // Vers 8 :* Tristesse *la majuscule surcharge une minuscule S ;* Tristesse noyée *1893 ;* broies, *1889, 1893 // Vers 9 :* Et le cœur ! – Un *Le Dantec ;* vide. Un grand renoncement *S // Vers 11 :* Une candeur d'âme d'une fraîcheur délicieuse...

1893 (vers faux) // Vers 12 : voyez : *S, D // Date :* Boston, mai 76 *Le Dantec.*

VII. « Les faux beaux jours ont lui tout le jour, ma pauvre âme », p. 93.

VIII *S // Vers 4 :* pires ; fuis l'Infâme. *S ;* infâme *suivi d'un point d'exclamation, biffé D // Vers 7 :* vallée et *S // Vers 8 :* réclame ! *S // Vers 9 :* pâlis et *S, D ;* va-t'en lente *D // Vers 14 : en marge :* césure à changer *D ;* Ô, *1893.*

VIII. « La vie humble aux travaux ennuyeux et faciles », p. 95.

VIIII *S // Vers 2 :* amour : *M, 1889, 1893 // Vers 3 :* Être gai quand le jour triste *M ;* Rester *remplace* Être *biffé qui remplaçait une première fois* Rester *S ;* Rester *remplace* Être *biffé D ;* jour triste *S, D // Vers 4 :* Rester fort *M ;* Être *remplace* Rester *biffé qui remplaçait une première fois* Être *S ;* Être *remplace* Rester *biffé D ;* viles ; *D // Vers 7 :* et cela pour *M, S (*et *rajouté dans l'interligne), D // Vers 8 :* accomplissement lourd *M ;* puériles ! *M ;* puériles ; *D // Vers 9 :* des pécheurs *M // Vers 10 :* conserver pourtant, *1893 // Vers 11 :* Le temps si long *M, S ;* patience si grande *(*grande *remplace* longue *biffé) M // Vers 12 :* naïf *remplace* léger *biffé qui remplaçait* frivole *biffé S // Vers 12-13 :* Et tous ces soins autour de ces pauvres vertus, / Ah oui, le joug est dur et veut des cœurs têtus – *(*cœurs *surcharge un autre mot) M // Vers 14 :* ange gardien, *S // Date :* Bourn^th^ 9bre 1876 *M.*

IX. « Sagesse d'un Louis Racine, je t'envie », p. 97.

X *remplace* IX *biffé S // Titre :* « Réactionnaire » *Richer ; sans titre VP (pas de découpage en strophes) // Vers 2 :*

n'avoir pas reçu *remplace d'autres mots biffés et illisibles Richer // Vers 3 :* déclin *M, Richer // Vers 4 : en marge :* césure à changer *D ;* chauffait la vie, *Richer // Vers 5 :* Maintenon versait *M ;* ravie *M, S, D, Richer // Vers 6 :* lin *D // Vers 7 :* Et, royale, *S, Richer // Vers 8 :* Quand *remplace* Que *biffé S ;* Étude de la Prière *Richer // Vers 9 :* docteur simplement, *Richer // Vers 10 :* novices *D // Vers 11 :* Craintifs servaient *M ;* Humbles, *S ; le début de* Humbles *surcharge* Pa[rfois] *D ;* Parfois servaient *Richer ;* offices *M, 1889, 1891, 1893 // Vers 12 :* Et, quand il faisait beau, prenaient *Richer // Vers 13 :* roses, *M, S, Richer (virgule biffée D) // Vers 14 :* Dieu, Garos, meilleur, de toutes choses ! *(*meilleur *remplace* comme *biffé) S ;* comme Garo *remplace* Garos meilleurs *biffé D ;* choses. *Richer // Date :* Mons 7bre 74 *(le* 4 *surcharge un* 5*) M.*

X. « Non. Il fut gallican, ce siècle, et janséniste », p. 99.

XI *S // Vers 1 :* Non, il fut *remplace* Mais non ! car *biffé S ;* gallican ce *D ;* Janséniste. – *S // Vers 2 :* délicat *D, 1889, 1891, 1893 // Vers 3 :* naviguât *S // Vers 4 :* triste *remplace un autre mot biffé D // Vers 9 :* part, *S // Vers 10 :* – à la chose *1893 // Vers 13 :* Croix, *S // Vers 14 :* tes *surcharge* vos *S, D.*

XI. « Petits amis qui sûtes nous prouver », p. 101.

Titre : « Irridebit eos » *M ;* XII *S // Vers 1 :* sûtes *remplace* voulez *biffé D // Vers 2 :* Par A + B que 2 et 2 font 4 *(*4 *remplace* quatre *biffé) M ;* quatre *D // Vers 3 :* qui, *S ;* qui, depuis, *D ;* depuis, *M // Vers 4 :* victoire.. *M // Vers 6 :* humaine ; *1893 // Vers 7 :* « – Dieu *M, S // Vers 8 :* CAR, *M ;* CAR *S, D (Verlaine avait commencé le vers par un* P *biffé) ;* Nous *M, S ;* nous *majuscule biffée D ;* il *M, S // Vers 9 :* profil *remplace* reflet *biffé S ;* allongement *D, 1889, 1893 // Vers 10 :* édifie *D, 1889, 1893 // Vers 11 :*

mouvement. *M // Vers 12 :* ET *M, S, D ;* Nous *M (majuscule biffée D) ;* philosophie ! » – *M, S // Vers 14 :* Nous, *M, S ;* « rance », *M // Vers 15 :* Dieu, *M // Vers 17 :* – pleurer aussi, – *M // Vers 22 :* ah, *M, S, D // Vers 23 :* Allez donc, allons donc, *M // Vers 27 :* Précis !... *M // Vers 28 :* Frères ; *D ;* « science » *M // Vers 29 :* voler, *M, S, D ;* défendus, *M // Vers 30 :* connaître ; *M // Vers 31 :* tient, *M // Vers 33 :* Péché : *M // Vers 34 :* CAR *surcharge* Car *M ;* CAR *S ;* Car nous *remplace* CAR Nous *biffé D ;* Nous *M, S ;* Histoire *D // Vers 37 :* aïeux *M // Vers 38 :* telle et telle *M // Vers 41 :* présent *M, S // Vers 43 :* vos *M // Vers 45 :* dit vrai. *M ;* dit tout *remplace* tout dit *biffé D ;* bien : *1889, 1893 // Vers 46 :* Que 2 et 2 fassent 4, *M // Vers 47 :* mais, *M // Vers 49 :* Bien d'*remplace* Tout *biffé M ;* autres soins *M ;* homme, *M // Vers 52 :* – Le *M, S, D ;* savant c'est *M ;* Moïse ! *S // Date :* Arras, août 77. *M.*

XII. « Or, vous voici promus, petits amis », p. 107.

Vers 1 : Or vous *D // Vers 6 :* france *D // Vers 13 :* maître ? *1889, 1893 // Vers 16 :* Cabré » – pour *D // Vers 20 :* telle, *D // Vers 26 : virgule biffée après* ignorante *D // Vers 34 :* Nabuchodonosor plus triste, et te fait paître, *D // Vers 49 :* – Vous *remplace* Vos n *biffé D ;* jour *D, 1889, 1893 // Vers 51 :* – Surtout *D ;* – et *D // Vers 52 :* minces) *D ;* minces), *1889, 1893 // Vers 54-55 :* Aussi bien l'heure a sonné, la tourmente / Vous va chasser comme paille, et tout blanc *D // Vers 56 :* fleur *1893.*

XIII. « Prince mort en soldat à cause de la France », p. 113.

Vers 3 : espérance *D // Vers 10 :* d'avance : *S, D // Vers 12 :* enfance ; *D // Vers 15 :* fautes, *1889, 1893 // Vers 16 :* jeunesse ! *S // Vers 19 :* orgueil, *S ;* poudre *D // Vers 20 :* Humble accepte *D // Vers 23 :* Dieu, *S, D // Vers 24 :*

Homère ; *S // Vers 26 :* Seize, *D // Vers 27 :* Napoléon, *S // Vers 30 :* Aujourd'hui, *S ; virgule biffée après* Aujourd'hui *D // Vers 31 :* Dieu, *S.*

XIV. « Vous reviendrez bientôt, les bras pleins de pardons », p. 117.

Vers 1 : bientôt les *Barthou ;* pardons, *D // Vers 2 :* Suivant votre *Barthou // Vers 4 :* amertume ; *D ;* amertume, *Barthou // Vers 5 :* honneur, *D // Vers 6 :* Avec la Fleur chérie, *D ;* Avec sa Fleur chérie, *1889, 1893 // Vers 12 :* infâmes ; *D // Vers 14 :* douce, *D // Vers 15 :* ciel, *Barthou // Vers 17 :* dépouille *surcharge un mot illisible D // Vers 18 :* armes *Barthou // Vers 19 :* prend des mains, *Barthou // Vers 21 :* adieu *1893 // Vers 23 :* saints qui *D, Barthou.*

XV. « On n'offense que Dieu qui seul pardonne », p. 119.

XIIII *S ;* XV *remplace* XIV *biffé D // Vers 9 :* – féroce *S ;* long communément. *S, 1889, 1893 // Vers 10 :* tout-puissant *les minuscules surchargent des majuscules S // Vers 11 :* malheur qui *D, 1893 ;* qui guide au repentir *S // Vers 12 :* haute mais *S // Vers 18 : la première lettre de* triste *surcharge un* E *S // Vers 19 : un vers supplémentaire, biffé, illisible S ;* – Ô ma sœur qui *S ;* sœur qui *D ;* pardonnez-moi. *S, D.*

XVI. « Écoutez la chanson bien douce », p. 121.

XV *remplace* XIV *biffé S ;* XVI *remplace* XV *par adjonction d'un* I *D // Vers 2 :* plaire *S, D // Vers 4 :* – Un *S (ce tiret est biffé D) // Vers 5 :* chère !), *1889, 1891, 1893 // Vers 8 :* Pourtant, comme elle, *S (ces virgules sont biffées D) // Vers 10 :* automne, *S, 1889, 1891, 1893 // Vers 12 :* vérité *remplace* Sagesse *biffé S // Vers 14 :* vie

D // Vers 16 : reste la *D ;* venue ; *S, D // Vers 18 :* attendre *S, D // Vers 19 :* d'or, *S // Vers 24 :* triste. *1891 // Vers 25 :* – et *D ;* en peine et de passage *en romain 1889, 1893 ;* « en peine » et « de passage », *1891 // Vers 26 :* souffre sans colère, *remplace* chante pour vous plaire, *biffé S ;* colère *D // Vers 27 :* claire ! *S // Vers 28 : point d'exclamation final biffé S.*

XVII. « Les chères mains qui furent miennes », p. 125.

XVI *S ;* XVII *remplace* XVI *par adjonction d'un* I *D // Vers 3 :* méprises par *ce dernier mot biffé S // Vers 6 :* pays *remplace* ciels *biffé S // Vers 7 :* princes, *S, 1891 // Vers 9 :* âme *S // Vers 10 :* Sais-je moi ce *D // Vers 16 :* vaste ? – *S // Vers 19 :* Oh ! ces mains, *D // Vers 20 :* pardonne. *D.*

XVIII. « Et j'ai revu l'enfant unique : il m'a semblé », p. 127.

XVII *S ;* XVIII *remplace* XVII *par adjonction d'un* I *D // Vers 1 :* unique. Il *M, S // Vers 5 :* aiguë, *S // Vers 7 :* ennuyé. *M // Vers 8 :* pure ! *M ;* Pure ! *S ;* pure. *remplace* Pure ! *biffé D (point d'exclamation final biffé) // Vers 9 :* vois encor. *1891 // Vers 10 :* Enfin je *M // Vers 11 : les premières lettres de* toujours *surchargent* enc[ore] *D ;* pensées, *D (point d'exclamation biffé), 1889, 1891, 1893 // Vers 12 :* – Sage *M, S // Vers 13 :* moment *surcharge* instant *M // Vers 14 : la finale de* fermerez *surcharge celle de* feront *M ;* nos yeux *surchargent* mes [yeux] *biffé et est repris dans l'interligne D // Date :* Arras le 21 juillet 76. *M.*

XIX. « Voix de l'Orgueil : un cri puissant comme d'un cor », p. 129.

XVIII *S ;* XX *remplace* XIX *biffé D // Titre :* Les Voix

1891 // Dédicace : À Anatole France *1891 // Vers 1 :* cor ; *S ;* cor. *M, 1889, 1891, 1893 // Vers 2 :* or ; *S ;* or, *D, 1889, 1891, 1893 // Vers 3 :* On trépigne à travers *M ;* incendie. *M ;* incendie ; *S // Vers 4 :* Mais, en somme, le cri s'éteint comme d'un cor. *M // Vers 5 : la majuscule de* Haine *surcharge une minuscule D ;* assourdie, *M // Vers 6 :* On a si froid ! Il neige et pleut. Lourde, affadie, *suit un début de vers illisible biffé M // Vers 7 :* peur, *S, D ;* quai, *1891 // Vers 9 :* fatigué ; *S, D // Vers 10 :* bu ; *S, D ;* gai ; *S, D // Vers 11 :* Des noms pleurent dans l'air lourd de parfums atroces, *M (*lourd *remplace* gras *biffé) // Vers 12 :* Où va mourir *M //* Vers *13 :* Voix d'autrui : des brouillards dans des lointains. *M ;* Autrui ; *1889, 1893 ;* les brouillards. *1891 ;* des brouillards ; *S, D // Vers 14 :* viennent ; des *S, D ;* embarras, des *S ;* embarras ; des négoces ; *D // Vers 17 :* tentations, *S // Vers 20 :* tentations. *1891 // Vers 21 :* voix *M ; la majuscule de* Voix *surcharge une minuscule D ;* êtes ! *1893 // Vers 24 :* Ô les voix, *M ;* êtes. *M // Vers 25 :* aviez cherchés. *M ;* auriez cherchés. *remplace* avez cherchés, *D // Vers 27 : la majuscule de* Parole *surcharge une minuscule S // Vers 28 :* car nos cœurs ne sont plus *M // Vers 29 :* VOIX, *S ; modifications successives :* Voix *puis* VOIX *puis à nouveau* Voix *et enfin* voix *D ;* Prière *S ;* prière *remplace* Prière *biffé D // Vers 31 :* tiendra les clés *M ;* dernier *surcharge* premier *D.*

XX. « L'ennemi se déguise en l'Ennui », p. 133.

XVIIII *S ;* XXI *remplace* XX *par adjonction d'un* I *D // Vers 1 :* Ennemi *M, S (une minuscule remplace la majuscule biffée D) ;* Ennui, *M // Vers 4 :* Ennemi *M, S (une minuscule remplace la majuscule biffée D) // Vers 5 :* bah, vive *remplace* retrousse *biffé S, D ;* « Bah ! retrousse une jupe ! » *1889 ;* « Bah, retrousse une jupe ! » *1893 // Vers 7 :* Ennemi *M, S (une minuscule remplace la majuscule biffée*

D) ; ange *M, S, D // Vers 8 :* lumière, *S // Vers 9 :* À côté du tribut *M // Vers 10 :* Et de foi pour le Père *M // Vers 11 :* amour *M // Vers 13 :* Comme il est *M ;* Logicien *S (une minuscule remplace la majuscule biffée D) // Vers 14 :* fait bientôt *remplace* bientôt [fait] *biffé M, S // Vers 15 :* vouloir *en romain M // Date :* St^y Avril 76. *M.*

XXI. « Va ton chemin sans plus t'inquiéter », p. 135.

XX *remplace* XIX *biffé S ;* XXII *remplace* XXI *par adjonction d'un* I *D // vers 1 :* t'inquiéter *M // Vers 2 :* monter *D // Vers 4 :* bataille : *M, S, D // Vers 5 :* toi ! *M ; point d'exclamation final biffé D // Vers 6 :* espérance *D // Vers 9 :* surtout : *M, S // Vers 10 :* joie ! *M // Vers 12 :* La vie est rude, *M // Vers 13 :* côte, *S ;* Simple gravis *D // Vers 14 : la majuscule de* Prudence *surcharge une minuscule M // Vers 16 :* côte ; *S // Vers 17 :* Faute, *M // Vers 18 :* Chante et *M ;* gai pour *M // Vers 19 :* Ennui *M ;* Ennemi *M, S (une minuscule remplace la majuscule biffée D) // Vers 21 :* Ris *biffé puis rajouté dans l'interligne S ;* Piège *S (une minuscule remplace la majuscule biffée D) ;* Séducteur, *M, S (une minuscule remplace la majuscule biffée D) // Vers 23 :* luit *remplace* rit *biffé S ;* les fanfares *1893 ;* gloire ; *M // Vers 24 :* ravi *remplace un autre mot effacé M ;* noire, *(la virgule est biffée D), 1889, 1893 // Vers 25 :* ange gardien *S, D // Vers 25-26 : pas de blanc M // Date :* Bournemouth, 8bre 1876. *M.*

XXII. « Pourquoi triste, ô mon âme », p. 139.

XXI *S ;* XXIII *remplace* XXII *par adjonction d'un* I *D // Vers 2 :* mort *D // Vers 3 :* réclame *D // Vers 9 :* lâche ! *M // Vers 12 :* fidélité *D // Vers 13 :* Et pour *S // Vers 18 :* Plein jour et grand soleil, (Plein *surcharge* Grand *et* grand *surcharge* plein) *M ;* soleil, *S, D // Vers 20 :* Le ciel ble *ces trois lettres biffées S // Vers 24 :* DEVOIR *M ; la majuscule de* Devoir *surcharge une minuscule S // Vers 29 :* être *M ;* être ; *D // Vers 33 :* mystère *M ;* D'amour *remplace* De paix *biffé S // Vers 35 :* terre : *S, D, 1889, 1898 // Vers 41 :* – Et *S // Date :* Bth fév. 77. *M.*

XXIII. « Né l'enfant des grandes villes », p. 143.

XXII *S ;* XXIV *surcharge* XXIII *D // Vers 2 :* serviles *S // Vers 3 :* là, *1893 ;* trouvé, *S // Vers 4 :* De chaque appétit rêvé... *S ;* rêvé – *D // Vers 5 :* Mais puisque *S // Vers 11 :* La croix *S // Vers 12 :* aux derniers zèles, *S // Vers 15 :* Pour *surcharge* Sur *S.*

XXIV. « L'âme antique était rude et vaine », p. 145.

XIII *S ;* XXV *surcharge* XXIV *D // Titre : sans titre AL // Vers 1 :* vaine, *S // Vers 5 :* claire *D // Vers 9 :* Troie ; *S, D // Vers 10 :* fer ; *S, D // Vers 12 :* mer ; *D // Vers 15 :* sauvage... *S // Vers 16 :* La chienne, *S ;* littéralement ! *D // Vers 17 :* Niobé, *S // Vers 19 :* pierre *remplace* marbre *biffé S // Vers 20 : l'initiale de* Ses *surcharge un* T *S ;* Les enfants *AL ;* dieux, *D, 1891 // Vers 22 :* fou, *S ;* fou ; *D // Vers 25 :* Chrétienne *S // Vers 26 :* humain ; *S, D // Vers 28 :* chemin ; *D // Vers 29 :* debout *S ;* Calvaire, *S // Vers 30 :* larmes, et sans cris, *S ;* larmes, et sans cris : *D // Vers 31 :* Mère *S // Vers 32 :* Mais, quelle Mère de quel Fils ! *S (la virgule après* Mais *est biffée D) // Vers 33 : la majuscule de* Supplice *surcharge une minuscule S // Vers 35 :* Attendrissant le *remplace* Collaborant au *S // Vers 36 :* « compassion » *S ;* compassion ; *D // Vers 37 :* Elle, *S // Vers 38 :* langueur, *D, 1891 // Vers 39 :* Charité *S // Vers 40 :* Sept Blessures *S ;* cœur ! *S* ; cœur ; *(le point virgule remplace un point d'exclamation biffé) D // Vers 42 :* ouverts *S // Vers 44 :* Seul *S // Vers 45 :* Ceux-là vers *1893 ;* infinie, *1891 // Vers 46 :* colline *remplace* montagne *biffé S ;* Sion, *S, D, 1891 // Vers 47 :* Monteront, *S ;* bénie, *S.*

II

Deuxième partie *S* ; 2 *D*.

I. « Ô mon Dieu, vous m'avez blessé d'amour », p. 151.

Titre : I. Amour. *B // Vers 1 :* Dieu vous *1893 ;* amour, *B, S, D // Vers 2 :* vibrantc. *B // Vers 3 :* Dieu vous *S, 1893 ;* amour ! *B // Vers 4 :* Votre *B ;* Dieu votre *1893 ;* crainte *remplace un mot illisible biffé D ;* frappé, *B // Vers 5 :* est toujours là *B, S ;* tonne. *B ;* tonne *D // Vers 6 :* Votre *B ;* frappé ! *B // Vers 7 :* vil, *S // Vers 8 :* installée. *B ;* installée *D // Vers 11 : la majuscule de* Pain *surcharge une minuscule D ;* table *B // Vers 12 :* Vin ! *B // Vers 13 :* Prenez mon sang *B ;* que je n'ai pas versé, *suit* qui n'a pu *biffé (anticipation du vers 16) D // Vers 14 :* Prenez ma chair *B // Vers 15 :* Prenez mon sang *B ;* versé ! *B ;* versé, *S, D // Vers 16 :* Voici qui *ce dernier mot biffé S ;* qui n'a su que rougir *B // Vers 17 :* Pieds adorables. *B // Vers 18 :* qui n'a su *B // Vers 19 :* travaillé *B // Vers 20 :* rare. *B // Vers 21 :* travaillé ! *B // Vers 22 :* cœur, *S ;* vain *B, D // Vers 23 :* Calvaire *D // Vers 24 :* vain ! *B ;* vain *D // Vers 25 :* voyageurs *B // Vers 26 :* grâce. *B // Vers 27 :* voyageurs ! *B // Vers 29 :* pénitence, *B // Vers 30 :* menteur ! *B // Vers 31 :* erreur *B, S // Vers 33 :* erreur ! *B ;* erreur ; *1893 // Vers 34 :* Hélas ! *1891 ;* – Hélas ! vous Dieu d'amour et de pardon. *B ; la majuscule de* Vous *surcharge une minuscule S, D ;* dieu *remplace* Dieu *(majuscule biffée) D // Vers 35 :* ingratitude *B // Vers 36 :* Hélas ! *1891 ;* Hélas ! vous Dieu d'amour et de pardon *B ;* dieu *remplace* Dieu *biffé S, D // Vers 37 :* dieu [de sainteté] *remplace* Dieu *biffé S // Vers 38 :* Hélas, *S ;* grand abîme *B // Vers 39 :* dieu [de sainteté] *remplace* Dieu *biffé S // Vers 40 :* Hélas, vous Dieu de joie et de bonheur *B ;* dieu *remplace* Dieu *biffé S // Vers 42 :* Hélas ! vous Dieu de joie et de bonheur. *B ;* dieu *remplace* Dieu *biffé S // Vers 43 :* cela, tout cela *B // Vers 45 :*

cela, tout cela ! *B // Vers 46 :* donne ! *B, S // Date :* Juillet 75 *B.*

II. « Je ne veux plus aimer que ma mère Marie », p. 155.

Vers 1 : Marie : *B // Vers 4 :* Saura les allumer *B ;* chérie *D // Vers 5 :* C'est par elle *B ;* ennemis. *B, S // Vers 6 :* C'est pour elle *B ;* C'est pour Elle *M, 1891 // Vers 7 :* sacrifice *M // Vers 8 :* priais elle *B, M ;* la priais *remplace* l'invoquais *biffé S ; la majuscule de* Elle *surcharge une minuscule S // Vers 11 :* Elle abaissa *S, D ;* mains *B // Vers 13 :* C'est pour elle *B // Vers 14 :* C'est par elle *B ;* cinq *1889, 1893 // Vers 15 :* Et tout cet humble effort *B ;* claies *B // Vers 16 :* elle *B ;* elle en ceignit mes reins *remplace* elle les a permis *biffé (reprise du vers 8) M // Vers 18 :* sagesse *1893 ;* Source *B // Vers 19 :* France, *B ;* attendons, *B // Vers 20 :* Inébranlablement, *B ;* patrie *remplace* Patrie *dont la majuscule est biffée S // Vers 22 :* Foi *B, M // Vers 23 :* aimant, *1891 // Vers 24 :* Ciel ? *B, M, 1891 // Date :* Août 75 *B ;* 15 août 75 *M.*

III. « Vous êtes calme, vous voulez un vœu discret », p. 159.

Vers 4 : paraît, *1893 // Vers 9 :* Et *surcharge* Le péch *(anticipation du vers 13) D // Vers 9-12 : une strophe supplémentaire (Barthou) :*

> Pour répondre aux aveux et rendre cent pour un
> Et pour bénir l'amour de votre créature,
> Il vous faut l'effort long, et la lente, et la sûre
> Ascension, bien loin du tapage en commun.

Vers 10 : en *suit un* d *biffé D // Vers 12 :* humbles retirements *D // Vers 14 :* Ô vous qui, nous aimant si fort, parliez si peu ! *D // Vers 15 :* Doit – et peut, *D // Vers 17 :* – un pur *D// Vers 18 :* – des âmes *D // Vers 22 :* secret ! *D // Vers 23 :* timides, *D // Vers 28 :* Sion ; *D // Date :* novembre 1878 *Barthou.*

IV, I. « Mon Dieu m'a dit : Mon fils, il faut m'aimer. Tu vois », p. 163.

III, I *S // Titre :* Final *L, Cel (titre collectif pour les dix sonnets) ;* Final d'un livre intitulé Cellulairement *G // Épigraphe :* « Ivi ad sanguinem Christi ! » (Ste Cath.^e^ de Sienne.) / « Calicem salutaris accipiam » (P. CXV) *G (épigraphes collectives pour les dix sonnets) ;* Ivi ad sanguinem Christi (Sainte Catherine de Sienne.) *Cel (épigraphe collective pour les dix sonnets) // Vers 1 :* JÉSUS m'a dit : Mon *L ;* Jésus m'a dit. Mon *G ;* Jésus m'a dit : *Cel ;* « Mon fils, *Cel, 1889 ;* – Mon fils, M'aimer *G // Vers 2 :* Mon cœur *G // Vers 3 :* Mes *L, G, Cel // Vers 4 :* Mes bras, *G ;* Mes *Cel // Vers 5 :* Mes Mains ! *G ;* Mes *Cel ;* et mes mains, et tu vois la Croix *ajouté dans la marge remplace* le fiel, l'éponge, et tout t'enseigne *biffé (anticipation) L ;* Croix, *G // Vers 6 :* les Clous, le Fiel, l'Éponge, *G // Vers 7 :* aimer en *L ;* Chair *Cel ;* règne *L, D // Vers 8 :* Que Ma chair et Mon sang, Ma parole *L, G, Cel ;* Ma voix ! *G ;* Ma voix. *Cel // Vers 9 :* t'ai-Je *L, G ;* Moi-même *L, G, Cel // Vers 10 :* Ô Mon frère en Mon Père, ô Mon fils *L, G, Cel // Vers 11 :* n'ai-Je *L, G // Vers 12 :* suprême, *G, Cel, S // Vers 13 :* n'ai-Je *L, G // Vers 14 :* Me cherches *Cel ;* suis ? » *Cel, 1889.*

IV, II. « J'ai répondu : Seigneur, vous avez dit mon âme », p. 165.

Vers 1 : J'AI *L ;* « Seigneur, *Cel, 1889 ;* – Seigneur, *1891 ;* Vous *L, G, Cel ;* âme *G // Vers 2 :* Vous cherche *L, G, Cel ;* Vous trouve *L, G, Cel ;* pas, *L // Vers 3 :* Vous *L, Cel ;* aimer ? *G // Vers 4 :* Vous, *G ;* une flamme ! *G ;* flamme, *S, D // Vers 5 :* Vous la *D ;* réclame *G // Vers 7 :*

Vos *L, G, Cel ;* pas *G, S, D // Vers 8 :* De mes genoux sanglants d'un *L, G ;* De ces genoux sanglants d'un *Cel // Vers 9 :* pourtant, *S ;* Vous *L, G, Cel // Vers 10 :* Votre *L, G, Cel ;* honte. *S // Vers 11 :* Mais Vous *L, Cel ;* ô Vous, *G ;* ô Vous *L, Cel ;* monte ! *L, S // Vers 12 :* Vous *L, G, Cel // Vers 13 :* Vous, *L, G ;* Vous *Cel ;* lumière, *G // Vers 14 :* paupière – *G ;* paupière. *S, 1891 ;* paupière ! » *1889.*

IV, III. « – Il faut m'aimer ! je suis l'universel Baiser », p. 165.

Vers 1 : M'aimer. *L ;* M'aimer, *G ;* M'aimer ! *Cel ;* baiser, *L ;* baiser ! *G // Vers 2 :* paupière, *G // Vers 4 :* Moi toujours. *L ;* Moi, *G ;* Moi *Cel // Vers 5 :* Oui ! Mon *G ;* Mon *Cel ;* monte, *S ;* biaiser, *S // Vers 7 :* lièvre *L, S, D // Vers 9 :* Ma *L, G, Cel ;* Mon *L, G, Cel // Vers 10 :* brume ! *1891 // Vers 12 :* Aime-Moi ! *G, Cel ;* ces *L ;* Mes Verbes *L, G, Cel ;* suprêmes *L // Vers 13 :* Car, *L, G, S ;* Je *G ;* peux *surcharge un autre mot G ;* vouloir *G, S // Vers 14 :* Je *G ;* pouvoir *G, S ;* M'aimes ! *L, G, Cel.*

IV, IV. « – Seigneur, c'est trop ! Vraiment je n'ose. Aimer qui ? Vous ? », p. 167.

Vers 1 : c'est trop. *L, S ;* VOUS ! *S // Vers 2 :* Ô non ! *L, G, S ;* Vous aimer, *Cel ;* Ô Vous aimer ! *L, G ;* Ô vous aimer ! *S ;* aimer je *1889, 1891 // Vers 4 :* trois vents *L, G, Cel, S, D ;* ô Vous tous *L, D, 1891 // Vers 5 :* Saints *S ;* vous *1893 // Vers 6 :* De Judas, Vous, la chaste Abeille *L, G, Cel ;* Vous la *1891 // Vers 7 :* mi-close *remplace* jalouse *biffé S ;* mi-close *G // Vers 8 :* moi, moi pouvoir vous aimer, êtes-Vous fous*, [*note :* * « Dieu nous a aimé jusqu'à la folie ! » (Saint augustin)] *L ;* Quoi ! moi ! moi pouvoir Vous aimer ? *G ;* moi moi pouvoir *D (le deuxième mot ajouté en marge) ;* moi, moi pouvoir *1889 ;* moi, moi pouvoir Vous *1891 ;* Êtes-Vous *Cel //* Vers *9 :* ce pécheur-ci ! Ce lâche !

L, S ; Moi ? ce pécheur-ci ? *G // Vers 10 :* superbe qui *G, S // Vers 12 :* ouïe et *G ;* être, hélas ! *L, S ;* hélas, *D // Vers 13 :* espoir, *L :* remords, *L ;* remords – *1891 // Vers 14 :* s'embrase ! *L, G, S, D.*

IV, v. « – Il faut m'aimer. Je suis Ces Fous que tu nommais », p. 169.

Vers 1 : M'aimer. *Cel ;* M'aimer ! *G ;* nommais. *L // Vers 2 :* homme *D // Vers 3 :* Ta Memphis, ton Paris, et ta Sparte, et ta Rome, *L ;* Ta Sparte, ton Paris, ta Memphis et ta Rome, *G ;* ta Sparte, ta Sodome, *Cel // Vers 7 :* parfum, et c'est le Déluge *G ;* parfum – *1891 // Vers 8 :* Je *L, G, Cel ;* semais *S // Vers 9 :* Je *G, Cel ;* dressée, *L // Vers 10 :* que, *L, G ;* Miracle *L // Vers 11 :* Moi *L, Cel ;* dompté ! *G // Vers 12 :* Aime ! Sors de ta mort ! Aime ! C'est Ma *G ;* Sors de ta mort. *L, S ;* Ma *Cel // Vers 13 :* délaissée *D // Vers 14 :* M'aimer, Moi Seul, Qui suis resté ! *G ;* M'aimer, Moi *L, Cel ;* Qui *L.*

IV, vi. « – Seigneur, j'ai peur. Mon âme en moi tressaille toute », p. 171.

Vers 1 : le point après peur *remplace un point virgule biffé D // Vers 2 :* sens *remplace un autre mot biffé L ;* Vous *G, Cel ;* aimer : mais *S, D // Vers 3 :* ceci *Cel, S ;* ô mon Dieu, Votre *L, G, Cel ;* ô Vous Dieu, *S, D ;* ô mon Dieu, *1889 ;* ô Vous, Dieu, *1891 // Vers 4 :* vertu des saints *L ;* vertu des Saints *G ;* bonté des saints *Cel ;* bons *remplace* saints *biffé D // Vers 7 :* vers moi *L, G, Cel ;* en moi *D // Vers 8 :* je Vous dis : *Cel ;* de Vous *L, G, Cel, S, D// Vers 9 :* Votre *G, Cel // Vers 10 :* malade ! *L ;* malade –... *G ;* malade !... *S // Vers 12 :* jour pouvoir *L // Vers 13 :* Votre sein, sur Votre cœur *L, G, Cel // Vers 14 :* Apôtre ? *L, G, S.*

IV, VII, 1. « – Certes, si tu le veux mériter, mon fils, oui », p. 171.

Vers 1 : Mon Fils, oui ! *L ;* Mon fils, oui. *G ;* Mon *Cel ;* fils ; oui. *D ;* oui. *S // Vers 2 :* voici : *L // Vers 3 :* cœur, *L ;* Mon *L, Cel ;* Église, *G // Vers 4 :* épanoui ! *G // Vers 5 :* Mon oreille, *L, G ;* Mon *Cel // Vers 6 :* franchise, *L // Vers 7 :* Dis-Moi *G, Cel ;* tout, *S ; le début de* reprise *surcharge un autre mot G // Vers 8 :* M'offre *L, G, Cel // Vers 9 :* Puis, franchement et bonnement, *G ;* simplement, *L ;* Ma *L, Cel ;* Ma Table, *G (les majuscules surchargent des minuscules) ;* Table. *S ; la majuscule de* Table *surcharge une minuscule D // Vers 10 :* Je *G ;* Repas *L, G // Vers 11 :* Ange *L, G // Vers 12 :* Vigne *L ;* Vin de la Vigne *G // Vers 14 :* immortalité ! *L.*

IV, VII, 2. « Puis, va ! Garde une foi modeste en ce mystère », p. 173.

Vers 1 : PUIS *L ;* Puis va ! *S ;* Mystère *L // Vers 2 :* Je *L, G, Cel ;* quoi *surcharge* qui *S // Vers 3 :* Ma *L, G, Cel ;* maison *L, G, S // Vers 4 :* Qui *L, G // Vers 5 :* Au Pain, *G ;* Qui *L, G ;* trahison *D // Vers 6 :* Mon *L, G, Cel ;* Ma Mère *Cel ;* Ma mère *L, G (la majuscule surcharge une minuscule), S ;* ma mère *1889 // Vers 7 :* accordé dans *G (*dans *surcharge un autre mot) // Vers 11 :* – Enfin, *S ;* pareil à Moi *L ;* Moi *G, Cel // Vers 12 :* Pilate, *S // Vers 13 :* Judas, *D ;* pareil *remplace* sembl[able] *biffé G ;* toi, *S // Vers 14 :* souffrir, *L, G, S, D ;* scélérate. *1891.*

IV, VII, 3. « Et pour récompenser ton zèle en ces devoirs », p. 175.

Vers 2 : doux, *S ;* délices *L, G // Vers 3 :* Mes prémices, *L, G ;* Mes *Cel ;* prémices : *S ;* mes délices : *D // Vers 4 :* Mes *L, G, Cel // Vers 5 :* espoirs, *L // Vers 6 :* selon Ma promesse, *L, G, Cel // Vers 7 :* glisse *L, S // Vers 8 :* Angélus *L, G, S ;* noirs ; *(le point virgule remplace une virgule biffée) D // Vers 9 :* Assomption *L ;* Ma *L, G, Cel // Vers 10 :* Ma *L, G, Cel // Vers 11 :* Mes *L, G (la majuscule surcharge une minuscule), Cel // Vers 12 :* Extase *G ;* perpétuelle, *L ;* Science, *G // Vers 13 :* Moi, parmi l'immense irradiance *L, G, Cel // Vers 14 :* souffrances enfin *L ;* Miennes, que J'aimais ! *L, G, Cel ;* miennes ! – que *S ;* miennes ! *D.*

IV, VIII. « – Ah ! Seigneur, qu'ai-je ? Hélas ! me voici tout en larmes », p. 177.

Vers 1 : – AH ! *L ;* – Ah, *S, D ;* Seigneur ! *G ;* Hélas me *L ;* Hélas, *S, D // Vers 2 :* extraordinaire. Votre *L, G ;* Votre *Cel // Vers 3 :* du mal et du bien *L // Vers 4 :* Et le bien et le mal, *L ;* Et le mal *remplace* Et la joie *ce dernier mot biffé S ;* charmes ; *L ;* charmes, *G // Vers 8 :* alarmes ! *L, G // Vers 9 :* choisi. *L, G // Vers 10 :* Votre clémence. *L, Cel ;* votre clémence, *L, D ;* Votre clémence... *G // Vers 11 :* Ah, *S, D ;* Et j'aspire en tremblant, encor qu'un trouble immense *biffé et remplacé par la leçon originale D (anticipation) ;* voici, *1891 // Vers 13 :* Votre *L, G, Cel // Vers 14 :* j'aspire *L ;* tremblant... *L, S, 1891 ;* cela. *G // Date collective :* Mons, 16 janvier 1875. S[ie] de pr[n]. *Cel.*

III

Troisième partie *S ;* 3 *D.*

I. « Désormais le Sage, puni », p. 181.

Vers 3 : infini *S // Vers 12 :* regarder la mer *S // Vers 15 :* opéra *D // Vers 18 :* L'orgueil qui *D // Vers 20 :* – Ce passé ! – *S ;* fleuve, *S, D // Vers 29 :* exclusif *D.*

II. « Du fond du grabat », p. 185.

Titre : Via dolorosa *Cel // Épigraphe :* Scuto circumdabit te veritas ejus : non timebis a timore nocturno, a sagittá volante in die, a negotio perambulante in tenebris, ab incursu et dœmone meridiano... (Ps. 90) *Cel // Vers 3 :* l'hiver *remplace* le soir *biffé S, D // Vers 5 :* cette idée *ligne biffée D // Vers 10 : chaque strophe est suivie d'une ligne de points Cel //* dieu *suit un* D *majuscule biffé D // Vers 12 :* rempart *suivi d'une virgule biffée D // Vers 15 :* Meuse *remplace* rue *biffé D // Vers 16 :* route *suit un mot commençant par* g *biffé D // Vers 21 : pas de guillemets D // Vers 25 :* Ô tes *Cel, S // Vers 29 :* Ô ton *S // Vers 30 : pas de guillemets D // Vers 35 :* – Les pas *S // Vers 39 :* – Voyageur *D // Vers 46 :* intime. *D // Vers 49 :* Ô fuis *Cel, S ;* Chimère : *Cel ;* chimère : *les deux points remplace un point d'exclamation biffé D // Vers 51-60 : cette strophe n'est pas dans Cel // Vers 52 :* flatte *S // Vers 53 :* la tête *1889, 1893 // Vers 57 :* peut sans *S, D // Vers 58 :* terre *S // Vers 59 :* Ah pourtant, *D // Vers 63 :* bon cœur *Cel ;* grand *remplace* bon *biffé D // Vers 64 :* Nourrice fidèle *Cel // Vers 68 : points de suspension finals biffés D // Vers 69 :* Le mer sur qui prie *Cel ;* Grondeuse *remplace* La mer *biffé // Vers 70 :* La Vierge Marie. *Cel // Vers 71 :* savoir, *S, D // Vers 72 :* ton âme *remplace* ta flamme *biffé (anticipation du vers 73) D // Vers 83 :* D'ailleurs le *S, D // Vers 84 :* messie *remplace* Messie *biffé S // Vers 86 : anticipation du vers suivant, biffé et remplacé par* Depuis *S // Vers 90 :* grève. *S // Vers 91 :* Vas ! en attendant *Cel // Vers 92 :* proche, *S // Vers 93 :* prudent, *S, D // Vers 96 :* main *remplace* guide *anticipé et biffé S // Vers 99 :* courage *D // Vers 101-110 : une strophe différente dans Cel :*

Du verre et du fer,
Des murs et des portes ;
Les rigueurs accortes
D'un adroit enfer :
Comme on agonise
Doucereusement !
Un parfait tourment
Qu'on souffre à sa guise !
La captivité
Dans l'édilité !

Vers 103 : à *remplace* dans *biffé D // Vers 106 :* Le lys *S ;* blanc, *1893 // Vers 113 : point d'exclamation final biffé D // Vers 114 :* tête. *S ;* tête *D // Vers 116 :* ton âme *remplace* la tête *biffé S // Vers 123 :* Mais j'ai *S // Vers 125 : la virgule finale remplace un point d'exclamation biffé D // Vers 127 :* démon, *S, D // Vers 128 :* veux *surcharge* vous *S ;* point *remplace* plus *biffé S, D // Vers 130 :* loin ! » *S // Vers 132 :* autrefois *S // Vers 134 :* route ? » *S // Vers 135 :* Cette fois, *Cel ; le vers manque dans S, D // Vers 136 :* – Laisse *S (tiret biffé D) // Vers 139 :* Ah, *S ;* Ah plutôt *D // Vers 140 :* folie, *S, D // Vers 141-150 : cette strophe n'est pas dans Cel // Vers 141 :* Ah surtout, surtout, *S, D // Vers 142 :* Douceur patience *S // Vers 143 :* nuance *D // Vers 148 :* pauvre *remplace* humble *biffé D // Vers 151 :* Ah ! plutôt, terrasse *Cel ;* Ah, surtout terrasse *S, D // Vers 154 :* Abel. *Cel, D // Vers 156 :* Par le repentir *S ;* Dans *remplace* Par *biffé D // Vers 158 :* pensée, *Cel // Vers 159 :* dessus. *D // Vers 160 :* Jésus *Cel // Date :* Mons, Juin, Juillet 1874. *Cel.*

III. « L'espoir luit comme un brin de paille dans l'étable », p. 197.

Titre : Été *L (deuxième poème de la série* Mon almanach pour 1874)*, Richer ; deuxième poème de la série* Almanach pour l'année passée *Cel ;* Fin d'été *M // Vers 1 :* L'Espoir *S ; virgule biffée après* luit *D // Vers 2 :* crains remplace crois *biffé D // Vers 3 :* Vois ! Le *Richer ;* trou... *Richer // Vers 4 :* Que ne t'asseyais-tu, *L, M ;* t'endormais-tu le coude *Richer // Vers 5 :* pâle ! Au *M ;* glacé *S // Vers 6 :* Puis, dors, après. *L ;* reste *L // Vers 7 :* les songes de ta sieste *M // Vers 8 :* enfant glacé ! *M // Vers 9 :* Rassure-toi. De grâce, *L ;* Midi sonnent ! *Cel ;* Midi sonnent. *Richer, M, S, D ;* De grâce éloignez-vous, Madame *remplace* J'ai fait arroser dans la chambre *(anticipation du vers 12) D ;* Madame : *Cel ;* madame : *M ;* Madame, *S // Vers 10 :* Il dort, et c'est affreux comme *L, Cel ;* Il dort et c'est affreux comme *Richer // Vers 11 :* aux cerveaux *L ;* Répondent *surcharge* Résonnent *Richer ;* Répondent au cerveau *Cel // Vers 12 :* Midi sonnent ! *L, Cel ;* Midi sonnent. *Richer, M, S, D ;* chambre, *1891 // Vers 13 :* Midi ! L'espoir *L ;* Il dort. L'espoir *Richer ;* Il dort ! L'espoir *Cel // Vers 14 :* Ah ! *L, Richer, 1891 ;* – Ah ! *Cel ;* Septembre ? *Richer, S ;* septembre ? *Cel // Date :* Br. Septembre 1873 *Cel (date collective) ;* Brux. 7bre 1873 *M.*

IV. « Je suis venu, calme orphelin », p. 199.

Titre : La Chanson de Gaspard Hauser *Cel, M, Richer ; Verlaine a biffé les trois premiers mots de* La Chanson de Gaspard Hauser *et ajouté* chante *S ;* chante*. D ; pas d'indication 1891 // Vers 2 :* seuls *remplace* grands *biffé Richer // Vers 7 :* femmes ! *VP // Vers 9 :* roi, *M, S // Vers 10 :* très brave, *M // Vers 15 :* – Ô *Richer ;* profonde ; *1891 // Vers 16 :* Gaspard. *Richer // Date :* Br., août, 1873. *Cel ;* Brux. Août 1873 *M.*

V. « Un grand sommeil noir », p. 201.

Titre : Berceuse *Cel, M // Épigraphe :* « Pero non mi destar : deh ! parla basso » (Michel-Ange) *Cel // Vers 1 : virgule finale biffée D // Vers 2 :* vie *M // Vers 3 :* Espoir, *M, S // Vers 4 :* Envie ! *M, S // Vers 5 :* rien. *S // Vers 7 :* bien. *M ;* bien...... *D // Vers 8 :* Oh ! la *D // Vers 11 :* caveau... *S, 1891 // Vers 12 :* Silence ! Silence ! *M // Date :* Br. Le 8 août 1873. *Cel ;* Brux. Le 8 août 1873. *M.*

VI. « Le ciel est, par-dessus le toit », p. 203.

Vers 2 : Si beau, si calme. *S // Vers 3 :* arbre *surcharge un autre mot* (*peut-être* ciel) *S ;* toit, *1891 // Vers 4 : point d'exclamation final biffé D // Vers 5 :* cloche dans *1889, 1893 // Vers 9 :* là, *1889, 1891, 1893 // Vers 12 :* ville ! *S // Vers 13 :* Qu'as-tu *S.*

VII. « Je ne sais pourquoi », p. 205.

Titre : Sur les eaux *Cel ;* Sur la Mer *M // Vers 3 :* mer *S ;* mer, *1889, 1891, 1893 // Vers 5 :* effroi, *M // Vers 6 :* Mon esprit *S ;* flots : Pourquoi ? Pourquoi ? *Cel ;* flots : pourquoi, *M, S, (les deux points remplace un point d'interrogation biffé D) // Vers 7 :* mélancolique, *M, S, 1891 ;* mélancolique *D // Vers 11 :* mélancolique ! *M ;* mélancolique *D // Vers 12 :* soleil, *M // Vers 13 :* liberté *M, S, D // Vers 14 :* Un instinct la berce *M ;* esprit *surcharge* instinct *S ;* Un esprit la guide *D ;* immensité *S // Vers 16 :* vermeil *surcharge un autre mot M // Vers 17 :* demi-sommeil *S, D // Vers 19 :* pilote, *1891 // Vers 20 :* de l'eau *surcharge* du vent *M // Vers 21 :* plonge et *M // Vers 22 :* Revole et *S ;* crie... *S // Vers 25 :* mer... *S // Vers 26 :* cher *S, D // Vers 27 :* effroi *M, S, D, 1891 // Vers 28 :* mon amour le cherche *Cel ;* flots : pourquoi, *(les deux points remplacent un point) D // Date :* Brux. Juillet 1873 *Cel, M.*

VIII. « Parfums, couleurs, systèmes, lois », p. 209.

Vers 2 : poules *S ;* poules ; *D // Vers 3 :* Chair *1893 ;* Croix. *S ;* Croix ; *D // Vers 6 :* foules, *D // Vers 8 :* Calice *S, D // Vers 9 :* Vin, *S // Vers 10 :* Femme, *S // Vers 14 :* Nous, les damnés, et vous, *S ;* Nous, les damnés et vous, *D.*

IX. « Le son du cor s'afflige vers les bois », p. 211.

Titre : Air de chasse *Richer // Vers 4 : suit un vers biffé et illisible Richer // Vers 6 :* décline, *Richer, 1893 // Vers 7 :* câline, *Richer // Vers 9 :* assoupie, *S // Vers 11 :* sanguinolent *Richer // Vers 12 :* automne *D, Richer // Vers 13 : virgule biffée après* doux *D // Vers 14 :* lent *D.*

X. « La tristesse, la langueur du corps humain », p. 213.

Vers 2 : m'apitoient. *S // Vers 3 :* Ah, *S ;* foudroient *S // Vers 5 :* demain *S // Vers 8 :* chemin ! *S ; point d'exclamation biffé remplacé par une virgule D // Vers 9 :* poing ! *S ; point d'exclamation biffé remplacé par une virgule D // Vers 10 :* encor ! *S ; point d'exclamation biffé remplacé par une virgule D // Vers 11 :* décor ! *S ; point d'exclamation biffé remplacé par une virgule D // Vers 14 :* faible, *S ; le point d'exclamation final remplace un autre signe biffé et illisible D.*

XI. « La bise se rue à travers », p. 215.

Titre : Printemps *L (premier poème de la série* Mon almanach pour 1874*) ; premier poème de la série* Almanach pour l'année passée *Cel // Épigraphe :* « Πειθωμετα νυκτι μελαινη » (Homère.) *Cel // Vers 3 :* éparpillée, *1889, 1893 // Vers 4 :* ensoleillée ? *L ; le vers est suivi d'un blanc Cel // Vers 5 :* bois *L ;* auprès des bois, *D // Vers 6 :* voix *L // Vers 8 : suivi d'un blanc Cel // Vers 11 :* Qu'à chaque instant le vent retrousse. *L ; le vers est suivi d'un blanc*

Cel // Vers 13 : talons : *D // Vers 14 :* « Voici l'avril ». Vieux cœur, allons ! *L ;* Voici l'Avril ! vieux cœur, allons ! *Cel ; le poème se termine pas ce vers L, Cel // Date :* Br. Septembre 1873 *Cel (date collective).*

XII. « Vous voilà, vous voilà, pauvres bonnes pensées », p. 217.

XI *S // Vers 5 :* toutes ! Mais *S ;* bien *remplace* mal *biffé D // Vers 6 :* Bien *suit* Mais *biffé D // Vers 7 : le point final remplace un deux points biffé D // Vers 8 :* gauche ; *S // Vers 10 :* une *D // Vers 11 :* là les *D // Vers 13 :* file. Il *D // Vers 15 :* simplement, *S ; un blanc entre les vers 15 et 16 S, D ; l'appel de note est biffé et repris en tête du vers 10 D // Vers 16 :* – Ô mes brebis, votre berger, ce n'est pas moi, *S ;* ô *remplace* notre *biffé D // Vers 17 :* C'est un meilleur, c'est un plus grand, *S ; virgule finale biffée D // Vers 18 : virgule biffée après* Lui *D // Vers 20 : sur une seule ligne S // Vers 22 :* par nos chemins, *S, D ;* fidèle ! *S.*

XIII. « L'échelonnement des haies », p. 219.

III *S // Titre :* Paysage en Lincolnshire *L ;* Paysage en Lincolnshire, de mémoire *Barthou // Vers 2 :* Moutonne *remplace* Montent *biffé D // Vers 4 :* baies ; *S ;* baies *surcharge* haies *D // Vers 8 :* poulains ; *S // Vers 9 :* dimanche *L, S // Vers 12 :* blanche ; *S ;* laine *remplace* neige *biffé D // Vers 14 :* L'onde, en de lentes volutes, *L, S // Date :* (Stickney 75) *S ;* juillet 1877 *Barthou.*

XIV. « L'immensité de l'humanité », p. 221.

XIII *S // Vers 2 :* temps *S ; la majuscule surcharge une minuscule D // Vers 2 :* bon père *remplace* prospère *biffé (anticipation du vers 3) D // Vers 3 :* prospère, *S, D // Vers 6 :* l'homme du jour. *S, D // Vers 8 :* alentour

D // Vers 11 : Ô, *S ;* Oh ! *D ;* préparé, *S, D // Vers 12 :* église *remplace* Église *biffé D // Date :* (Londres – 75-77) *S.*

XV. « La mer est plus belle », p. 223.

XVI *S // Titre :* La mer de Bournemouth *L, Barthou // Vers 5 :* La Mer *L ;* La mer, *S // Vers 8 :* doux : *S // Vers 10 :* son courroux. *L ;* courroux... *S ;* courroux *D // Vers 13 :* Ô que patiente *L ;* Ô si patiente *S ;* patiente *D ;* Ô ! *1889, 1893 // Vers 16 :* vague et *L ;* chante *D // Vers 17 :* Vous sans espérance *L // Vers 18 :* souffrance ! *L // Vers 19 :* Et puis, *L, S (virgule biffée D) // Vers 20 :* clairs *D // Vers 22 :* verts ; *L // Date :* (Bournemouth. 77.) *S ;* juin 1877 *Barthou.*

XVI. « La “grande ville”. Un tas criard de pierres blanches », p. 225.

XV *S // Vers 1 :* « grande ville » ! – Un *S // Vers 2 :* conquis. – *S // Vers 5 :* Des odeurs. Des bruits vains. *S, D ;* cœur *D // Vers 7 :* coupable, *S // Vers 9 :* de loin le *D ;* Thébaïde *S (majuscule biffée D) // Vers 11 :* âpre, *D ;* aussi *S // Vers 12 :* âme *remplace un mot biffé illisible D // Date :* (Paris 77.) *S.*

XVII. « Tournez, tournez, bons chevaux de bois », p. 227.

Vers 6 : Le gâs *D // Vers 7 :* pose *D // Vers 9 :* cœur, *D // Vers 23 :* encore, *D // Vers 27 :* ronds, *D // Vers 32 :* De *surcharge* Les *D.*

XVIII. « Parisien mon frère à jamais étonné », p. 231.

XVI *S // Vers 1 :* Parisien, *S, D, 1893 // Vers 3 : encadré par des tirets D // Vers 4 :* perspective inconnue *1893 ;* « théâtre », *S ;* « au théâtre », *D // Vers 5 :* ombre *suit le début d'un mot biffé D // Vers 7 :* Là, nous *remplace* Là ! Nous *D ;* « placés » *S // Vers 8 :* « décor » *S ;* éloge : *S (un point remplace les deux points D) // Vers 9 :* énorme *surcharge* immense *S // Vers 11 :* même, *D // Vers 19 :* que de Montmartre *S, D, 1889, 1893 // Vers 20 :* plaie, *S ;* dartre, *S // Vers 21 :* Pantin !) *D // Vers 22 :* – Donc, *D ;* thym, *1893 // Vers 23 :* rivière *S // Vers 24 :* peupliers dans *S // Vers 25 :* rue : *S // Vers 32 :* ennui *remplace* long spleen *biffé S // Vers 35 :* – Des *S // Vers 36 : la majuscule d'*Histoire *surcharge une minuscule S // Vers 37 :* balcons ; *S// Vers 39 :* famille. – *S // Vers 40 :* calme ; *S ;* fourmille *S // Vers 41 :* « Le Théâtre » *S ;* « fait four » et *S // Vers 42 :* « Le Journal » *S ;* « bouillons » ; *S // Vers 43 :* noblesses *S // Vers 44 :* « se gobe » *S ;* drôlesses, *S // Vers 47 :* Progrès *S // Vers 48 :* superbe, *1889, 1893 // Vers 49 :* Raison *S ;* la Foi des aïeux, *S // Vers 51 :* route ! *S, 1889, 1893 // Date :* (Arras, 77.) *S.*

XIX. « C'est la fête du blé, c'est la fête du pain », p. 235.

XVII *S // Vers 2 :* d'autrefois, *S (la virgule est biffée D) // Vers 7 :* travaux *S // Vers 11 :* imperturbablement, *S // Vers 12 :* sucrer, *1891 ;* – là-bas ! – *S // Vers 15 :* divin... *S, D // Vers 16 :* – vendangeurs là-bas ! – *S, D ;* bonne *1891 // Vers 18 :* Fruits *S // Date :* (Fampoux 77.) *S.*

Dossier

RÉCEPTION DE L'ŒUVRE

Verlaine (en bas, à gauche) sous la protection de Notre-Dame de Rethel. Dessin d'Ernest Delahaye (1877).

1. Paul Verlaine, prière d'insérer de *Sagesse*, 1880 [1].

Nous annonçons avec plaisir la publication d'un volume de vers, paru chez l'éditeur Palmé. L'auteur, M. Paul Verlaine, déjà connu dans le monde des lettres par des livres qui ont eu un vif succès auprès des amateurs de la vraie poésie, donne, cette fois, une note toute nouvelle. Sincèrement et franchement revenu aux sentiments de la foi la plus orthodoxe, il applique aujourd'hui son vigoureux talent à traiter des sujets chrétiens. D'ailleurs rien de banal dans ces poésies où se trouvent agités les problèmes les plus subtils de l'âme et de la conscience. Par instants, des cris d'indignation s'échappent de son cœur catholique à la vue de ce que nous devons subir en ces temps malheureux. Mais la forme, toujours savante, conserve à l'ouvrage le ton hautement littéraire qui lui assure un grand succès de bon aloi.

---

1. Écrit par Verlaine et non signé, il a été inséré dans une trentaine de journaux et périodiques de tendance catholique, pour la plupart édités en province, tels que *La Vraie France, Le Conciliateur de Tarascon et de Beaucaire, Le Citoyen de Marseille, Le Pas-de-Calais*, etc. (voir E. Delahaye, *Verlaine*, Paris, Messein, 1923, p. 301, pour qui Verlaine rédigea « très mal, avec une modestie déplorable, en un langage ultra-prudent » cette annonce pour *Sagesse*).

2. Paul Verlaine, compte rendu de *Sagesse* préparé pour *Le Triboulet*, 1880 [1].

Sagesse, par Paul Verlaine, 1 vol. chez Palmé, 76 rue des Saints-Pères. Prix : 3 fr.

Nous sommes en retard avec ce livre remarquable. La politique et ses nécessités portent préjudice à la littérature un peu partout, même chez *Triboulet*, qui du moins fait tout son possible pour tenir ses lecteurs au courant des plus importantes nouveautés.

Aussi bien le volume de M. Paul Verlaine a, comme on dit, le temps d'attendre. D'abord il est en vers, et cette forme, au-dessus des fluctuations de la mode et des caprices parfois injustes du « *public qui lit tout* », lui concilie la clientèle des patients, des amateurs, des lecteurs solides et fidèles. Puis le mérite considérable du livre l'assure contre l'inattention éventuelle du moment, et viendra toujours à bout de l'indifférence d'une époque peu propice aux choses élevées de l'esprit. Les indifférents, ces « opportunistes » de la littérature passent ; les convaincus, les obstinés et les vaillants demeurent et forcent l'attention des esprits sérieusement épris d'art et de pensée. Un examen, que le manque d'espace nous force à restreindre bien à regret mettra le lecteur à même de tomber d'accord avec nous sur le grand talent de M. P. Verlaine, – qui d'ailleurs n'est pas un débutant, mais a déjà, il y a une douzaine d'années, publié trois

---

1. Écrit par Verlaine et non signé, il était destiné au journal catholique *Le Triboulet*, où il ne fut pas publié. Le 9 août 1881, Verlaine se plaint auprès de Delahaye et lui demande de passer au *Triboulet* : « Représenter que moi abonné, désirerais article sur *Sagesse*, qu'envoyé 2 exemplaires déjà au journal » (*Corr.*, p. 724). Le manuscrit de cet article est reproduit dans le catalogue de la *Bibliothèque de M. Louis Barthou*, seconde partie, Paris, Blaizot et fils, 1935, p. 205-206.

volumes qui lui ont valu parmi les Parnassiens et à la tête de l'école qui s'en est suivie, un rang considérable.

La nouvelle tentative poétique de M. P. Verlaine confirme toutes les qualités déjà connues de l'auteur : science consommée du vers, langue d'une haute correction, parfois d'une curieuse érudition, énergies superbes et grâces exquises. Le ton du livre est des plus élevés : il s'y débat de précieuses questions psychologiques ; un coin même de vie privée s'y révèle, mais chastement recouvert d'ardente charité et des plus délicats sentiments. Trois ou quatre poèmes, sans que l'auteur veuille se lancer dans la polémique, toujours diminuante pour un poète, témoignent de ses fières convictions catholiques et monarchiques, – convictions d'autant plus fermes que M. Verlaine *a profité* du moment présent pour répudier un républicanisme d'ancienne date, éprouvé par les disgrâces et les proscriptions, « au temps chaud », – et des idées antichrétiennes qui lui seraient d'un si bon rapport littéraire aujourd'hui. Mais Gambetta l'a dégoûté, Paul Bert [1] l'a écœuré, – ou pour mieux parler, Dieu lui a ouvert les yeux et il a consacré son beau talent à la louange et à la défense de la bonne cause si honteusement persécutée. Honneur à ce converti de la dernière heure, celle du courage et du patriotisme.

Voici un extrait de *Sagesse* qui plaidera mieux que toute analyse la cause de cet excellent poète et de ce bon réactionnaire auprès des lecteurs ordinaires et extraordinaires de *Triboulet*. On va deviner que ce poème s'adresse aux saintes victimes des deux grotesques Jules et du seul mais odieux Léon [2].

---

1. Paul Bert (1833-1886) sera ministre de l'Instruction publique du cabinet Gambetta en 1881. Mais c'est au physiologiste libre penseur et anticlérical que songe ici Verlaine. **2.** Jules Ferry, Jules Grévy, Léon Gambetta.

Vous reviendrez bientôt les bras pleins de pardons
etc. (Verlaine cite I, XIV ; ici p. 117).

3. Jules Claretie, compte rendu de *Sagesse*, 14 décembre 1880 [1].

La Nouvelle Athènes perd un de ses causeurs, *Le Rat mort* (qu'eût dit de ce nom M. de Sacy ?) voit s'enfuir un de ses caractères.

Peut-être verra-t-il, en revanche, apparaître et rôder bientôt de son côté un revenant des plus singuliers, un *parnassien* qui connaît bien ce quartier, un rimeur à demi oublié que nous avons connu jadis exaspéré et paroxyste et qui revient – Paul Féval du Parnasse – couvert d'un cilice, converti, repentant « des haïssables mœurs qu'il a pratiquées » dit-il, et se donnant dans un volume de vers nouveaux, comme « le dernier en mérite des fils de l'Église ». C'est M. Paul Verlaine.

On peut dire que celui-là fut une effroyable victime du paradoxe. À la veille de l'entrée des Allemands dans Paris, cet affolé de Richard Wagner disait, d'un ton flegmatique et convaincu :

– Enfin ! nous allons donc entendre de la bonne musique !

Il avait, sur *Marat*, commencé un poème qui débutait par ce vers, récité volontiers par son auteur, d'un ton souriant :

Jean-Paul Marat, l'Ami du peuple, *était très doux...*

---

1. Publié dans *Le Temps,* dans la rubrique « La vie à Paris ». Jules Claretie (1840-1913), journaliste, romancier et dramaturge, fut président de la Société des gens de lettres, administrateur de la Comédie-Française et académicien. Claretie connaissait Verlaine depuis la fin des années 1860.

Un beau jour, M. Verlaine disparut. Que devint-il ? Il est rentré à présent en scène avec un volume édité par le libraire des Bollandistes et intitulé *Sagesse*. Des effusions de charité après ces *Poèmes saturniens*, où l'on raillait M. Joseph Prudhomme ! Des cantiques après ces parodies ! Jean-Paul Marat et l'Agneau Pascal ! Voilà un des *cas* littéraires les plus étonnants que j'ai rencontrés jamais, dans ce Musée pathologique des gens de lettres, où, parmi nos cérébraux, les *cas* extraordinaires ne manquent pas – malheureusement.

Ce dernier livre pieux de M. Verlaine est ce qu'on peut appeler une excentricité. Mais nous n'en sommes plus à compter les bizarreries.

4. Paul Verlaine, lettre à Jules Claretie du 8 janvier 1881 [1].

Mon cher Claretie,

Le plus grand des hasards m'a mis sous les yeux l'article du *Temps* dans lequel vous voulez bien vous occuper de moi et de mon livre : *Sagesse*. Je vis à la campagne toute l'année et n'y reçois, en outre d'une feuille du département, qu'un journal hebdomadaire anglais. Ce n'est donc que sur le tard que je puis venir vous remercier des lignes, un peu bien narquoises par places, que vous m'avez consacrées dans ladite chronique.

Permettez-moi de rectifier, *entre nous*, certains détails et de m'insurger doucement contre quelques allégations.

Que j'aie proféré en 1871 la férocité musicale dont il s'agit, c'est possible, bien que je ne m'en souvienne pas : on dit tant de choses quelquefois pour amuser la galerie, ou pour l'irriter ; ou pour rien ! Le mieux, l'idéal, serait d'être un discret ou un réservé, et c'est à quoi je crois être arrivé

1. *Corr.*, p. 682-683.

de prime saut aujourd'hui que me voici, un absent. Là où on n'est pas, du diable si la pose ne perd pas ses droits !

Je tiens néanmoins à vous rappeler que j'ai fait mon devoir pendant le siège, et vous-même m'avez vu sous les armes, seul à peu de chose près de tous les employés de la Ville, très légitimement dispensés d'ailleurs du service militaire. Seulement on restait libre de servir la bonne cause de deux manières simultanément : comme employé et comme garde-national, et j'ai usé de la liberté offerte, ce qui, je pense, peut m'absoudre de goûts wagnériens manifestés sans doute trop véhémentement pour bien faire.

Autre observation. Pourquoi traiter d'excentricité la publication de poésies qui traduisent aussi sincèrement que possible l'état actuel de mon esprit ? De ma conversion je n'ai rien à dire à personne, c'est mon affaire à moi, mon bonheur privé, la fleur tardive de mon âme, qu'il m'appartient exclusivement de surveiller, de cultiver avec amour et prudence si je la veux voir se former en fruit de l'arrière-saison.

Mais, à parler généralement, quoi d'étonnant qu'un homme revienne à la foi de son enfance, à la religion des ancêtres, de la patrie, au Dieu que sa mère lui a enseigné et dans les bras duquel son père est mort ? Ajoutons que ce Dieu, que cette religion, que cette foi voient leur rester fidèles et se réconcilier avec eux les neuf dixièmes des femmes de France et l'immense majorité de nos chers mourants, sans compter tous les infortunés qu'ils relèvent et consolent à moitié du chemin !

Dernier grief, dur celui-là ! De ce que j'ai jeté aux orties la défroque voltairienne et fait voler par-dessus les moulins le lourd bonnet doctoral de l'athéisme d'outre-Rhin, – vous me voyez d'ores et déjà pardonnant à l'affreux Joseph Prudhomme, jadis honni dans un jeune sonnet. Ô que nenni, mon cher Claretie. Je persiste à haïr l'immonde fantoche comme il convient, *perfecto odio*, et si je ne le méprise, ne le bafoue, et ne le voue pas à toutes les épithètes qu'il faut, et cela mieux que jamais, je veux l'aller dire à... Genève ! *Joseph Prudhomme*, pour nous autres catholiques, mais *c'est l'ennemi* ! « Épars et multiforme » dans l'étonnante République courante ; il y est tout et il y est plus que tout. À la fois visible et invisible, il est présent partout. Il a signé les décrets du 29 Mars [1] de sa plus belle « main » ; de sa plus belle voix il a récemment parlé des « foudres de la nature », et c'est même sa dernière métaphore ; les trois quarts des vers de *Religions et religion* sont de lui. (Qui ne reconnaîtrait dans ce livre le sabre immortel destiné à défendre l'idée de Dieu et à la combattre au besoin ?) Enfin n'avez-vous pas lu tout dernièrement sa prose et celle de madame son épouse, dénonçant l'espionnage partout et encore ailleurs, et mettant en émoi toute une chambre française pourtant occupée en ce moment-là à confectionner des lois de justice et d'amour ?...

– Sérieusement, relisez, quand vous en aurez le temps, le livre *Sagesse*, et j'ai confiance qu'en dehors de toute question d'opinion ou de doctrine, vous y trouverez tout au moins un effort nouveau, une grande conscience littéraire, et quelque nouveauté dans les rythmes et les coupes.

J'ai changé du tout au tout comme individu, mais je m'honore d'être resté de cœur avec les poètes, jeunes encore à l'heure qu'il est, qui débutèrent dans le *Parnasse* de 1866. Ce groupe fut convaincu, tenace, ardent, et combattit le bon combat, en toute bravoure et non sans quelque gloire. Il appartient à un esprit compréhensif et généreux comme vous, de soutenir les vétérans de cette arrière-garde du Romantisme, avant-garde à son tour d'un art nouveau, mais

---

1. Le 29 mars 1880, Jules Ferry, ministre de l'Instruction publique, a pris deux décrets qui chassent les Jésuites de l'enseignement et obligent les congrégations catholiques non autorisées à se mettre en règle avec la loi ou à quitter l'enseignement.

traditionnel, notez-le bien, – français et chrétien, j'en ai la confiance assurée.

Si quelquefois il vous plaisait de reparler de mon livre en tant que livre, vous seriez infiniment gentil de m'envoyer le numéro du journal ou de la revue (j'ignore à peu près tout maintenant des publications et des écrivains) où vous rendriez compte de *Sagesse*, à l'adresse :

Monsieur Verlaine,
Aux soins de Mr Julien Dehée,
à *Fampoux*,
près d'Arras
Pas-de-Calais.

Agréez, mon cher Claretie, l'expression de ma sincère sympathie,

P. Verlaine.

5. Émile Blémont, compte rendu de *Sagesse*, 16 décembre 1880 [1].

Dois-je parler ici d'un nouveau volume de Paul Verlaine, *Sagesse* (Palmé) qui m'a fort affligé et que j'ai trouvé fort peu sage ? On retrouve tout le talent du poète dans des vers comme celui-ci :

Des places ivres d'air et de cris d'hirondelle...

Mais quel désastre, quel naufrage d'une intelligence d'élite en plein mysticisme catholique !

---

1. Publié dans *Le Rappel*, sous la rubrique « Les livres ». Émile Blémont (1839-1927), poète, dramaturge, était le fondateur de *La Renaissance littéraire et artistique*, à laquelle Verlaine avait collaboré en 1872. Ils figurent tous deux sur le tableau de Fantin-Latour, *Coin de table*.

6. Paul Verlaine, lettre à Émile Blémont du 15 décembre 1880 [1].

Mon cher ami,

Je lis à l'instant vos quelques lignes sur mon livre. Je sais que vous ne pouviez guère dire autre chose et même je m'étonne, connaissant « l'esprit du journal », qu'on les ait laissé passer. Je viens donc vous remercier de l'extrême bienveillance d'une partie de votre appréciation, et vous prie d'agréer l'assurance de mon cordial souvenir. Si je savais où, dans quel café, par exemple, on vous peut trouver (et les heures), ainsi que le doux Valade [2], je serais heureux de vous serrer la main lors de l'extrêmement prochain et très court séjour que je compte faire à Paris.

Je me trouve aujourd'hui dans la ville aux « places ivres d'air », etc. mais mon adresse est chez M. Julien Dehée,

À Fampoux
près d'Arras
Pas-de-Calais
où et d'où tout me parviendra.

Amitiés au susdit Valade et au Grand Albert [3].
Votre bien dévoué,
P.V.

7. Jean d'Arques [Pierre Elzéar], compte rendu de *Sagesse*, 27 décembre 1880 [4].

À la même librairie [Palmé] M. Paul Féval nous donne

---

1. *Corr.*, p. 677-678. La lettre est suivie d'un « sonnet-dédicace pour faire partie d'*Amour* : "À Victor Hugo en lui envoyant *Sagesse*" ». 2. Le poète Léon Valade (1841-1883). 3. Le poète Albert Mérat (1840-1909). 4. Publié dans la rubrique « Livres d'étrennes » de *Gil Blas*. Pierre Elzéar (1848-1916), poète et dramaturge, collaborateur de *La Renaissance littéraire et artistique*.

le récit des *Merveilles du mont Saint-Michel*, un beau volume avec de remarquables illustrations, exécutées sous la direction d'Eugène Mathieu. Comme le poète Verlaine, qui reparaît, après une longue absence, avec l'auréole du catéchumène au front, et sur le bras son nouveau livre *Sagesse*, où les pieuses litanies alternent avec l'éloge du jeune prince tué par les Zoulous, le romancier Paul Féval s'est récemment, on s'en souvient, converti avec un certain tapage.

8. Stéphane Mallarmé, lettre à Paul Verlaine du 17 janvier 1881 [1].

Mon cher Ami,

Oserai-je vous écrire si tard ? Une rechute légère d'une grosse maladie de l'année qui finit, la rafale absurde d'heures perdues sous laquelle s'envolent les premiers feuillets de toute l'année qui vient, je ne sais quoi ! mais des empêchements certains et sots ont infiniment retardé la simple poignée de mains que je voulais vous donner après votre livre. Quand nous nous verrons et cela aura lieu (où êtes-vous ? j'existe toujours le mardi soir) nous causerons de *Sagesse* à loisir.

Laissez-moi vous dire, dans une des rares minutes où je prends la plume autrement que pour des besognes ou pour le travail, combien je vous ai lu attentivement, souvent ravi et toujours plein de sympathie.

Voilà un livre qu'il est beau que vous ayez fait, comme on aime les blancs rideaux d'un dortoir où circulent des songes neufs, simples et parfaits. Mais n'était votre préface

---

1. Stéphane Mallarmé, *Correspondance*, t. II (1871-1885), éd. H. Mondor et L. J. Austin, Gallimard, 1965, p. 220-222. Mallarmé (1842-1898) était en relation avec Verlaine depuis la publication des *Poèmes saturniens* (1866).

que je trouve monstrueusement exquise, il ne faut point oublier, vous pas plus qu'un autre, le Verlaine d'autrefois que nous chérissons ; mon cher, les *Fêtes galantes* sont un éternel bijou. Revenez-y quelquefois ; et revenez quelquefois à nous les amis qui vous savent par cœur. Vous savez-vous bien par cœur ? Je veux dire, non les livres anciens, mais le poète futur que vous continuerez à porter, hein ? J'en doute, je crois que vous rognez un peu à plaisir les plumes à votre imagination, à qui il suffit, après tout, d'avoir des plumes pour être un ange, sous quelques cieux que ce soit.

Votre main.
Stéphane Mallarmé.

9. Dick [Charles Vesseron], compte rendu de *Sagesse*, 29 novembre 1881 [1].

Nous avons entre les mains le dernier ouvrage de M. Verlaine, intitulé *Sagesse*. Certes, nous n'en étions plus à faire connaissance avec l'auteur.

Ses œuvres précédentes nous avaient appris qu'il ciselait le vers dans la perfection, que les tours de force prosodiques n'étaient que des jeux pour lui, qu'il jonglait le plus facilement du monde avec les rimes les plus riches, bien qu'il avait coutume de revêtir de superbes habits d'excellentes choses.

Nous venons de lire son nouveau livre, mais quelle déception ! Sans doute le poète n'a rien perdu de ses qualités acquises au point de vue prosodique. C'est toujours le même vers nerveux, brillant, original ; toujours la même façon de faire un peu nébuleuse, constamment bizarre et

---

1. Publié dans la rubrique « Bibliographie » du *Nord-Est*. Charles Vesseron (?-1891) était avocat et journaliste. Ce compte rendu a été récemment découvert par M. Pakenham (*Corr.*, p. 981).

doué d'un charme particulier dû à son étrangeté même. Mais si, dans la poésie, la forme tient une haute place, cette forme, sans l'idée, n'est qu'une apparence vaine, un effort stérile.

C'est là le nœud du procès que nous faisons hardiment à Verlaine.

Où diable a-t-il eu la tête, et par suite dc quelles regrettables circonstances s'est-il embarqué dans une aussi méchante aventure ?

Dans sa préface, il déclare que « désormais chrétien, il doit une grande charité aux pécheurs dont il a jadis et presque naguère pratiqué les haïssables mœurs ».

À la bonne heure ! L'aveu est franc. Verlaine est converti aux pratiques du catholicisme ; mais c'est une triste conversion que celle qui paralyse un talent et, d'un véritable poète fait un déclamateur de psaumes mystiques souvent incompréhensibles.

Quel déplorable avatar, et combien l'on doit préférer l'ancienne manière de l'auteur à sa seconde.

Rien, d'ailleurs, ne nous surprend en cela ; la conversion a produit son effet logique.

C'est, en effet, le propre du catholicisme d'énerver et de détruire toute personnalité. Brandissant son joug de fer, il crie : Croyez et humiliez-vous ! Se faire son adepte, c'est devenir esclave, abdiquer toute liberté d'esprit, se livrer pieds et poings liés à l'absurde, faire litière de toute indépendance et dire, en dépit de la raison qui se révolte : *Credo quia absurdum* [1].

Encore un poète à la mer.

Au reste, nos lecteurs en jugeront par la citation suivante que nous extrayons du livre :

---

1. « Je crois parce que c'est absurde. » La formule est souvent attribuée au théologien latin Tertullien (IIe-IIIe s. apr. J.-C.).

Parfums, couleurs, systèmes, lois !
etc. [Vesseron cite III, VIII ; ici p. 209].

Pauvre poète, réduit à écrire des vers semblables pour bercer son caprice de foi.

Que de vide, que de néant ! quelle lamentable transformation !

10. Zénon Fière, « Le pseudo-catholicisme dans la poésie contemporaine », *Le Monde poétique*, février 1885 [1].

[...]

Mon âme pour d'affreux naufrages appareille [2].

Jamais prophétie ne se réalisa si ponctuellement. L'engloutissement s'est produit à point nommé et si profond que le naufragé a failli ne plus remonter à la surface. Il est pourtant reparu après dix ans d'immersion, tenant le volume de *Sagesse* en manière de rameau d'olivier. Et ce qui rend le cas de M. Paul Verlaine intéressant, c'est qu'il s'est tiré du gouffre par cette chose commune jadis, rare aujourd'hui, une belle et bonne conversion dûment enregistrée.

Impossible de la récuser, le procès-verbal s'en trouve largement consigné dans *Sagesse*. La préface n'est pas le morceau le moins curieux du volume. Le néophyte y apparaît frappant sa poitrine et pleurant ses fautes dans une attitude de parfaite componction. On ne saurait être plus catholique. Écoutez plutôt :

L'auteur de ce livre n'a pas toujours pensé comme aujourd'hui. Etc. [Fière cite les deux premiers paragraphes de la Préface de *Sagesse* ; ici p. 65].

---

1. Zénon Fière (1850-1921), poète et employé au ministère de la Guerre.
2. « L'angoisse » (*Poèmes saturniens*).

Et le volume se déroule, naïf, dévot, contrit et catholique au possible. Ici un acte de foi, d'espérance, de bon propos ; là un hymne à la madone, une prière à l'ange gardien ; ailleurs des stances sur la mort du très chrétien prince impérial, plus loin une élégie sur l'expulsion des bons Pères.

Vous reviendrez bientôt, les bras pleins de pardons
etc. [Fière cite les deux premières strophes de I, XIV ; ici p. 117].

Puis ce sont d'enfantins cantiques, de pénombrables visions, d'intenses nostalgies qui font sentir au poète le désert du siècle, de ferventes extases qui l'élèvent à l'*état d'union* des mystiques ; bref, tous les éléments d'un tome de Bollandistes.

Ce qu'il eût souhaité, c'est d'être l'obscur contemporain d'un siècle d'autorité forte et d'ardente foi.

Sagesse d'un Louis Racine, je t'envie !
etc. [Fière cite I, IX ; ici p. 97].

Mais non, c'est là encore une illusion du Malin. Des velléités d'hérésie souillent ce grand siècle. Il n'est pas assez catholique pour l'ardent néophyte.

Non. Il fut gallican, ce siècle, et janséniste !
C'est vers le Moyen Âge énorme et délicat
Qu'il faudrait que mon cœur en panne naviguât,
Loin de nos jours d'esprit charnel et de chair triste.
[I, X ; ici p. 99]

Cette nostalgie d'ascète vers la primitive innocence n'a d'ailleurs pas empêché le poète de *Sagesse* de publier quatre ans plus tard une série de sonnets où Sapho rend des points à Ganymède [1]. Que M. Verlaine y prenne garde ! C'est déjà trop de ce dernier. L'avertissement du bon chevalier de *Sagesse* devrait encore vibrer à son oreille.

Il me cria (j'entends encore cette voix) :
« Au moins prudence ! car c'est bon pour une fois. »

Le catholicisme de M. Paul Verlaine me semble d'ores et déjà suffisamment mis en relief. Ce qu'il importe maintenant de noter, c'est que le recueil de *Sagesse* est le premier où le poète ait sérieusement appliqué sa *Théorie de la nuance*. Quelle est cette théorie. Cela est plus facile à sentir qu'à dire. Je crois cependant pouvoir la codifier en quelques principes fondamentaux : 1° s'abstenir de titres : les titres, accusant trop l'unité de l'œuvre, gênent les dégradations de la nuance ; 2° exprimer les états actifs par des négations redoublées : une affirmation directe restreint en les précisant trop les infinies perspectives du rêve ; 3° supprimer les verbes ou ne les employer qu'à l'infinitif, comme dans ces vers : *Mains en songe, mains sur mon cœur*, pour : *Mains qui apparaissez en songe, mains qui reposez sur mon cœur* ; 4° assourdir les sonorités dans la rime et le corps du vers, afin que la chanson pleure, discrète et légère, comme « un frisson d'eau sur de la mousse » ; 5° dédaigner savamment la trop grande propriété des termes.

Il faut aussi que tu n'ailles point
Choisir tes mots sans quelque méprise.

Précepte qui en style de nuance signifie évidemment que

---

1. La poétesse grecque Sapho (VIIe-VIe s. av. J.-C.) fit scandale par ses amours homosexuelles. Ganymède, célèbre pour sa beauté, fut aimé de Zeus.

le poète doit se tromper à dessein dans le choix de ses vocables.

Il faut aussi que tu n'ailles point
Choisir tes mots sans quelque méprise,
Rien de plus cher que la chanson grise
Où l'indécis au précis se joint,

Car nous voulons la nuance encor,
Pas la couleur, rien que la nuance !
Oh ! la nuance seule fiance
Le rêve au rêve et la flûte au cor [1] *!*

Comme spécimen de pièces conçues d'après la théorie de nuance, on peut lire dans le volume de *Sagesse* les chansons grises numérotées XVI et XVII. Le chef-d'œuvre du genre pour la vaporeuse diaphanéité de la forme est peut-être la pièce dite des *Mains*, où le poète, après avoir d'une légère et chaste touche effleuré le scabreux sujet de ses égarements païens, invoque, comme en songe, les mains – rien que les mains – d'un Être vénéré (sans doute sa femme ou son enfant) et les supplie de faire d'en haut le geste qui pardonne. Comme les poétiques se transforment ! Et qu'il y a loin de là à l'« Étude de mains [2] » de Théophile Gautier !

---

1. « Art poétique » (*Cellulairement*, puis *Jadis et naguère*). **2.** Un poème d'*Émaux et Camées*.

11. Jules Lemaitre, « M. Paul Verlaine et les poètes "symbolistes" et "décadents" », *La Revue bleue*, 7 janvier 1888 [1].

[...]

Dix ans après [ses premiers recueils]. Le poète a péché, il a été puni, il s'est repenti. Dans sa détresse, il s'est tourné vers Dieu. Quel Dieu ? Celui de son enfance, celui de sa première communion, tout simplement. Il reparaît donc avec un volume de vers, *Sagesse*, qu'il publie chez Victor Palmé, l'éditeur des prêtres. C'est un des livres les plus curieux qui soient, et c'est peut-être le seul livre de poésie catholique (non pas seulement chrétienne ou religieuse) que je connaisse.

Il est certain qu'un des phénomènes généraux qui ont marqué ce siècle, c'est la décroissance du catholicisme. La littérature, prise dans son ensemble, n'est même plus chrétienne. Et pourtant – avez-vous remarqué ? – les artistes qui passent pour les plus rares et les plus originaux de ce temps, ceux qui ont été vénérés et imités dans les cénacles les plus étroits, ont été catholiques ou se sont donnés pour tels. Rappelez-vous seulement Baudelaire et M. Barbey d'Aurevilly.

Pourquoi ont-ils pris cette attitude (car on sait d'ailleurs qu'ils n'ont point demandé au catholicisme la règle de leurs mœurs et qu'ils n'en ont point observé, sinon par caprice, les pratiques extérieures) ? – J'ai essayé de le dire au long et à plusieurs reprises. En deux mots, ils ont sans doute été catholiques par l'imagination et par la sympathie, mais surtout pour s'isoler et en manière de protestation contre l'esprit du siècle qui est entraîné ailleurs, – par dédain orgueilleux de la raison dans un temps de rationalisme, – par un goût de paradoxe, – par sensualité même, – enfin par

---

1. Jules Lemaitre (1853-1914) fut un des critiques les plus écoutés de son temps et l'un des premiers critiques « officiels » à se pencher sur l'œuvre de Verlaine. Son article suscita des polémiques dans le camp des symbolistes, qui lui reprochèrent son manque de sensibilité pour la poésie nouvelle.

un artifice et un mensonge où il y a quelque chose d'un peu puéril et à la fois très émouvant : ils ont feint de croire à la loi pour goûter mieux le péché « que la loi a fait », selon le mot de saint Paul : péché de malice et péché d'amour... Catholiques non pas pour rire, mais pour jouir, dilettantes du catholicisme, qui ne se confessent point et auxquels, s'ils se confessaient, un prêtre un peu clairvoyant et sévère hésiterait peut-être à donner l'absolution.

Mais il ne la refuserait point à M. Paul Verlaine. Voilà des vers vraiment pénitents et dévots, des prières, des « actes de contrition », des « actes de bon propos » et des « actes de charité ». Le poète pense humblement et docilement, ce qui est le vrai signe du bon catholique. Il est si sincère qu'il raille les libres penseurs et les républicains sur le ton d'un curé de village et conclut son invective contre la science comme ferait un rédacteur de *L'Univers* :

Le seul savant, c'est encore Moïse.

Il pleure la mort du prince impérial, parce que le prince fut bon chrétien, et il se repent de l'avoir méconnu :

Mon âge d'homme, noir d'orages et de fautes,
Abhorrait ta jeunesse.

Maintenant j'aime Dieu dont l'amour et la foudre
M'ont fait une âme neuve !

Il adresse son salut aux Jésuites expulsés :

Proscrits des jours, vainqueurs des temps, non point adieu !
Vous êtes l'espérance !

Il chante la sainte Vierge dans un fort beau cantique :

Je ne veux plus aimer que ma mère Marie,
....
Car, comme j'étais faible et bien méchant encore,
Aux mains lâches, les yeux éblouis des chemins,
Elle baissa mes yeux et me joignit les mains
Et m'enseigna les mots par lesquels on adore...
....
Et tous ces bons efforts vers les croix et les plaies,
Comme je l'invoquais, elle en ceignit mes reins.

Ses idées sur l'histoire sont d'une âme pieuse. Il regrette de n'être pas né du temps de Louis Racine et de Rollin, quand les hommes de lettres servaient la messe et chantaient aux offices,

Quand Maintenon jetait sur la France ravie
L'ombre douce et la paix de ses coiffes de lin.

Puis il se ravise, et, dans une belle horreur de l'hérésie :

Non : il fut gallican, ce siècle, et janséniste !

Il lui préfère « le moyen âge énorme et délicat » ; il voudrait y avoir vécu, avoir été un saint, avoir eu

Haute théologie et solide morale.

Bref, la foi la plus naïve, la plus soumise ; nous sommes à cent lieues du christianisme littéraire, de la vague religiosité romantique. M. Paul Verlaine a avec Dieu des dialogues comparables (je le dis sérieusement) à ceux du saint auteur de l'*Imitation*. Il échange avec le Christ des sonnets pieux, des sonnets ardents et qui, si l'on n'était arrêté çà et là par les maladresses et les insuffisances de l'expression, seraient d'une extrême beauté. Dieu lui dit : « Mon fils, il faut m'aimer. » Et le poète répond : « Moi, vous aimer ! Je tremble et n'ose. Je suis indigne. » Et Dieu reprend : « Il faut m'aimer. » Mais ici je ne puis me tenir de citer encore ; car, à mesure que le dialogue se développe, la forme en devient plus irréprochable, et je crois bien que les derniers sonnets contiennent quelques-uns des vers les plus pénétrants et les plus religieux qu'on ait écrits :

– Aime. Sors de ta nuit. Aime. C'est ma pensée
De toute éternité, pauvre âme délaissée,
Que tu dusses aimer, moi seul qui suis resté.

– Seigneur, j'ai peur. Mon âme en moi tressaille toute.
Je vois, je sens qu'il faut vous aimer. Mais comment,
Moi, ceci, me ferais-je, ô mon Dieu, votre amant,
Ô justice que la vertu des bons redoute ?

....

Tendez-moi votre main, que je puisse lever
Cette chair accroupie et son esprit malade.

....

– Certes, si tu le veux mériter, mon fils, oui,
Et voici. Laisse aller l'ignorance indécise
De ton cœur vers les bras ouverts de mon Église
Comme la guêpe vole au lis épanoui.

Approche-toi de mon oreille. Épanches-y
L'humiliation d'une brave franchise.
Dis-moi tout sans un mot d'orgueil ou de reprise
Et m'offre le bouquet d'un repentir choisi ;

Puis franchement et simplement viens à ma table,
Et je t'y bénirai d'un repas délectable
Auquel l'ange n'aura lui-même qu'assisté.

....

Puis, va ! Garde une foi modeste en ce mystère
D'amour par quoi je suis ta chair et ta raison...

....

Qu'il te soit accordé, dans l'exil de la terre,
D'être l'agneau sans cris qui donne sa toison,
D'être l'enfant vêtu de lin et d'innocence,
D'oublier ton pauvre amour propre et ton essence,
Enfin, de devenir un peu semblable à moi...

....

Et, pour récompenser ton zèle en ces devoirs
Si doux qu'ils sont encor d'ineffables délices,
Je te ferai goûter sur terre mes prémices,
La paix du cœur, l'amour d'être pauvre, et mes soirs
Mystiques, quand l'esprit s'ouvre aux calmes espoirs...

....

– Ah ! Seigneur, qu'ai-je ? Hélas ! me voici tout en larmes
D'une joie extraordinaire ; votre voix
Me fait comme du bien et du mal à la fois :
Et le mal et le bien, tout a les mêmes charmes...

....

J'ai l'extase et j'ai la terreur d'être choisi ;
Je suis indigne, mais je sais votre clémence.
Ah ! quel effort, mais quelle ardeur ! Et me voici

Plein d'une humble prière, encor qu'un trouble immense
Brouille l'espoir que votre voix me révéla,
Et j'aspire en tremblant.

– Pauvre âme, c'est cela !

Avez-vous rencontré, fût-ce chez sainte Catherine de Sienne ou chez sainte Thérèse, plus belle effusion mystique ? Et pensez-vous qu'un saint ait jamais mieux parlé à Dieu que M. Paul Verlaine ? À mon avis, c'est peut-être la première fois que la poésie française a véritablement exprimé *l'amour de Dieu*.

Sentiment singulier quand on y songe, difficile à comprendre, difficile à éprouver dans sa plénitude. M. Paul

Verlaine s'écrie avec saint Augustin : « Mon Dieu ! vous si haut, si loin de moi, comment vous aimer ? » En réalité, ce qu'il traduit ainsi, ce n'est pas l'impossibilité d'aimer Dieu, mais celle de le concevoir tel qu'il puisse être aimé, ou (ce qui revient au même) l'impuissance à l'*imaginer* dès qu'on essaye de le *concevoir* comme il doit être : principe des choses, éternel, omnipotent, infini... Comment donc faire ? comment aimer d'amour ce qui n'a pas de limites ni de formes ? L'âme croyante n'arrive à se satisfaire là-dessus que par une illusion. Elle croit concevoir un Dieu infini en lui prêtant une bonté, une justice infinie, etc., et elle ne s'aperçoit point qu'elle le limite par là et que ces vertus n'ont un sens que chez des êtres bornés, en rapport les uns avec les autres. Et pourtant je vous défie de trouver mieux. Car pensez : il faut que Dieu soit infini pour être Dieu, et il faut qu'il soit fini pour communiquer avec nous. Au fond, on n'aime Dieu que si on se le représente, sans s'en rendre compte, comme la meilleure et la plus belle créature qu'il nous soit donné de rêver et comme une merveilleuse âme humaine qui gouvernerait le monde.

Mais cette illusion est un grand bienfait. Car, en permettant d'aimer Dieu *déraisonnablement*, comme on aime les créatures, elle résout toutes les difficultés qui naissent dans notre esprit du spectacle de l'univers. Elle répond à tous les « pourquoi ». Pourquoi le monde est-il inintelligible ? Pourquoi le partage inégal des biens et des maux ? Pourquoi la douleur ? On aurait peine à pardonner ces choses à un Dieu que l'on concevrait rationnellement et que, par suite, on n'aimerait point : on en remercie le Dieu que l'on conçoit tout de travers, mais qu'on aime. Tout ce qu'il fait est bon, parce que nous le voulons ainsi. Toute souffrance est bénie, non comme équitable, mais comme venant de lui. Tout est bien, non parce qu'il est juste et bon, mais parce que nous l'aimons et que notre amour le déclare juste et bon quoi qu'il fasse. C'est donc notre amour qui crée sa sainteté. Remarquez que c'est exactement le parti pris héroïque et fou des amoureux romanesques, des chevaliers de la Table ronde ou des bergers de l'*Astrée*, ce qui les rendait capables d'immoler à leur maîtresse non seulement leur intérêt, mais leur raison, et d'accepter ses plus injustifiables caprices comme des ordres absolus et sacrés. Tant il est vrai qu'il n'y a qu'un amour ! Et, de fait, toutes les épithètes que l'auteur de l'*Imitation* donne à l'amour de Dieu conviennent aussi à l'amour de la femme. Le dévot aime, sous le nom de Dieu, la beauté et la bonté des choses finies d'où il a tiré son idéal, – et le chevalier mystique aimait cet idéal à travers et par-delà la forme finie de sa maîtresse. On s'explique maintenant que l'amour divin donne à ceux qui en sont pénétrés la force d'accomplir les plus grands sacrifices apparents, de pratiquer la chasteté, la pauvreté, le détachement ; car ces sacrifices d'objets terrestres, nous les faisons à un idéal qu'une expérience terrestre a lentement composé : c'est donc encore à nous-mêmes que nous nous sacrifions.

Aimer Dieu, c'est aimer l'âme humaine agrandie avec la joie de l'agrandir toujours et de mesurer notre propre valeur à cet accroissement – et aussi avec l'angoisse de voir cette création de notre pensée s'évanouir dans le mystère et nous échapper. Nul sentiment ne doit être plus fort. Et cela, surtout dans la religion catholique, où la raison ne garde point, comme dans d'autres religions, des sortes de demi-droits honteux, mais se soumet toute à l'amour. On comprend dès lors que, pour une âme purement sensitive et aimante comme celle de M. Paul Verlaine, le catholicisme ait été un jour la seule religion possible, le refuge unique après des misères et des aventures où déjà sa raison avait pris l'habitude d'abdiquer.

Ô les douces choses que sa piété lui inspire !

Écoutez la chanson bien douce
Qui ne pleure que pour vous plaire.

Elle est discrète, elle est légère :
Un frisson d'eau sur de la mousse !...

Elle dit, la voix reconnue,
Que la bonté, c'est notre vie
Que de la haine et de l'envie
Rien ne reste, la mort venue...

Accueillez la voix qui persiste
Dans son naïf épithalame.
Allez, rien n'est meilleur à l'âme
Que de faire une âme moins triste...
....

Je ne me souviens plus que du mal que j'ai fait...

Dans tous les mouvements bizarres de ma vie,
De mes malheurs, selon le moment et le lieu,
Des autres et de moi, de la route suivie,
Je n'ai rien retenu que la bonté de Dieu.

Et sur la femme, auxiliatrice de Dieu, sur la femme qui console, apaise et purifie :

Beauté des femmes, leur faiblesse, et ces mains pâles
Qui font souvent le bien et peuvent tout le mal.
Et toujours, maternelle endormeuse des râles,
Même quand elle ment, cette voix !...
....
Remords si chers, peine très bonne,
Rêves bénis, mains consacrées,
Ô ces mains, ces mains vénérées,
Faites le geste qui pardonne !
....
Et j'ai revu l'enfant unique,
Et tout mon sang chrétien chanta la chanson pure,

J'entends encor, je vois encor ! Loi du devoir
Si douce ! Enfin, je sais ce qu'est entendre et voir,
J'entends, je vois toujours ! Voix des bonnes pensées !

Innocence ! avenir ! Sage et silencieux,
Que je vais vous aimer, vous un instant pressées,
Belles petites mains qui fermerez mes yeux !

Hélas ! Toutes ces chansons ne sont pas claires. Mais ici il faut distinguer. Il y a celles qu'on ne comprend pas parce qu'elles sont obscures, sans que le poète l'ait voulu, – et celles qu'on ne comprend pas parce qu'elles sont inintelligibles et qu'il l'a voulu ainsi. Je préfère de beaucoup ces dernières. En voici une :

L'espoir luit, comme un brin de paille dans l'étable.
Etc. [Lemaitre cite III, III ; ici p. 197].

Comprenez-vous ? Quelle suite y a-t-il dans ces idées ? Quel lien entre ces phrases ? Qui est-ce qui parle ? Où cela se passe-t-il ? On ne sait pas d'abord. On sent seulement que cela est doux, tendre, triste, et que plusieurs vers sont exquis. Longtemps je n'ai pu comprendre ce sonnet – et je l'aimais pourtant. À force de le relire, voici ce que j'ai trouvé.

Midi, l'été. Le poète est entré dans un cabaret, au bord de la grand'route poudreuse, avec une femme, celle qui l'a accueilli après ses fautes et ses malheurs et dont il invoque si souvent les belles petites mains. La chaleur est accablante. Le poète a bu du vin bleu ; il est ivre, il est morne. Et alors il entend la voix de sa compagne. Que dit-elle ?

Ce qui rend le sonnet difficile à saisir, c'est que l'expression de sentiments assez clairs en eux-mêmes y est coupée de menus détails, très précis, mais dont on ne sait d'où ils viennent ni à quoi ils sont empruntés.

12. Léon Bloy, « Le lépreux » dans *Un brelan d'excommuniés*, Paris, Savine, 1889 [1].

I

On ne lui a pas attaché de grelots ni de cliquette, à celui-là, pour avertir les passants.

– Qu'il s'en aille pourrir le monde, s'il veut, ce puant, ce pustuleux, ce croûte-levé, cette ordure d'individu rebelle aux désinfectants ! Notre bercail n'est pas une maladrerie. Nous sommes des immaculés, nous autres, des lactescents, des nitides [2], et nous savons, au moins, nous barricader contre les typhus et les syphilis de la poésie !

Et les bons catholiques ferment leur porte avec fracas, après avoir jeté dans la rue le plus grand poète qui leur ait apporté son cœur depuis cinq ou six cents ans.

Le volume de vers intitulé *Sagesse* a été publié, en 1881, par la « Société générale de librairie catholique », aux frais de l'auteur, je me plais à le croire. Jamais ce livre ne fut mentionné sur les catalogues de la maison ; jamais aucun bibliographe dévot n'en parla ; jamais le moindre effort commercial ne fut accompli pour en débiter un seul exemplaire.

Lorsqu'un nécessiteux d'idéal, à grand-peine informé, débarquait dans la boutique de la rue des Saints-Pères, son argent au bout des doigts, briguant le privilège d'émanciper la brochure, il semblait, – tant le postulat était inouï, – qu'on eût affaire à quelque noceur en délire, fourvoyé là par la plus insolite erreur et demandant une priapée !...

---

1. Léon Bloy (1846-1917), écrivain et polémiste catholique. Il avait éreinté Verlaine dans un compte rendu des *Poètes maudits* en 1884. Sur les conseils de Huysmans et après avoir rencontré Verlaine en 1888, il prend sa défense dans *Un brelan d'excommuniés*, à la suite de deux autres « maudits » : Barbey d'Aurevilly et Ernest Hello.

2. Le mot n'est pas attesté. En latin, *nitidus* signifie « brillant ».

Un épidémique balbutiement sévissait aussitôt sur les commis épouvantés. Les vendeurs en détresse et les pâlissants comptables s'agitaient et s'ahurissaient en de rapides colloques ou d'inefficaces délibérations. De claquantes portes voltigeaient, soufflant au visage de l'affronteur, du fond d'antres inexplorés, les chastes courants d'air de la plus boréale circonspection. Tout à coup, un Éliacin [1] de l'étalage ou quelque bombyx [2] incitateur préposé aux pieux rossignols, apparaissait, se déclarant investi pour certifier à l'impétrant l'inexistence regrettable de l'ouvrage sollicité. Bref, il fallait que cet obstiné client notifiât le dessein préconçu de ne pas s'en aller du tout sans son exemplaire, pour que, de guerre lasse, on se décidât à l'en gratifier, moyennant finance, en levant au ciel des yeux affligés.

Enfin, ce drame grotesque durerait encore, si l'intrépide éditeur des autres livres de Paul Verlaine, M. Léon Vanier, n'avait acquis celui-là de la Librairie catholique, enchantée probablement d'une si belle occasion de se purifier.

Car tout est bien là, je vous en réponds. Le chef-d'œuvre de Verlaine était une souillure à la robe de cette hermine. Cela est tout à fait incroyable, mais certain. On ne le répétera jamais assez. La poésie est une façon de stupre aux yeux de ces gens, c'est une tare de mort contre laquelle il faut implorer l'hysope [3] des aspersions pénitentielles et le coup de foudre subtil d'un repentir lustral.

[...] Verlaine est évacué pour l'*unique* raison laxative de sa poésie. On ne peut pas reprocher autre chose à cet artiste des moins copieux et qui n'a vraiment pas mené grand bruit dans le monde. À l'exception d'une petite chapelle de rimeurs bâtie naguère sur le penchant d'un glacier mythologique, à des distances infinies du giron sacré, le nom de l'auteur de *Sagesse*, dont la célébrité commence à peine,

---

1. Dans *Athalie* de Racine, le jeune Éliacin incarne la vraie foi. **2.** Papillon. **3.** Plante aux vertus stimulantes.

était presque complètement inconnu partout. Quand il vint se livrer aux catholiques, un sur dix mille, tout au plus, avait pu entendre proférer le nom de ce parnassien et encore de façon si vague qu'il n'aurait pas été capable de former sur lui la plus crépusculaire des suppositions.

Verlaine était pour eux un *converti*, rien de plus, une brebis quelconque, longtemps égarée dans les pâturages profanes et qui réintégrait le sainfoin [1] du Bon Pasteur.

Ah ! s'il avait été un de ces polygraphes illustres, ou simplement un brochurier quelque peu notoire, dont l'asservissement aurait paru triomphal et qu'il eût été possible d'arborer comme un trophée, ces sauvages auraient promené sa chevelure sur leur front de bandière [2] pour l'émulation de leur léthargique tribu. Les ambulanciers de la contrition auraient charcuté cette âme à leur fantaisie, l'émasculant, la trépanant, la cautérisant, l'emplâtrant de pieux avis, l'éclissant [3] de saintes pratiques, l'asphyxiant ou l'abrutissant de monitoriales fumigations.

À toute rigueur, une invincible constance de martyr l'eût fait absoudre d'avoir naguère proprement écrit et peut-être même la miséricorde eût été poussée jusqu'à l'oubli de ses dérèglements poétiques, s'il en eût fait humblement l'aveu accompagné du fervent propos d'une filiale imbécillité.

L'Église, en France, est coutumière de cette façon de bienvenir les épaves qui lui sont lancées des brisants du monde par la littérature en détresse. Si le malheureux Hello [4], né de ses entrailles, et, toute sa vie, claquemuré dans ses disciplines, en fut si chiennement accommodé, le destin d'un exotique cerveau échoué dans le poulailler de cette Pélicane [5] est facile à conjecturer. Mais Verlaine, en surcroît

---

1. Plante qui sert de fourrage. **2.** En termes militaires, le front de bandière est un alignement de drapeaux. **3.** *Éclisser* signifie mettre des pièces de bois (éclisses) le long d'un membre fracturé. **4.** L'écrivain Ernest Hello (1828-1885), défenseur de la foi catholique. **5.** Le pélican est l'emblème du Christ eucharistique.

de son exotisme, était inglorieux, dénué de richesses, inexploitable par conséquent, à ce double titre, et il s'annonçait comme un cygne ou un albatros. On voulut bien imprimer son livre, parce qu'après tout, le denier du pauvre est bon à prendre, mais on s'arrangea pour l'enterrer aussitôt si profondément qu'il fût impossible d'en soupçonner l'existence.

II

Villiers de l'Isle-Adam me faisait remarquer un jour que les notaires détenus dans les bagnes s'enfoncent plus avant que les autres hommes dans le mépris des poètes, qu'ils accusent avec une flétrissante pitié de s'attarder « dans les nuages » et de ne rien comprendre aux substantielles réalités de la vie.

Les catholiques en liberté ne se contentent pas du mépris pour ces rêveurs, ils promulguent l'infamation et les châtiments afflictifs, et leur jurisprudence est tout à fait identique à celle des tabellions précités. Ils sont, eux aussi, pour le solide, le positif, le palpable, et n'entendent pas que les ouailles de leurs pâtis s'en aillent brouter dans le bleu des cieux...

On est forcé de ressasser fastidieusement ces observations et de les fixer en soi jusqu'au plus intime, si on veut arriver à concevoir seulement l'énoncé du déconcertant prodige que voici :

Un homme se présente au seuil de l'Église éternelle du Christ, je ne dis pas le plus grand, ni le meilleur, mais l'*unique*, absolument, celui qu'on était las d'espérer ou de rêver depuis des siècles, un POÈTE CHRÉTIEN.

Ce minable claquedent, dénué même des tessons de Job, porte son fumier sur son esprit et sa besace autour de son cœur. Il s'agenouille à l'entrée du vieil habitacle de l'Espérance, de l'antique vaisseau des Extases, et, du fond de sa conscience, invoque le Dieu flagellé pour qu'il soit le témoin de son holocauste.

Il arrive des lointains cloaques, apportant l'inégalable trésor des puanteurs, des nudités, des dérélictions, des blasphèmes et des désespoirs du siècle, puisque l'épouse indéfectible du Rédempteur a reçu le pouvoir de transfigurer tout cela. Il a choisi d'être le bouc propitiatoire et le sacrifice qu'il offre est cousin germain de l'effroyable désolation qu'il assume.

Sacrifier à Jésus la richesse, la célébrité, l'amour même, c'est le vieux jeu des martyrs et des confesseurs nimbés qu'on vénère dans les basiliques et dont les histoires sont écrites par des professeurs de vertu. Mais sacrifier à cet Agonisant couronné d'épines les joies du Vice et les délicieux esclavages de l'infamie ! renoncer pour cet Agneau d'entre les lys aux exhalaisons de l'excrément ! – telle est l'oblation de ce pèlerin qui s'est donné à lui-même l'invraisemblable mission de représenter la poésie contemporaine au pied de la Croix !

Ex-voto sans précédent d'une société rongée de névroses et fiancée aux épilepsies ! Largesse inouïe du plus pauvre monde qui fut jamais ! Les générations équilibrées de corps et d'âme dont on nous rabâche la grandeur n'en ont pas tant fait et n'étaient pas forcées, pour aller vers Dieu, d'enjamber de pareils abîmes !

Ce rafalé, ce calamiteux, qui n'est rien du tout qu'un Verlaine « sceptique et léger, » – comme il le dit lui-même dans la préface de *Sagesse*, – si sa poésie ne subroge pas pour nous devant Dieu la tutelle de nos démons ; ce « cœur renaissant, pur et fier, » a beau prier, dans ses vers, Jésus et Marie, voici, je crois, ce qu'il faut entendre :

– Seigneur conspué qui résidez, invisible, dans vos tabernacles au milieu des candélabres et des calotins, je vous prie très humblement de faire attention à mon ambassade. Je suis un artiste, un poète, et, par conséquent, un ennemi des normes édictées par vos pasteurs. Je suis devant eux complètement nu, purulent et nauséabond. Je n'ai pas même l'honneur d'être accrédité des goitreux et des malandrins plus ou moins notables dont je me suis ingéré de vous étaler, en ma personne, le croupissement.

J'ai cru, néanmoins, expédient et sage d'obéir à l'impulsion qui m'entraînait à vous recruter, ô Chef des élus, pour l'assainissement de cette canaille.

Il s'agit de savoir si vous acceptez l'oblation de la Poésie ou si vous ne l'acceptez pas. Il se trouve que par l'effet d'une obscure loi, cette contemplative, qu'on pourrait croire amarrée à la table de vos autels, habite en réalité parmi ceux qui vous ignorent ou qui vous méprisent, et les apôtres congestionnés de vertus qu'on vous malfaçonne, non seulement ne galopent jamais après elle, mais l'écartent studieusement de vos seuils, en la gratifiant quelquefois d'une sommaire malédiction.

En voulez-vous décidément ? Je vous l'apporte, moi chétif, garrottée comme un succube, car elle n'est pas venue de son plein gré. Elle s'occupait d'affoler et de pourrir des aveugles-nés. Je l'ai conquise et je l'ai domptée pour vous seul, ayant réussi à m'emparer de son attirail d'ensorcellement, de ses rythmes, de ses images, de ses philtres, de ses grimoires, et la voici, ma parfaite esclave, dans la posture d'adoration que ma volonté lui imposa.

C'est pour cela que j'ose me déclarer le mandataire de tout un monde. Ce que je vous offre, mon Dieu, est un non moindre trophée que la Chimère des esprits superbes qui se sont éloignés de vous. C'est leur Refuge, leur Tour d'Ivoire, leur Notre-Dame de douleurs et de recouvrance [1]. Quelques-uns, sans doute, la suivront jusque dans la Plaie salutaire de votre côté. Et moi, ce vainqueur, qui ai renoncé au délice de la posséder crapuleusement hors de votre présence, je ne demande rien de plus que le jubilé de votre grâce pour ce fabuleux sacrifice !...

---

1. Action de recouvrir, secours (Notre-Dame de recouvrance).

III

Si Dieu n'a pas été sourd à cette prière, il faut croire qu'il n'a pas jugé à propos d'en faire part aux administrateurs de sa gloire et de leur décrotter le cœur ou les oreilles pour les rendre capables d'un peu de justice. La démarche inouïe de Verlaine eut le seul résultat que j'ai raconté.

Elle était cependant bien glorieuse pour les bonzes chrétiens, cette imploration d'un si rare esprit, et ce qu'il offrait aurait dû être accueilli par des noëls et des hosannas ! La gratitude catholique aurait dû raisonnablement s'effréner [1] jusqu'à l'emphase d'une apothéose ! Il aurait fallu dételer les rosses pondérées de la critique et porter ce bienfaiteur sur un pavois argenté de têtes chrétiennes !

Songez qu'il ne s'était rien vu de pareil depuis le Moyen Âge. Un grand poète qui ne chantait que pour Jésus-Christ, comme les saints inconnus par qui furent écrites les décourageantes hymnes de la liturgie !

Ah ! c'est vrai qu'on avait eu d'autres lyres soi-disant chrétiennes. Le « mélodieux » Lamartine avait soupiré le nom de Jéhovah dans les ramures de la provisoire forêt romantique et l'effrayant Tétragramme [2] n'avait servi qu'à rendre plus anonyme la face de brumes du Dieu sans plaies ni eucharistie toléré par les philosophes. Le grand Hugo et le petit Musset n'avaient pas, sans doute, paru mériter qu'on les cataloguât sous la même rubrique ; pourtant, ils avaient parlé, eux aussi, d'un Très-Haut quelconque, à de certains jours, et ce n'était pas un Dieu jaloux, vous pouvez m'en croire. Il était sans inconvénient d'adorer n'importe quoi dans le même temps qu'on le thuriférait de rimes conjugales et de célibataires hémistiches.

Baudelaire seul fut incontestablement catholique au plus

---

1. Se déchaîner (non attesté). **2.** Mot à quatre lettres : YHWH, nom de Dieu que les Juifs ne prononcent pas (Yahvé, Jéhova).

profond de sa pensée. Mais il fut catholique à rebours, à la manière des démons qui « croient et tremblent, » suivant la parole de saint Jacques. Les *Fleurs du mal* et les *Poèmes en prose* paraissent, à de certaines places, calcinés, comme des autels maudits que des langues d'enfer auraient pourléchés.

Ce poète gorgonien, devant l'amertume de qui les plus noires tristesses ont l'air de mirlitonner, parla constamment la grammaire du catholicisme, qu'il préférait à toute autre, et sa poésie d'impénitent supplicié fut si sacrilège qu'elle est devenue, par antinomie, suggestive de l'adoration.

L'auteur des « Litanies de Satan » mit sa confiance dans le désespoir, qui lui fut fidèle, et le cantique fameux qu'il eût pu chanter, las d'attendre, le prit à la gorge et l'étouffa.

Quant aux poètes antérieurs, aux poètes prétendus religieux du dix-septième siècle, je présume qu'il serait d'une efficace vergogne de n'en point parler. Ceux-là chantèrent le Dieu des architectes et des tapissiers de la monarchie et leur poésie d'étiquette ou de catafalque avait juste le prix marchand de l'aumône royale qu'on laissait tomber dans leur sébile.

Non, il faut remonter jusqu'aux époques chenues et voûtées de *La Chanson de Roland*, du *Saint-Graal* ou du Grand Hymnaire pour retrouver cet aloi d'accent religieux.

C'est vers le Moyen Âge énorme et délicat
Qu'il faudrait que mon cœur en panne naviguât,
Loin de nos jours d'esprit charnel et de chair triste.

À coup sûr, l'auteur de ces admirables vers sentait profondément l'anachronisme du souffle ancien qui venait expirer en lui. Mais quelle unique destinée que celle de cet homme retrouvant, par un miraculeux atavisme de sentiment, l'enthousiasme crucifié d'une poésie enterrée sous la poussière d'une vingtaine de générations !

Remarquez bien qu'il ne s'agissait pas du tout avec ce témoin du passé d'une équivoque rêverie mystique. C'était fait, cela, archifait depuis longtemps par tous les entrepreneurs d'attendrissement qui ont travaillé la muqueuse nasale de l'innocence.

Il fallait parler de Jésus en croix, de la Vierge Marie, de l'Ange gardien, reprendre toutes les vieilles idées, toutes les vieilles images dévotes que des siècles d'accoutumance balourde ont banalisées, délavées, déteintes jusqu'au ridicule, et les restituer à la vie et au flamboiement. Tel fut le prodige.

Pour l'homme qui pense, l'histoire littéraire n'a rien à offrir de plus surprenant. Car enfin, c'était presque une chimère qu'un tel dessein. Glorifier le Saint-Sacrement et la Prière dans des vers si beaux que l'incroyante jeunesse de la poésie contemporaine fût forcée de les admirer avec passion et d'en devenir l'écolière ! C'était un peu plus fort que d'implanter le panthéisme du vieil Hugo ou le nirvâna de Leconte de Lisle.

Faut-il – vraiment – qu'une société catholique soit agonisante, perdue sans ressource, enterrable à courte échéance, pour qu'il ne se soit pas levé au milieu d'elle un seul être généreux et intelligent, qui prît sur lui d'annoncer à l'idiote cohue l'aubaine infinie de cet inespérable renfort !

IV

Tout à l'heure, je nommais Baudelaire, parce que toute celsitude [1] poétique invoque nécessairement ce sommet de la poésie moderne. Mais il ne saurait être question d'aucun parallèle. Verlaine parle la langue de Baudelaire puisqu'il n'existe plus d'autre langue pour un artiste, mais il n'est

---

1. Hauteur.

pas son disciple et ce qui les sépare semble aussi profond que l'éternité.

Baudelaire fut un rebelle atroce et navré, un blasphémateur compliqué, versatile et déconcertant, qui cherchait parfois la prière pour s'en faire une arme empoisonnée contre lui-même. Verlaine est une âme suppliante, un repenti tout en pleurs aux pieds du Christ dont il n'ose contempler la Face, et ne réclamant rien que

D'être l'agneau sans cris qui donne sa toison.

L'auteur de *Sagesse*, au lendemain de sa conversion, n'a pas imaginé d'autre besogne que l'imploration du pardon. Il ne conçoit pour un chrétien que cet office et ce labeur. Demander pardon pour les injures et pour les bienfaits, pour les voluptés et pour les tristesses, pour chacune des palpitations du cœur et chacune des vibrations de la pensée, enfin demander pardon à son Dieu de l'aimer et de prétendre souffrir pour lui, en se considérant comme une ordure qui n'a que de l'ordure à offrir, alors même que ce serait la plus belle poésie du monde. Mais c'est le christianisme des catacombes, cela, c'est l'immolation absolue du cœur dans l'humilité parfaite, et il n'est pas surprenant que le prospère bétail de nos sacristies n'y comprenne rien !

Cet homme qui, tout à coup, se calfeutre aux bruits du monde, est bien plus méprisant encore que Baudelaire, qui voulait, du moins, qu'on le crût invincible à toute émotion terrestre, et l'excellence de son dégoût est en raison de la parfaite solitude où son âme s'est engouffrée afin de pouvoir crier vers Dieu, des profondeurs. Les fanfares aussi bien que les soupirs lui paraissent désormais vils et fastidieux, quand ils ne sont pas une expression de l'Amour divin ou une forme quelconque de la guérisseuse prière :

Voix de l'Orgueil : un cri puissant comme d'un cor, etc. [Bloy cite I, XIX ; ici p. 129].

Avant la surnaturelle péripétie qui courba si glorieusement son âme, déjà ce puissant poète agité d'absolu avait, en se détirant au fond de son propre abîme, blasphémé les transports de l'Inspiration au profit de la Volonté qu'il prétendait uniquement adorer, s'adjurant lui-même d'écrire « des vers émus, très froidement » et de ne pas s'en aller rêver aux bords des *lacs*.

Puis, raffinant sa haine de toute voie battue et de tout confort intellectuel, il déclara ne vouloir plus que « la Nuance, pas la Couleur, rien que la nuance... Et tout le reste, ajoutait-il, est littérature ». C'est préluder à la table rase de ce catholicisme intransigeant comme un donjon qui devait être son destin, et la *voix* qu'il entendait alors était le dictamen de l'Infini résidant au plus caché de son âme, en attendant de s'exhaler dans d'incomparables vers.

C'est, assurément, une fameuse originalité d'être un *poète catholique*, mais c'en est une plus grande encore d'être ce poète quand on a écrit les *Fêtes galantes*. Imaginez Watteau jeté en bas du chevalet de *Cythère* par l'ouragan d'une conversion et se mettant à peindre, de son pinceau prostitué, les sujets de Fiesole ou du vieux Memling, en pleurant d'amour.

Huysmans, le seul qui, dans l'immonde silence de la critique, ait osé glorifier Verlaine, affirme, dans *À rebours*, que tout l'accent du poète est contenu en ces seuls vers des *Fêtes galantes*, qu'il qualifie d'adorables :

Le soir tombait, un soir équivoque d'automne :
Les belles, se pendant rêveuses à nos bras,
Dirent alors des mots si spécieux, tout bas,
Que notre âme, depuis ce temps, tremble et s'étonne.

Ce qui peut charmer, ici, le créateur de *Des Esseintes* [1], c'est l'indéfini troublant de la suggestion, c'est l'aube lunaire d'une foi d'enfant, dont le branle mystérieux l'enveloppe de tous ses frissons, sans qu'il puisse deviner, cet amoureux des pénombres, – sous la diffuse vibration de cette ariette qui s'en va mourir, – le prochain disque solennel aux clartés d'argent, dont l'âme du pauvre chanteur sera, dans un instant, toute blanchie et illuminée.

Le fait est que toutes les formules de rhétorique *solaire* seraient déplacées et même inintelligibles, si on les appliquait à Verlaine. Pour ceux qui l'ont lu, son nom seul est évocateur de nitescences [2] crépusculaires et de silencieuses pâleurs. On ne saurait imaginer des poèmes qui se prêtent moins que les siens à la vocifération.

Voyez de quel chuchotement presque inaudible Jésus vient consoler cette âme tremblante :

> *Et pour récompenser ton zèle en ces devoirs*
> etc. [Bloy cite II, IV [VII-3] ; ici p. 175].

L'ensemble de la pièce d'où sont tirés ces quatorze vers, la plus longue de *Sagesse*, donne l'idée d'une partition des cieux tamisée au crible de la voie lactée et adoucie, jusqu'à la plus voilée des euphonies, par le blême capiton des nues.

C'est un poète religieux d'une douceur si singulière qu'on la croirait eucharistique. Ce ne sont pas précisément les choses qu'il dit qui nous émeuvent, elles furent dites longtemps avant lui par tous les écrivains religieux, avec d'infinies élucidations. Ce n'est pas même l'autorité papale de son vers ni la nonpareille fantaisie de sa métrique, c'est l'accent, l'indicible accent de son amoureuse foi !

Quand on parcourt son livre en plein trouble des idées

---

1. Le héros de *À rebours*. **2.** Lueurs.

mondaines, il est à peu près impossible qu'on en soit frappé. Il peut même arriver qu'on le méprise comme une oiseuse réitération de babils anciens. Mais si l'âme est dans l'équilibre de son repos, cette poésie se répand en elle comme un électuaire ou un népenthès [1].

Alors, du fond des ondes de la mémoire, surgissent tout à coup les suavités presque oubliées d'autrefois : les frileux tintements des cloches, à l'aube, pour ces messes matutinales où le cœur, non encore souillé des sales prestiges de la lumière, s'épanchait vers les tabernacles tranquilles, dans le pénombral silence des nefs ; les soudaines envolées de dilection paradisiaque, les désirs brûlants du martyre, les attendrissements ineffables et cette pluie de larmes saintes qui coulèrent en ce lointain jour qu'on ne reverra jamais plus ; enfin, la joie qu'on eut *d'être pauvre* et de se sentir dans la main du Père des pauvres, comme le glaçon dans le centre de la fournaise ; – et l'on est tout enveloppé d'un grand frisson nostalgique !

V

Si la justice, la sainte idée de Justice n'était pas, humainement, l'horrible dérision connue, on devrait peut-être la saluer d'une dernière potée de malédictions, au moment de terminer cette trilogie de suppliciés intellectuels. Mais ce serait, hélas ! un divertissement bien futile. Il faudrait au moins le pouvoir de Dieu pour faire sentir aux juments de l'autel la parfaite iniquité de leur sottise ou pour inspirer aux autres une compensatrice indignation.

Quand on est assez infortuné pour aimer le grand Art et pour désirer qu'il soit en honneur, il faut se résigner à manger la tartine biblique d'Ezéchiel en compagnie des vingt-

---

1. *Électuaire* : préparation pharmaceutique qui a la consistance d'un sirop. *Népenthès* : breuvage magique des Grecs.

cinq ou trente prophètes bafoués qui sont, par génération, les lamentables élus de ce festin. L'injustice des catholiques est un peu plus révoltante que celle des non-catholiques, à cause de la suréminence présumée de leurs concepts, voilà tout.

On s'en consolerait assez vite si de mécréants suffrages venaient équitablement réparer, pour les rarissimes témoins du Beau éternel, le préjudice effroyable que la stupidité chrétienne leur fait endurer. Mais c'est là une rêverie jobarde et cruelle engendrée de ce serpent infernal qu'on est convenu d'appeler l'espérance humaine. L'indifférence du parfait mépris, l'inhostilité dédaigneuse, tel est tout l'élargissement que la munificence des infidèles peut offrir à ces galériens de l'Idéal si malproprement outragés par les catholiques à travers les barreaux de leurs cabanons.

Aussitôt que l'étiage vulgaire est dépassé, la langue esthétique devient un sanscrit indéchiffrable pour les multitudes sans nombre qui n'ont point de part à ce royaume intellectuel uniquement dévolu à la Sainte Enfance de l'Enthousiasme, et il n'est point de pédagogie pour ce genre d'initiation.

Je connais un écrivain de grand talent, un généreux et libre esprit, que le nom seul de Verlaine met en fureur et qui ne consentira jamais à réviser l'impression de sa trop rapide lecture. Peut-être même ne le pourrait-il pas, tant la première impulsion d'antipathie l'a porté loin.

Moi-même, qui ne parle ici de ce grand homme qu'en balbutiant et en frémissant, je confesse, pour la *seconde fois*, qu'au début de ma salope de carrière, il m'arriva de l'insulter un jour, sans même l'avoir lu, me tenant pour suffisamment édifié par quelques menus potins. S'il en est ainsi de ceux qui semblent faits pour le comprendre, que doit-il espérer des autres ?

Verlaine est, je crois, le plus déchirant exemple que nous ayons sous les yeux de la vindicte éternelle des brutes contre les entités supérieures. L'acharnement dont il est victime dépasse même de beaucoup les plus insensés d'entre les goujats espoirs et je n'ai pu trouver, parmi les horreurs sublunaires, que la condition de lépreux pour donner une analogie telle quelle du châtiment de ce réprouvé. C'est une espèce de Caïn de l'extase errant et pourchassé sur la terre, pour son crime d'avoir égorgé, par sa conversion, la jumelle arsouille qu'il portait en lui et pour le forfait plus énorme encore d'en avoir pleuré de joie dans des vers sublimes que la racaille des sacristies ne comprend pas plus que le populo des salons aristocratiques ou des lupanars de faubourg.

Après tout, c'est une moderne façon de martyre plus méritoire peut-être que les tenailles rougies ou la lampadation des Dioclétiens, et le prédestiné paraît heureusement s'en être aperçu :

Par instants je suis le pauvre navire
Qui court démâté parmi la tempête,
Et, ne voyant pas Notre-Dame luire,
Pour l'engouffrement en priant s'apprête.

Par instants je meurs la mort du pécheur
Qui se sait damné s'il n'est confessé,
Et, perdant l'espoir de nul confesseur,
Se tord dans l'enfer qu'il a devancé.

Oh mais ! par instants, j'ai l'extase rouge
Du premier chrétien, sous la dent rapace,
Qui rit à Jésus témoin, sans que bouge
Un poil de sa chair, un nerf de sa face !

Il lui reste cela, en effet, « Jésus témoin » et la Mère de Jésus qu'il a chantée comme elle ne l'avait pas été depuis le *Stabat* ou le *Quot undis lacrymarum*[1]...

Quand cette « balayure du monde » verra les Yeux de l'Unique Juge, la Sagesse éternelle qu'elle a glorifiée pourra lui dire devant ses accusateurs fumants d'effroi : – *J'ai eu faim et tu M'as donné à manger. J'ai eu soif et tu M'as donné à boire. J'étais* ÉTRANGER *et tu M'as donné l'hospitalité...*

Et la Tour d'Ivoire sanglotera de pitié en présence de tous les Cieux !

---

1. Début d'un hymne du *Stabat mater* qui évoque les larmes de la douleur.

CHRONOLOGIE

1844. – *30 mars* : naissance de Paul-Marie Verlaine à Metz, ville de garnison de son père, alors capitaine au Génie.

1851. – Le capitaine Verlaine démissionne ; après divers séjours de garnison dans le Midi (Montpellier, Sète, Nîmes), installation de la famille Verlaine à Paris, aux Batignolles.

1853. – *17 avril* : naissance de Mathilde Mauté, future femme de Verlaine. – *Octobre* : le jeune Paul est interne à l'institution Landry, rue Chaptal. Il y restera jusqu'en 1862.

1854. – *20 octobre* : naissance d'Arthur Rimbaud.

1855. – *Octobre* : Verlaine entre au lycée Bonaparte (futur Condorcet) tout en restant interne à l'institution Landry.

1858. – *12 décembre* : premiers vers connus : « La mort », envoyés à Victor Hugo.

1862. – *16 août* : Verlaine est reçu bachelier ès lettres. – *Octobre* : inscription à la faculté de droit, dont il fréquente peu les cours.

1863. – *Août* : premier poème publié, « Monsieur Prudhomme », sous le pseudonyme de Pablo, dans la *Revue du progrès moral, littéraire, scientifique et artistique* de Louis-Xavier de Ricard. Verlaine rencontre les futurs poètes parnassiens (Coppée, Heredia), mais aussi Banville, Villiers de l'Isle-Adam.

1864. – *Janvier* : Verlaine est employé à la Compagnie d'assurances « L'Aigle et le Soleil réunis ». En *mai*, il renonce à poursuivre ses études et entre comme expéditionnaire à la mairie du IXe arrondissement. Il rencontre Mendès, Glatigny, Dierx, Mérat, Valade.

1865. – *1er janvier* : Verlaine est « expéditionnaire de l'ordonnancement » à la préfecture de la Seine. – *2 novembre* : premier article de critique, dans lequel Verlaine s'en prend à Barbey d'Aurevilly ; suivra, dans la même revue (*L'Art*), une longue et importante étude sur Baudelaire, ainsi que deux poèmes, « J'ai peur dans les bois » et « Nevermore ». – *30 décembre* : mort du capitaine Verlaine.

1866. – *28 avril* : la 9e livraison du *Parnasse contemporain*, « recueil de vers nouveaux » publié par Alphonse Lemerre, libraire au passage Choiseul et futur éditeur de Verlaine et des Parnassiens, contient huit poèmes de Verlaine. – *20 octobre* : achevé d'imprimer des *Poèmes saturniens*, premier recueil de Verlaine, publié à compte d'auteur chez Alphonse Lemerre.

1867. – Verlaine entame une collaboration à plusieurs revues et journaux (*L'Étendard, L'International*, *Le Hanneton*, *La Revue des lettres et des arts*) dans lesquels il publie des poèmes de genres et d'esthétiques très différents. – *Octobre* : l'éditeur de Baudelaire, Auguste Poulet-Malassis, publie clandestinement à Bruxelles le second recueil de Verlaine, *Les Amies*, sous le pseudonyme de Pablo de Herlagnez.

1868. – *6 mai* : le tribunal de Lille ordonne la destruction des *Amies*.

1869. – *20 février* : achevé d'imprimer des *Fêtes galantes*. – *Juin* : Verlaine rencontre Mathilde Mauté par l'intermédiaire du demi-frère de celle-ci, le musicien Charles de Sivry. – *Juillet* : pris de boisson, il tente de tuer sa mère. De Fampoux (Pas-de-Calais), où il séjourne chez son oncle, il demande la main de Mathilde à Charles de Sivry. – *Août-septembre* : Verlaine envoie des poèmes à

Mathilde, alors en vacances en Normandie. Ils formeront l'embryon de *La Bonne Chanson*. En *octobre*, la demande en mariage est formalisée et les fiancés se fréquentent régulièrement.

1870. – *12 juin* : achevé d'imprimer de *La Bonne Chanson*. Le recueil ne sera mis en vente qu'en 1872. – *19 juillet* : déclaration de guerre à la Prusse. – *11 août* : mariage de Paul et Mathilde à Clignancourt. – *4 septembre* : chute de l'Empire et proclamation de la République. Verlaine fait partie de la garde nationale pendant le siège de la Capitale.

1871. – *18 janvier* : mort de Lucien Viotti (ancien condisciple de Charles de Sivry) que Verlaine avait rencontré en 1868 et de qui il s'était épris. – *18 mars* : proclamation de la Commune de Paris. Verlaine, dont les sympathies vont vers les insurgés, est chef du bureau de la presse à l'Hôtel de Ville. Le *28 mai*, défaite de la Commune et rétablissement de l'« ordre ». – *11 juillet :* Verlaine est révoqué. En *août*, le couple s'installe chez les Mauté. – *Septembre* : Rimbaud entre en contact avec Verlaine et lui envoie des vers. Son arrivée à Paris et sa liaison avec Paul va, entre autres, précipiter la fin du ménage Verlaine. – *30 octobre* : naissance de Georges, fils unique de Paul et Mathilde.

1872. – *Mai* : Verlaine écrit une partie des *Ariettes oubliées* (*Romances sans paroles*). – *Juillet-août* : Verlaine et Rimbaud partent pour la Belgique ; Mathilde tente en vain de ramener son mari à Paris. – *8 septembre* : les deux amis sont à Londres.

1873. – *Juillet* : Verlaine, qui avait regagné Londres avec Rimbaud en *mai*, quitte l'Angleterre pour Bruxelles ; il supplie Rimbaud de venir le rejoindre. Le *10 juillet*, ivre, il tire deux coups de revolver sur son ami, le blessant au poignet. – *11 juillet-24 octobre* : Verlaine est incarcéré à la prison des Petits-Carmes, à Bruxelles ; il envoie à Lepelletier quelques-uns des poèmes du futur *Cellulairement*. – *8 août* : condamnation de Verlaine à deux ans de prison ferme par le tribunal correctionnel de Bruxelles, confirmée en appel le *27 août*. – *25 octobre* : Verlaine est transféré à la maison d'arrêt de Mons.

1874. – *Mars* : parution des *Romances sans paroles*. – *24 avril* : le tribunal de la Seine prononce la séparation de corps et de biens entre Verlaine et sa femme. – *Mai-août* : crise religieuse. Verlaine annonce sa conversion et demande la communion. Il envoie à Lepelletier dix « Vieux Coppées » et dix sonnets religieux, le tout destiné à *Cellulairement*.

1875. – *16 janvier* : libération de Verlaine. En *février*, dernière rencontre avec Rimbaud en Allemagne. Verlaine est le dépositaire du manuscrit des *Illuminations*. – *Mars* : départ pour l'Angleterre ; Verlaine enseigne à la « grammar school » de Stickney (Lincolnshire). Il rencontre Germain Nouveau à Londres. – *Mai-octobre* : Verlaine envoie les poèmes de *Cellulairement* à Delahaye. Il entame *Sagesse*.

1876. – Verlaine enseigne à Stickney, Boston et Bournemouth. Il passe ses vacances en France, chez sa mère. En *juillet*, il revoit son fils pour la première fois depuis 1872.

1877. – *Avril* : Verlaine quitte l'Angleterre. – *Octobre* : il obtient un poste de professeur à l'institution Notre-Dame à Rethel (Ardennes) ; il s'éprend d'un de ses élèves, Lucien Létinois.

1878. – *Août* : Verlaine offre un manuscrit de *Sagesse* à Mathilde. – *Septembre* : retraite chez les Chartreux, à l'abbaye de Montreuil-sur-Mer.

1879. – *Septembre* : son contrat n'ayant pas été renouvelé, Verlaine quitte Rethel pour Londres avec Létinois.

1880. – *Mars* : Verlaine achète une ferme à Juniville (Ardennes) qu'il entend exploiter avec Lucien. L'affaire périclite rapidement, et la propriété sera revendue à perte deux ans plus tard. – *Décembre* : publication de *Sagesse* à compte d'auteur chez Palmé, à la Société générale de librairie catholique. Verlaine est surveillant dans un collège à Reims, où Létinois fait son service militaire.

1882. – *Juillet* : Verlaine, qui a quitté les milieux littéraires parisiens depuis une dizaine d'années, tente de refaire sa rentrée : il publie deux poèmes dans *Paris-Moderne*, revue dirigée par Léon Vanier, son futur éditeur. Il essaye en vain de réintégrer son poste à l'Hôtel de Ville. – *10 novembre* : « L'art poétique » paraît dans *Paris-Moderne* ; le poème suscite une polémique dans *La Nouvelle Rive gauche* (future *Lutèce*) qui contribue à attirer l'attention des nouvelles écoles sur Verlaine.

1883. – *7 avril* : mort de Lucien Létinois. – *30 juillet* : Mme Verlaine achète une ferme à Coulommes (Ardennes), dans laquelle elle s'installe avec son fils en *septembre*.

1884. – *Mars* : *Les Poètes maudits* (Vanier). Ce volume, mais aussi une page élogieuse que consacre Huysmans à Verlaine dans *À rebours*, contribue à établir peu à peu la notoriété du poète. – *30 novembre* : parution de *Jadis et naguère* (Vanier).

1885. – *Mars* : vente à perte de la ferme de Coulommes. Verlaine est condamné à un mois de prison pour coups et menaces de mort contre sa mère. – *Juin* : Verlaine et sa mère s'installent définitivement à Paris. – *Novembre* : début de la publication d'une série de biographies littéraires dans la collection *Les Hommes d'aujourd'hui*.

1886. – *21 janvier* : mort de Mme Verlaine. Son fils, souffrant d'une ankylose au genou, ne peut assister aux funérailles. – *Avril-mai* : Verlaine rencontre le dessinateur Frédéric-Auguste Cazals, de qui il s'éprend. – *Juillet* : premier séjour de Verlaine à l'hôpital (Tenon). – *Octobre* : *Louise Leclercq* (Vanier). – *Novembre* : *Les*

Mémoires d'un veuf (Vanier). Le *5*, Verlaine entre à l'hôpital Broussais. Il y restera jusqu'au *13 mars* de l'année suivante.

1887. – Malade et sans ressources, Verlaine fait de nombreux séjours à l'hôpital (*19 avril-16 mai* à Cochin ; *16 mai-12 juillet* à Vincennes ; *12 juillet-9 août* à Tenon ; *9 août-9 septembre* à Vincennes ; *20 septembre-20 mars 1888* à Broussais). En *septembre*, rencontre avec Philomène Boudin, prostituée, qui devient sa maîtresse.

1888. – *7 janvier* : important article de Jules Lemaitre dans la *Revue bleue*. La critique officielle reconnaît peu à peu la place de Verlaine dans le mouvement littéraire contemporain. – *Mars* : *Amour* (Vanier). Verlaine, sorti de l'hôpital, organise des « mercredis » littéraires fréquentés. – *Août* : 2e édition augmentée des *Poètes maudits*, où figure une étude sur « Pauvre Lelian », c'est-à-dire sur Verlaine lui-même. – *Novembre* : *Paul Verlaine,* par Charles Morice (première monographie consacrée à Verlaine). Le *17*, Verlaine rentre à nouveau à Broussais, qu'il quittera le *19 février 1889*.

1889. – *Juin* : parution de *Parallèlement* (Vanier). – *Août* : parution de la deuxième édition de *Sagesse.* Du *8 au 18 août*, Verlaine est à Broussais ; du *20 août au 14 septembre*, il est en cure à Aix-les-Bains ; du *19 septembre au 19 février*, nouveau séjour à Broussais. Il entretient une relation avec Eugénie Krantz, ex-courtisane et amie de Philomène Boudin.

1890. – *Juin-novembre* : séjours à l'hôpital (*19 juin-22 juillet* à Cochin ; *22 juillet-11 septembre* à Vincennes ; *12 septembre-23 novembre* à Broussais). – *Décembre* : *Dédicaces* (Bibliothèque artistique et littéraire) ; *Femmes* (imprimé sous le manteau [Bruxelles, Kistemaekers]).

1891. – *9 janvier-6 février* : séjour à l'hôpital Saint-Antoine. – *19 mars* : réponse de Verlaine à l'enquête de Jules Huret sur l'évolution littéraire. – *18 avril* : Verlaine préside le banquet de *La Plume*. – *21 mai* : spectacle au bénéfice de Verlaine et de Gauguin au Théâtre d'Art : parmi les pièces représentées, *Les Uns et les autres* de Verlaine, publiée dans *Jadis et naguère* en 1884. – *Mai-juin* : parution de *Bonheur* (Vanier), *Les Uns et les autres* (Vanier), *Choix de poésies* (Bibliothèque-Charpentier). – *Novembre* : *Mes hôpitaux* (Vanier). Verlaine est une nouvelle fois à Broussais (du *31 octobre au 20 janvier 1892*). Le *10*, mort de Rimbaud à Marseille. – *Décembre* : *Chansons pour elle* (Vanier).

1892. – *Mars* : *Liturgies intimes* (Bibliothèque du Saint-Graal). Verlaine remet le manuscrit de *Hombres* à son éditeur (publication clandestine posthume, 1904). – *11 août-7 octobre* : séjour à hôpital Broussais. – *2-14 novembre* : tournée de conférences en Hollande (La Haye, Leyde, Amsterdam). – *Décembre* : séjour à l'hôpital Broussais, du *19 décembre au 17 janvier 1893*. À sa sortie de l'hôpital, Verlaine loge chez Eugénie.

1893. – *Février-mars* : tournée de conférences en Belgique (Charleroi, Bruxelles, Anvers, Liège, Gand). – *Mai-juin* : *Élégies*, *Odes en son honneur* et *Mes prisons* (Vanier). Verlaine, dont l'état de santé empire, est hospitalisé à Broussais du *14 juin au 3 novembre*. À sa sortie, il rejoint Philomène. – *4 août* : Verlaine est officiellement candidat à l'Académie française (fauteuil de Taine). – *8-9 novembre* : conférences à Nancy et à Lunéville. – *Novembre-décembre* : tournée de conférences en Angleterre (Londres, Oxford, Manchester). Publication de *Quinze jours en Hollande* (Blok-Vanier). Il rejoint Eugénie.

1894. – *Mai* : Verlaine est hospitalisé à Saint-Louis du *1er mai au 10 juillet*. Publication de *Dans les limbes* (Vanier). – *Août* : Verlaine est élu Prince des poètes à la mort de Leconte de Lisle. Un comité de poètes et de personnalités s'engage à lui verser une pension mensuelle. – *Décembre* : le *1*er, Verlaine entre à l'hôpital Bichat, qu'il quittera le *21 janvier 1895*. Publication d'*Épigrammes* (Bibliothèque artistique et littéraire) et nouvelle édition de *Dédicaces* (Vanier).

1895. – *Mai* : *Confessions* (Publications du « Fin de siècle »). – *Septembre* : Verlaine s'installe en ménage avec Eugénie.

1896. – *8 janvier* : mort de Verlaine, rue Descartes. Les funérailles ont lieu le *10*, et le cortège funèbre est suivi par plusieurs milliers de personnes ; le poète est inhumé au cimetière des Batignolles.

BIBLIOGRAPHIE [1]

1. Le lieu d'édition n'est pas mentionné lorsqu'il s'agit de Paris.

1. Éditions

A. Œuvres complètes

Œuvres complètes, introduction d'Octave Nadal, études et notes de Jacques Borel, texte établi par Henry de Bouillane de Lacoste et Jacques Borel, Club du meilleur livre, 2 vol., 1959 et 1960.

Œuvres poétiques complètes, texte établi et annoté par Yves-Gérard Le Dantec, Gallimard, « Bibliothèque de la Pléiade », 4e éd., 1954 ; éd. revue, complétée et présentée par Jacques Borel, Gallimard, « Bibliothèque de la Pléiade », 1962 ; éd. augmentée, 1989.

Œuvres poétiques, textes établis avec chronologie, introductions, notes, choix de variantes et bibliographie par Jacques Robichez, Classiques Garnier, 1969 ; éd. revue, Dunod, « Classiques Garnier », 1995.

Œuvres en prose complètes, éd. Jacques Borel, Gallimard, « Bibliothèque de la Pléiade », 1972.

Poésies (1866-1880), texte présenté et commenté par Michel Décaudin, Imprimerie nationale, « Lettres françaises », 1980.

Œuvres poétiques complètes, éd. présentée et établie par Yves-Alain Favre, Laffont, « Bouquins », 1992.

B. *Sagesse*

Sagesse, Amour, éd. revue sur les manuscrits de l'auteur accompagnée de notes et variantes par Ad. Van Bever, Crès, « Les Maîtres du livre », 1911 ; 2e éd., Rombaldi, « Les Contemporains », 1936.

Sagesse, texte établi et annoté par V. Ph. Underwood, Londres, Zwemmer, 1944.

Sagesse, éd. critique commentée par Louis Morice, Nizet, « Nouvelle bibliothèque littéraire », 1948 ; rééd., 1964.

La Bonne Chanson, Romances sans paroles, Sagesse, préface d'Antoine Blondin, notes et commentaires de Claude Cuénot, Le Livre de Poche, « Classique », 1963.

Sagesse, Parallèlement, Mémoires d'un veuf, chronologie, préface, notes et archives de l'œuvre par Jean Gaudon, Garnier-Flammarion, « GF », 1977.

Sagesse, texte établi, présenté et commenté par Pierre-Henri Simon de l'Académie française avec une étude sur Pierre-Henri Simon et des notes complémentaires sur *Sagesse* par Alain Faudemay, Fribourg, Éditions universitaires, « Seges », 1982.

C. Fac-similés (*Sagesse*)

Sagesse, manuscrit remis en 1880 à la Société de librairie catholique pour l'impression de la 1re éd., avertissement d'Ernest Delahaye, Messein, « Les Manuscrits des maîtres », 1913 ; Genève, Reprint Slatkine, 1983.

Arthur Rimbaud, Paul Verlaine, manuscrits et lettres autographes. Documents. Éditions originales, succession Jean Hugues, vente du 20 mars 1998, Drouot Richelieu (experts : Thierry Bodin et Bernard Loliée), Drouot, 1998.

Paul Verlaine, vente du mercredi 11 février 2004, espace

Tajan (experts : Pierre Berès et Thierry Bodin), Tajan, 2004.

Autographes et manuscrits, vente du 25 mai 2004, hôtel Drouot (expert : Alain Nicolas), Tajan, 2004.

2. Correspondance

Correspondance de Paul Verlaine, éd. Ad. Van Bever, Messein, 3 vol., 1922, 1923, 1929 ; Genève, Reprint Slatkine, 1983.

Lettres inédites de Verlaine à Cazals, éd. Georges Zayed, avec une introduction, des notes et de nombreux documents inédits, Genève, Droz, 1957.

Lettres inédites à Charles Morice, publiées et annotées par Georges Zayed, Genève-Paris, Droz-Minard, 1964 ; 2e éd., Nizet, 1969.

Lettres inédites à divers correspondants, publiées et annotées par Georges Zayed, Genève, Droz, 1976.

Correspondance générale, t. 1 : *1857-1885*, éd. Michael Pakenham, Fayard, 2005.

3. Orientation biographique

Buisine (Alain), *Verlaine : histoire d'un corps*, Tallandier, « Figures de proue », 1995.

Cazals (Frédéric-Auguste) et Le Rouge (Gustave), *Les Derniers Jours de Paul Verlaine*, Mercure de France, 1923.

Delahaye (Ernest), *Verlaine*, Messein, 1923 ; Genève, Reprint Slatkine, 1982.

ex-madame Paul Verlaine, *Mémoires de ma vie* (1935), préface [et notes] par Michael Pakenham, Seyssel, Champ Vallon, « Dix-neuvième », 1992.

LEPELLETIER (Edmond), *Paul Verlaine : sa vie, son œuvre*, Mercure de France, 1907 ; rééd., 1923 ; Genève, Reprint Slatkine, 1982.

PETITFILS (Pierre), *Verlaine*, Julliard, « Les Vivants », 1981.

4. ICONOGRAPHIE

Verlaine : documents iconographiques, avec une introduction et des notes par François Ruchon, Genève, Cailler, « Visages d'hommes célèbres », 1947.

Album Verlaine, iconographie choisie et commentée par Pierre Petitfils, Gallimard, « Bibliothèque de la Pléiade », 1981.

Paul Verlaine : portraits (peintures, dessins, photographies), Librairies Giraud-Badin et Jean-Claude Vrain [1994].

5. INSTRUMENTS

TALVART (Hector), « Paul Verlaine », *La Fiche bibliographique française,* Henry Goulet, 1926.

TOURNOUX (Georges), *Bibliographie verlainienne*, Leipzig, Rowohlt, 1912.

VAN BEVER (Adolphe) et MONDA (Maurice), *Bibliographie et iconographie de Paul Verlaine,* Messein, 1926 ; Genève, Reprint Slatkine, 1991.

Poèmes saturniens, *Fêtes galantes*, *La Bonne Chanson*, *Romances sans paroles*, *Sagesse : Concordances, index et relevés statistiques*, Larousse, « Documents pour l'étude de la langue littéraire », 1973.

Verlaine, textes choisis et présentés par Olivier Bivort, Presses de l'université de Paris-Sorbonne, « Mémoire de la critique », 1997.

6. Études

Adam (Antoine), *Le Vrai Verlaine,* Genève, Droz, 1936 ; Genève, Reprint Slatkine, 1972.

– *Verlaine*, Hatier-Boivin, « Connaissance des lettres », 1953.

Aguettant (Louis), *Verlaine,* préface de Jacques Lonchampt, L'Harmattan, « Les Introuvables », 1995.

Bornecque (Jacques-Henry), *Verlaine par lui-même*, Éd. du Seuil, « Écrivains de toujours », 1966.

Cornulier (Benoît de), *Théorie du vers : Rimbaud, Verlaine, Mallarmé*, Éd. du Seuil, « Poétique », 1982.

Cuénot (Claude), *Le Style de Paul Verlaine,* CDU, 2 vol., 1963.

Martino (Pierre), *Verlaine,* Boivin, 1924 ; nouv. éd., 1951.

Mourot (Jean), *Verlaine,* Nancy, Presses universitaires, 1988.

Murphy (Steve), *Marges du premier Verlaine*, Champion, « Romantisme et modernités », 2003.

Nadal (Octave), *Paul Verlaine,* Mercure de France, 1961.

Richard (Jean-Pierre), *Poésie et profondeur*, Éd. du Seuil, 1955 [« Fadeur de Verlaine », 1953].

Richer (Jean), *Paul Verlaine,* Seghers, « Poètes d'aujourd'hui », 1953 ; nouv. éd., 1975.

Robichez (Jacques), *Verlaine entre Rimbaud et Dieu*, SEDES, 1982.

Underwood (V. P.), *Verlaine et l'Angleterre*, Nizet, 1956.

Zayed (Georges), *La Formation littéraire de Verlaine,* Genève-Paris, Droz-Minard, 1962 ; 2e éd. Nizet, 1970.

Zimmermann (Éleonore M.), *Magies de Verlaine,* Corti, 1967 ; Genève, Reprint Slatkine, 1981.

7. Collectifs

Europe : Verlaine, n°s 545-546, septembre-octobre 1974.

La Petite Musique de Verlaine : « Romances sans paroles », « Sagesse », SEDES-CDU, 1982.

Cahiers de l'Association internationale des études françaises : Verlaine, n° 43, mai 1991.

L'École des lettres (second cycle) : Paul Verlaine, éd. Steve Murphy, n° 14, juillet 1996.

Dix-neuf/vingt : Verlaine, éd. Bertrand Marchal, n° 4, octobre 1997.

Spiritualité verlainienne, éd. Jacques Duffetel, Klincksieck, « Actes et colloques », 1997.

Verlaine 1896-1996, éd. Martine Bercot, Klincksieck, « Actes et colloques », 1998.

Verlaine et les autres, éd. Maria Luisa Premuda Perosa, Pisa, ETS, 1999.

Verlaine à la loupe, éd. Jean-Michel Gouvard et Steve Murphy, Champion, « Varia », 2000.

Verlaine, éd. Pierre Brunel et André Guyaux, Presses de l'université de Paris-Sorbonne, « Colloques de la Sorbonne », 2004.

Revue Verlaine, n° 1, 1993 et suiv.

INDEX DES INCIPITS

Table

SAGESSE

I

II

III

DOSSIER

Composition réalisée par NORD COMPO

Achevé d'imprimer en novembre 2008, en France sur Presse Offset par
Maury-Imprimeur - 45330 Malesherbes
N° d'imprimeur : 141448
Dépôt légal 1re publication : juin 2006
Édition 02 - novembre 2008
LIBRAIRIE GÉNÉRALE FRANÇAISE - 31, rue de Fleurus - 75278 Paris Cedex 06

31/6112/2